JN067815

コールド・バック

ヒュー・コンウェイ

高木直二・門脇智子［訳］

論創社

Called Back

1883

by Hugh Conway

目次

主要登場人物

ギルバート・ヴォーン……主人公の青年
プリシラ・ドリュー……ギルバートのばあや
ケニヨン……ギルバートの友人
ポーリーン・マーチ……ギルバートが恋慕する女性
テレーザ……ポーリーンの連れの老女
マヌエル・チェネリ……愛国者の医師
マカリ……チェネリの仲間
ペトロフ……チェネリの仲間
アンソニー……チェネリの甥
イヴァン……旅のガイド兼通訳
ヴァーラモフ大尉……ロシア帝国の軍人

コールド・バック

第一章　暗闇と危険の中で

　私はある理由があって、この手記を書こうとしている。私が書かなければこの話が世に知られることはないだろう。

　あるとき、この人なら信頼できるだろうと、人生のある時期に起こった興味深い出来事を友人の一人に打ち明けた。他言しないよう頼んだつもりだったが、友人はそのような覚えはないと言っている。いずれにしても彼は、尾ひれをつけて別の友人に話したらしく、その友人がまた別の誰かに話し、その人がまた別の誰かに話し……という具合に話は広がっていった。最終的にどんな話になったのか、おそらく私が知ることはないだろう。ともあれ、自分の弱さのために個人的な体験を他人に打ち明けてしまった私は、隣人たちから過去を秘めた男、一見平凡な人生の裏に小説のような数奇な過去を持つ男と見られるようになった。

　自分一人のことなら、この状況をなんとも思わない。自分が軽率だったために根も葉もない噂を流されても、笑って済ませられる。どう思われようとかまわない。ある親しい友人は、私がかつて共産主義を信奉し、秘密結社の幹部だったと考えている。また別の友人は、私が重罪で裁判にかけられたことがあると思っている。さらに別の友人は、私はカトリック教徒だったことがあり、私の身に驚くべき奇跡が起こったと信じている。私が独り身の若者だったら、こうした荒唐無稽の噂をもみ消そうとはしないだろう。若い男というのは、自分が人々の好奇心と憶測の的になっていると知って悪い気はしないものだ。

　だが私はそんなに若くもないし、独り身でもない。私には自分の命に替えてでも守らなければならない大切な女性がいる。その女性の心には暗い過去が影を落としているが、うれしいことにその影は今やすっかり消えようとしている。その女性は謎めいたことも隠しごともない穏やかな人生を送ることを望み、ありのままの自分より良くも悪くも思われたくないと願っている。彼女は今、私たちの過去について広まっている馬鹿馬鹿しい噂に身のちぢむ思いをしていて、詮索好きの友人が話を聞きだそうとあれこれ訊いてくるのにうんざりしている。そこで私は、彼女の胸中を思い、古い日記を読み返して喜びと悲しみの入り交じった遠い記憶を呼び起こし、この手記を読むであろうすべての人々が私たちの人生について知りたがると思うことを——事によると知るべきではないことまでも——語ろうとしているのだ。この話を語り終えたら、この件についてはいっさい口を閉ざすつもりだ。私の話は漏れなくこの手記に書いてある。興味のある人は、私に訊かなくてもこの手記を読めば、知りたいことがすべてわかるはずだ。

　だがよく考えると、手記を書くのは自分自身のためでもある。また、謎めいた事象を嫌悪しているということもある。実はこの話には、今でも解明できない謎がある。そのせいもあって私は、簡単に説明できないすべての謎めいた事象を忌み嫌うようになったのかもしれない。

　まずは時間をさかのぼらなければならないが、必要とあらば正確な年月日を特定することもできる。私はまだ若く、二十五歳を過ぎたばかりだった。金はあった。成人したときに相続した財産によって、およそ年二千ポンドの収入が保証されていた。何の責任も負わず、財産が減ることや失うことを心配することなく、その金を好きなように使うことができた。二十一歳の誕生日を過ぎてからは誰からも干渉されずに生活していたが、浪費癖のせいで生活が立ち行かなくなることも、借金をかかえて首がまわらなくなることもなかったし、体のどこかがひどく痛むなどといったこともなかった。だがその頃の私は、ベッドで何度も寝返りを打ちながら、これからの人生は呪われたものになるという憂いの言葉を吐いていたのだった。

愛する人を死によって奪われたのか？　そうではない。それまでに私が愛した人は父と母だけだったが、二人がこの世を去ったのはもう何年も前のことだ。報われない恋に陥っている人間は、往々にしてそのような憂いの言葉を口走るものだが、私もそうだったのか？　いや、違う。それまでの私は、恋慕の情を持って女性の目を見つめたことはなかったし、この先もそんなことはあるまいと思っていた。自分の運命がこの世でもっとも惨めなものになると思ったのは、死のせいでも愛のせいでもなかった。

私は若く、金もあり、風のように自由気ままに生きることができた。その気になれば、明日にでもイギリスを発ち、世界有数の景勝地に――いつか見たいと思い、必ず訪れようと心に決めていた場所に――いつでも出かけることができた。だが私は、自分がこの先そうした場所を見ることはないと知って苦悶していたのだ。

子供の頃から足腰は丈夫で、どんなに疲れていても、どんなに長く外にいても耐えることができた。足の速い相手と競争しても、追いかけっこをしても、スポーツをしても負けなかったし、持久力比べをしてもその長さや辛さに音を上げることもなかった。左手で右腕に触れると、今でもしっかり筋肉がついているのがわかった。それでも私は、捕われの身のサムソン（旧約聖書「士師記」に登場する怪力・豪勇のイスラエルの指導者）に負けず劣らず無力だった。

なぜなら、サムソンと同じように私も盲目だったのだ！

盲目！　その苦難を味わった者でなければ、その言葉の重みをおぼろげにでも理解することはできないだろう。ベッドで何度も寝返りを打ちながら、残りの人生の五十年を暗闇の中で生きることになると知った苦しみを——眠りについたら二度と目覚めないことを願わずにはいられないほどの苦しみを——この手記を自分の目で読める人間に推し量ることができるだろうか？

盲目！　何年ものあいだ私のまわりをうろついたあげく、ついに暗闇という悪魔は私に襲いかかってきた。悪魔はしばしのあいだ安心だと思い込ませたあと、ふたたび私のもとへ舞い降り、漆黒の翼で私を包み込み、私の人生を覆った。美しい物影、快い眺望、鮮やかな色彩、華やかな情景は、もはや私のものではない。そうしたものはすべて悪魔に奪われ、私に残されたのは、闇、闇、永遠の闇だけだ。死んだほうがましだ。死ねば、目覚めたときには新しい光の世界にいるかもしれないではないか。「そのほうがまだましだ！」と私は絶望の淵で叫んだ。「暗闇だけの世界に比べたら、鈍く輝く黄泉（よみ）の国の赤光（しゃっこう）のほうがまだましだ！」

このような暗澹たる思いに至るほど、私の心は荒（すさ）みきっていた。

実際にはまだ望みがあったにもかかわらず、もう望みはないと決めつけていた。だいぶ前から、敵が身をひそめて機会をうかがっていると感じていた。美しい建物やすばらしい景色を目にし、そうした眺めを楽しめるありがたさを感じているときに、しばしばこんなささやきが聞こえてくるような気がした。「いつかまた襲いかかってやるからな。そのときは完全に打ちのめしてやる」。その恐怖を笑い飛ばそうとしたが、いずれ最悪の事態になるという予感を完全に拭い去ることはできなかった。敵はすでに一度襲ってきていた。二度目がないとは言えなかった。

敵が初めて姿を現わしたときのこと、最初に襲ってきたときのことはよく覚えている。その頃の私は、学校でスポーツと勉強に熱中する快活な少年だった。片方の目が妙にかすむようになってきたことも、その目の外見に奇妙な変化が起きたことも、ほとんど気に留めていなかった。ある日、そんな少年を父親がロンドンに連れていった。ありふれた静かな通りのありふれた外観の大きな家に入り、しばらく部屋で待った。その部屋には他にも何人かいて、大半の人の目はサングラスか包帯で覆われていた。その様子がひどく痛々しいので、別の部屋に案内されたときには内心ホッとした。その部屋には、感じの良い話し方をする優しそうな男の人が座っていて、その人を父はジェイ先生と呼んだ。立派な医師らしいその人は、私の両目に何かを塗った。今思えば瞳孔を開くベラドンナエキスだったのだろうが、それを塗ると少しのあいだとてもよく見えるようになった。それから先生は、高性能の凸レンズと反射鏡を使って私の目をのぞき込んだ。そのとき、そんな凸レンズが家（うち）にもあればいいのにと思ったことを覚えている。きっと、すばらしい虫眼鏡になるはずだ。さらに先生は、私に窓に背を向けて座るように言い、火を灯した蠟燭（ろうそく）を一本、私の目の前に掲げた。この一連の動きはどれも滑稽に思われたので、私は笑いだしそうになったが、父が真剣な眼差しで心配そうに見つめていたので、なんとか思いとどまった。ジェイ先生は検査を終えるとすぐ父に言った。

「蠟燭を私がやったように掲げてください。まず蠟燭の炎がお子さんの右の瞳に映るようにします。さてヴォーンさん、瞳にどう映ってますか？　蠟燭は何本ですか？」

「三本です。真ん中の短い一本は明るいですが、上下さかさまです」

「そうですね。ではもう片方の目でやってみましょう。何本に見えますか？」

父はしばらくのあいだ凝視していた。

「一本しか見えません」父は言った。「長い蠟燭です」

「お子さんの目を検査したこのテストは反射光学テストと言われるものです。最近ではあまり使われないのですが、昔からある信頼性の高い検査法です。お子さんは白内障（レンティキュラ・カタラクト）をわずらっています」

この耳慣れない難しい病名を耳にして、私は笑うどころではなくなった。父の顔に目をやると、意外にも安堵の表情を浮かべている。

「では、手術をすれば治るのですね？」父は訊いた。

「もちろんです。ただ、もう片方の目に問題がないうちは、手術はしなくてもいいでしょう」

「そちらの目も悪くなる危険はないのですか？」

「正常なほうの目に白内障の症状が出てくる危険は常にあります。もちろんそうならない可能性もあります。そのような兆候が少しでも出てきたらすぐここに来てください。今日言えるのはそこまでです」

この分野の権威である医師は軽く会釈して私たちを見送った。私は学校生活に戻り、そのあとはほとんど白内障のことは気にかけなかった。痛みはなかったし、一年も経たないうちに片方の目がまったく見えなくなったものの、何をするにしても残された目で不自由なく過ごすことができた。

とはいえ、そのときの診断の言葉を一言一句たりとも忘れることはなかった。しかしその重要性を認識したのは何年もあとになってからだった。あるとき怪我をして、見えるほうの目に何日か包帯をしなければならなくなった。そのとき初めて、自分がいかに危険な状況におかれているかを悟った。

そのときから無慈悲な敵が常に襲撃の機会をうかがっていると感じるようになった。

そして今、そのときが来たのだ。ようやく一人前の大人になり、望むことは何でも思いどおりにできるようになったというときに、敵はふたたび襲いかかってきた。

敵はすばやくやってきた。そうした場合の通例のやり方よりもはるかにすばやかった。だが私は、最悪の事態となったことをすぐには受け入れられなかった。視力は落ちてきていたし、目にするものすべてがしだいにぼやけて見えるようになってはいたものの、これがいつまでも続く症状と認める気にはなれなかった。そのときの私は、家から数百マイル離れた田舎で友人と一緒にのんびり長旅を楽しんでいた。自分の都合で旅行を途中で切り上げて友人に迷惑をかけるのは気が進まなかったので、何週間も何も言わずにいたが、敵の恐ろしい攻勢が日に日に強まり、心が沈んでいった。とうとう耐えられなくなって、実際はそれ以上隠しきれなくなって、友人に打ち明けた。私たちは家に戻ることにした。長旅を終えてロンドンに着いた頃には、すべてがぼんやりかすんで見え、薄暗く感じるようになっていた。何かがそこにあるのはわかるのだが、それが何なのかはわからなかった。

私は最初に診てもらった著名な眼科医のもとに駆け込んだ。ジェイ先生はロンドンにはいなかった。病に伏していて、一時は生命の危険さえある状態だったらしい。復帰するには二カ月はかかる、診療を再開するのは完全に体調が戻ってからになる、と言われた。

私はジェイ先生に全幅の信頼を置いていた。もちろん、ロンドンにも、パリにも、どこの国の首都にも、同じくらい優秀な眼科医はいるだろう。だが、もし自分が救われるとしたら、救えるのはジェイ先生しかいないというのが私の信念だった。死ぬ間際の人間はどんなわがままも許される。絞首刑が執行される死刑囚でさえ、その日の朝食に何を食べるか選べるのだから、私にだって自分の目を手術する医師を選ぶ権利はある。私はジェイ先生が診療に復帰するまで暗闇の中で待つ決心をした。

愚かだった。他の優秀な医師の手に身を委ねるべきだった。一カ月も経たないうちに、希望はすっかり消え失せ、六週間後には気も狂わんばかりになっていた。盲目、盲目、盲目！　一生、盲目の身となるのだ！　失意の底に沈んだ私は、手術など受けるものかと思いはじめた。なぜ運命に逆らうのか？　生涯、自分は暗闇の中で生きるよう運命づけられている。どんなに優れた専門スキル、どんなに繊細な手の動き、どんなに最新の機器をもってしても、失った光を取り戻すことはできないだろう。私にとって、この世は終わりを告げたのだ。

事情がわかった今、読者は思いつめた私の心中を察することができるのではないだろうか。私は何週間も打ちひしがれて暗闇の中で過ごした。眠れずにいたその夜も、ヨブ（旧約聖書「ヨブ記」の主人公。過酷な試練に耐え、信仰を堅持した人物）が拒んだ選択肢を――神を呪って死に至ることを――願わんばかりになっていた。私の置かれた状況を実感できないというなら、これまで述べた話を失明した誰かに読み聞かせてほしい。その人は盲目の苦難を初めて知ったときの胸の内を語ってくれるだろう。彼なら私の苦しみの深さを理解できるはずだ！

だが私は、苦難の中に一人取り残されたわけではなかった。ヨブのように、慰めてくれる人たちがいた。しかしヨブの友人のエリパズとその仲間たち（「ヨブ記」の中で友人たちは、ヨブの苦難は神が与えた罰だと論じた）とは違い、私の友人たちは、視力はきっと回復すると明るく前向きにさとす善意の人たちだった。そうした人たちが訪ねてくれるのをもっと感謝すべきだったのだろうが、そんな気分にはなれなかった。どうしようもない状況にある自分を見られたくなかったのだ。日を追うごとに私の精神状態はますます悲観的になり病的になっていった。

誰よりも親しく感じられたのは、ばあやだった。私の母に仕えていたプリシラ・ドリューという信頼のおける老女だ。プリシラは幼い頃からの私を知っていた。ロンドンに戻ったとき、無力な我が身を知らない人の手に委ねるのは耐え難かったので、プリシラに手紙を書き、私のもとに来てほしいと頼んだ。少なくともプリシラの前でなら、どんなに嘆き悲しんでも恥ずかしくない。駆けつけてくれたプリシラは、しばらく私の身を案じて涙を流したが、そのあとはいかにも分別のある婦人らしく、私の運命となった苦難を和らげるためにできるかぎりのことをしようと動きはじめた。快適な下宿を見つけ、手のかかる〝坊ちゃま〟をそこに住まわせ、昼も夜も〝坊ちゃま〟の要望に応えられるようにしてくれた。あの夜、心痛で眠れず、しきりに寝返りを打っていたときも、プリシラは私の部屋から居間に通じる折戸（おりど）のすぐ向こうに置いた簡易ベッドで眠っていた。

八月の寝苦しい夜だった。生ぬるい空気が開け放たれた窓からゆるやかに流れ込んでいたが、室内の温度は少しも下がらなかった。あたりはひっそりと静まりかえり、暑さと暗闇に包まれていた。聞こえてくるのは、折戸の向こうで眠るプリシラの規則的な寝息だけだった。小さな声で呼ばれても聞き逃さないようにと、ばあやは折戸を完全には閉めずに隙間をあけて寝ていた。その夜の私は、早々にベッドに入っていた。こんな身になった今、遅くまで起きていて何になる？　眠りが、眠りだけが忘却をもたらしてくれるのだ。しかしその夜、眠りは私のもとに来てくれそうもなかった。私はリピーター時計（側面についているレバーを押すと、異なる打刻音で時と分を知らせ、暗闇でも時刻を知ることができる）のレバーを押した。せめて時刻を知ることくらいはできたほうがいいだろうと思って買っておいたものだ。小さなベルの音が一時を過ぎたばかりであることを告げた。私はなんとか眠りにつこうとため息をつきながら、ふたたび枕に頭を沈めた。

そのとき唐突に、家の外に出たいという衝動に駆られた。夜中だ、戸外に出ている人はほとんどいないだろう。借りている家は広い通りに面していて、左右には家々が立ち並んでいる。通りを歩いて行ったり来たりしても危険な目に遭うことはまずないだろう。玄関ドアの前の階段に座っているだけでも、暑苦しい部屋でベッドに横になり、眠れずに何度も寝返りを打つよりはましだ。

そんな思いが心から離れず、プリシラに声をかけようとしたが、ぐっすり眠っているようだったので思いとどまった。その日はいつになく苛立ちが募り、不機嫌で、無理なことばかりばあやに要求していた。そんな私にプリシラは、金のためではなく愛情で仕えてくれていた。今は天国にいる彼女に神のご加護がありますように！　ばあやを起こすのは忍びなかった。悲惨な境遇に置かれた同じような人々にならって、そろそろ私も自分で自分の面倒を見ることを学ぶのもいいだろう。すでに人の助けを借りずに服を着ることができるようになっていた。今、自分で服を着て気づかれずに部屋を出れば、手探りで玄関ドアまでたどり着いて外に出られるだろう。気が向いたときに鍵で玄関の錠を開けて家に戻ればいい。たとえいっときでも人の助けを借りずに行動してみたい、という思いが心を捉えた。試しにやってみようと決心すると胸が高鳴った。

そっとベッドを抜け出し、時間はかかったが迷うことなく服を着終えた。その間ずっと、プリシラの規則正しい寝息が聞こえていた。それから、空き巣のように足音を忍ばせて部屋から廊下に出るドアまで歩いた。音を立てずにドアを開け、厚い絨毯が敷かれた廊下に出た。プリシラが目覚めて私がいないことに気づいたら、どんなにあわてるだろうかと思うと笑いが込みあげた。ドアを閉め、手すりを伝って進み、そろそろと階段を下り、何事もなく玄関ドアにたどり着いた。

その家には他にも何人か下宿人がいて、若い男たちがいつ帰宅するかわからなかったので、玄関ドアにはいつも掛け金の錠しか掛かっておらず、かんぬきをはずす必要はなかった。すぐに私は、閉まった玄関ドアを背に階段の上に立った。

少しのあいだ、これからどうするか決めかね、自分の無鉄砲さに震えそうになりながらそこに立ち止まっていた。導いてくれる人の手に頼らずに家の外に出たのはこれが初めてだった。それでも、何も恐れることはないと思った。家の前の道路は、もともと静かな通りだったが、人のいる気配は感じられなかった。

通りには幅の広い歩道があったので、何にも邪魔されずに行ったり来たりできそうだ。他の盲人のやり方にならって縁石や柵を杖で叩いて進めばいい。念のために、自分がいる位置を絶えず確認しながら歩いたほうがいいだろう。

玄関ドアの前の階段を四段下り、右に向きを変え、柵を確かめてから通りの方向に顔を向けた。それから歩数を数えながら歩きはじめた。六十二歩進んだところで、右足が別の道路に出たので、そこが歩道の終わりであることがわかった。踵（きびす）を返して六十二歩戻り、さらに六十五歩進むと、今度も足が歩道からはずれるのがわかった。私が住んでいる家は家々の並びの真ん中近くに位置していると承知していたので、この数え方は正しいだろうと思った。これで安心して動ける。自分が動きまわれる範囲が決まり、誰もいない通りを行ったり来たりすることができるようになった。通りの端からの歩数を数えなければならないが、そうしたいと思ったときには、いつでも自分の家の前で歩みを止めることができる。

うまくいったと一人悦に入りながら、しばらくのあいだ何度か通りを往復した。そのあいだに馬車が一台か二台通り過ぎ、人が一人か二人歩いていくのが聞こえた。歩行者が私に特段注意を払っているようには感じられなかったので、自分の外見や足取りはそれほど人目を引くものではなさそうだと安心した。たいていの人間は、体が不自由なことを隠したがるものだ。

この夜の外出は大いに効果があった。自分がまったく無力で人に頼らなければ生きていけない人間ではないとわかると、ものの数分で気分が一変した。元気を取り戻し、絶望が希望へ、大それた希望へと変わり、さらには確信へと変わっていった。神の啓示を受けたかのように、この病は必ず治ると確信した。それまでずっと最悪の事態しか思い描いていなかったのだが、友人たちは病気は必ず治ると励ましてくれた。それが真実になる日が来るかもしれない。とても気分が高揚してきたので、目が見えていないことはほとんど忘れ、顔を上げ、しっかりした足取りで歩みを速めた。いろいろな考えが頭に浮かんだ。過去何カ月ものあいだ思い浮かばなかった明るい未来を考えようとした。歩数を数えるのをやめ、これから何をしようか、暗闇から解放されたらどこへ行こうかと思いをめぐらせながら、先へ先へと歩いていった。よく覚えていないが、ときどき壁や歩道の縁を手で探り、方向を確かめていたようだ。そうはしていたものの何となくそうしただけで、何をしていたか意識していなかったし、あとから思い出すこともなかった。

はたして、目の見えない人間が障害物に遭遇する不安を捨て去ることができたとして、目の見える人間と同じようにまっすぐ正確に歩くことができるだろうか？　言えるのは、気分が高揚して心ここにあらずの状態になった私にそれができたらしいということだ。希望を取り戻した喜びに酔いしれ、夢遊病者のように、あるいは夢うつつのうちに歩いていたのかもしれない。とにかく私は、今後の明るい展望のほかはすべてを忘れ、自分がどこにいるかわからなくなったことも気にせずに歩き続けていた。いきなり、こちらに向かって歩いてきたらしい男とぶつかった。私は我に返り、惨めな現実に引き戻された。相手は体を振り払い、「馬鹿野郎！」と言い捨てて足早に歩き去った。衝突した地点に残された私は、その場に立ち尽くし、どこにいるのだろう、これからどうしたらいいのだろうと考え込んだ。

誰の助けも借りずに家に帰り着こうとするのは無理だった。リピーター時計を持参しなかったので、どれくらい歩き続けていたのかもわからなかった。歩数を数えるのをやめてから、十分経ったのかもしれないし、一時間経ったのかもしれない。病的なほどに気持ちが昂ぶりはじめて、さまざまなことに思いをめぐらせたことから判断すると、一時間は経過していると思ったほうがよさそうだ。冷静さを取り戻した今では、この場所から離れずにじっとしていたほうが賢明だと思った。確かに非常識な時間、少なくともロンドンのこの閑静な地区では非常識な時間だったが、警官か誰かの足音が聞こえてこないとも限らない。私は壁に寄りかかって辛抱強く待った。

まもなくこちらに近づいてくる足音が聞こえた。だがそれは、よろめきながらふらふら千鳥足で歩く足音だった。その音だけで足音の主がどんな様子か推し量ることができた。どうやら私が期待する人物ではなさそうだ。やり過ごして別の誰かが来るのを待ったほうがいいだろうと思った。ところが、その足音の主はふらつきながら私に近づき、そばで立ち止まった。陽気だが、足音に似たろれつのまわらない口調で声を張り上げた。

「おれよりしどいやつが、ここにいたよ！　おい、兄ちゃん、全然歩けないのか？　明日(あした)になったら、おれよりもしどい二日酔いになるやつがいたよ。そう思うと、ちっとは気が楽になるぜ」

「ウォルポール通りへどう行くか教えてもらえませんか？」私は、しらふであると相手にわかるように背筋を伸ばして訊いた。

「ウォルポール通り？　いいとも、すぐそこしゃ、三つ目の角を、たしか左に」

「そちらの方向に行くようでしたら、通りへの曲がり角まで連れていってもらえませんか。目が見えなくて、道に迷ってしまったんです」

「目が見えないのか、そりゃ気の毒に。じゃあ酔っ払ってるんじゃないんだな。おれが誰かを連れて歩ける状態だと思うか？　〝盲人が盲人を手引きしぃば――二人とも穴に落ちん〟（新約聖書「マタイによる福音書」の一節）というところだな。いや、待てよ、こうしゅるのはどうだ」男は酔っ払いなりのまじめくさった口調で言った。「取りしきをしよう。おれは目を貸してやるから、あんたは足を貸してくれ。いい考えだろ、しゃあ行こう」

男は私の腕を取り、二人でふらつきながら通りを歩いていった。やがて男が足を止めた。

「ウォルポール通りだ」男はしゃっくりをしながら言った。「家まで連れてってやろうか？」

「その必要はありません。私の手を曲がり角の家の柵に置いてもらえませんか。それで大丈夫です」

「おれのほうも大丈夫だといいんだがな。兄ちゃんの足を借りて家まで連れていってもらいたいくらいだ」道案内をしてくれた酔っ払いは最後に、「おやしゅみ、ありがとしゃん」と言った。

男は向きを変えて歩き去ったようだ。私は家に戻ることにした。

ウォルポール通りのどちらの端から歩きだしているのかよくわからなかったが、それは大した問題ではなかった。六十二歩か六十五歩で家の前に着くはずだ。六十二歩進んで、柵と柵のあいだを手で探ったが、家の玄関はなかった。さらに一、二歩進むと玄関があった。無事に家にたどり着けてホッとした。だが正直なところ、自分の向こう見ずな冒険を恥ずかしく思いはじめてもいた。プリシラが私のいないのに気づき、他の下宿人を巻き込んで大騒ぎしていなければいいのだが。出てきたときのように、おとなしく自分の部屋に戻れるだろうと思っていた。綿密に計算してはいたものの、本当に元の家にたどり着いたのかどうかはいささか不安だった。だが、間違ったとしても、せいぜい一軒か二軒隣に来てしまっただけだろう。手にしている鍵で確かめればいい。

玄関ドアの前の階段を上った。出てきたときに下りたのは四段だったか？　それとも五段だったか？　鍵穴を探り当て、鍵穴に鍵を差し込んだ。鍵は難なくまわり、ドアが開いた。間違っていなかったのだ。一度で探し当てたことに満足し、内心大いに得意だった。「〝必要は発明の母〟であることを最初に発見したのは、きっと盲人だったのだろう」私はそうつぶやきながら、静かに玄関ドアを閉めて家の中に入り、こっそり自分の部屋に戻ろうとした。

いま何時なのだろうと思った。見えないなりにも明るいか暗いかくらいは判別できたので、まだ夜中だということはわかった。どうやらウォルポール通りに近い所で立ち止まっていたようだ。興奮状態で歩いた時間はそれほど長くなかったのだろう。たぶん二時頃だろうと見当をつけた。

寝ている人を起こさないよう、出てきたときよりもさらに気をつかって進み、階段の上がり口を探り当て、そろりそろりと上りはじめた。

見えないながらも、なぜかその家は知らない家のように思えた。階段の手すりの触り心地が違うし、絨毯の感触も違うような気がする。別の家に入り込んでしまったのだろうか？　同じ鍵で別の家の錠が開いた例はいくらでもある。近所の家に迷い込んでしまったのだろうか？　私は立ち止まった。額に冷や汗がにじんできた。もしそうだとしたら厄介な事になる。一瞬、後戻りして隣の家に行ってみようかと考えたが、本当にこの家が間違いなのか確信が持てなかった。そのとき、自分が住んでいる家には階段を上りきったところに張り出し棚があり、石膏像が飾ってあったことを思い出した。位置は正確に覚えている。頭をぶつけないようにいつも注意されていたからだ。そこまで行って手探りで確かめればわかるだろうと思い、私は階段を上っていった。

壁に沿ってそっと指を走らせてみたが、棚はなかった。代わりに手が触れたのは、ドアの横木だった。これではっきりした。ここは別の家だ。私がやれることは、入ってきたときと同じように静かにここを抜け出し、運を隣の家に任せることだ。手探りで後戻りしようとしたそのとき、くぐもった話し声が聞こえてきた。こんな遅い時間だというのに、先ほど指が軽く触れたドアの奥の部屋で話し合っている人たちがいる。

会話の内容は聞き取れなかったが、男が何人かいるらしいことは確かだった。私は呆然と立ち尽くした。ドアをノックして、部屋の人たちの親切心にすがるべきだろうか？　事情を説明して謝罪すればいい。目が見えないので間違えたと言えばわかってもらえるのではないか。きっと家に帰る道まで連れていってくれるだろう。そうだ、そうするのがいちばんいい。真夜中に空き巣のように次から次へと見知らぬ家に忍び込むわけにはいかない。ひょっとすると、この並びの家はどこもありふれた同じ錠で、私の鍵を使えば全部開くのかもしれない。だがそんなことをしたら、あやしい者ではないと申し立てる前に、恐れおののいた家主に銃弾を撃ち込まれてしまうだろう。

ドアをノックしようと手を伸ばすと、別の声が聞こえてきた。女性の声だ。さらに奥の部屋から聞こえてくるようだ。静かなピアノの伴奏に合わせて低い声で歌っている。私は立ち止まって耳を傾けた。

これまで自分の運命の辛さを訴えることばかりに気を取られ、惨めな境遇の中でも慰めとなるものがあったことを書き漏らしていた。それは、目が見えない人に与えられる天からの慈悲深い贈り物——音楽だ。音楽がなかったら、暗闇と不安にさいなまれたあの数週間に私は正気を失っていたに違いない。持て余した多くの時間を楽器を奏でて過ごすことができなかったら、演奏会に連れられて演奏や歌声を聞くことができなかったら、毎日が耐えがたいものになっていただろう。耐えがたい日々の辛さを軽くしようとして私が訴えたであろう手段を想像するだけで、背筋が寒くなる。

私は立ち止まり、歌声に耳をすました。最近ヨーロッパ大陸で上演されたオペラの一曲だった。イギリスではまだあまり知られておらず、素人が進んで挑戦するような曲ではなかった。歌っているのがどこの誰かはわからないが、声をひそめて優しく歌っている。まるで思いきり声を出すのを恐れているかのようだ。遅い時間だったから控えめにしていたのかもしれない。それでも、音楽のわかる人であれば、歌声が並みの歌い手のものでないことがわかっただろう。鍛え抜かれた歌唱力と内に秘めた可能性は明らかだった。もっとふさわしい場所で歌ったら、どれほどの水準に達するかは容易に想像できた。私は魅了された。どうやらプロの音楽家たちの溜まり場に迷い込んだらしい。彼らは仕事が終わるのが遅いから、自由に楽しむ時間が真夜中に食い込んでしまうのだろう。私にはむしろ好都合だ。ボヘミアン風の生活をしている人たちなら、真夜中に闖入者（ちんにゅうしゃ）が現われても、驚いて理性を失うことはなさそうだ。

歌い手は二番の歌詞を歌いはじめていた。私はドアに耳を寄せ、一音も漏らさずに聞こうとした。魅惑的だが歌いにくいフィナーレをどう歌いこなすのか聞きたかったのだ。そのとき、別の声がした。優しい音色のソフトなメロディと情熱的な愛を静かに語る歌詞とは正反対の恐ろしいあえぎ声だ！ぞっとする息も絶え絶えのあえぎ——それが何を意味するか、答えは一つしかない。深いうめき声がしばらく続き、最後に喉の詰まるような音がした。身の毛がよだった。急に歌声がやみ、耳をつんざくような女性の叫び声が響き渡った。美しいメロディが急に不協和音になったようなすさまじい変化だ。それから重いものが床にどさりと落ちる鈍い音が聞こえた。

そのあとは何の物音もしなかった。私が立っている所からほんの数フィート先で、おぞましい何かが起こったのだ。心臓が激しく鼓動した。興奮状態に陥った私は、自分が他の人とは違うことを、力と勇気があっても役に立たないことを、すっかり忘れてしまった。とにかく、犯罪がこのまま見過ごされるのを阻止したい――人の命を救い、苦しんでいる人を助け、人間としての義務を果たしたい――という思いに突き動かされ、勢いよくドアを開けて部屋に飛び込んだ。部屋が明るく照らされていることはわかったが、自分の目には何も見えないことに気づき、自分のしたことの愚かさと軽率さを思い知らされた。ある思いが閃光のように頭をよぎった。武器も持たず、目も見えず、何もできない体でこの部屋に足を踏み入れてしまった。待っているのは死だ！

悪態をつく声が聞こえた。驚いて思わず発したのだろう。少し離れたところで女性の悲鳴が聞こえたが、くぐもった弱々しい声になっていた。そのあたりで人がもみ合っているようだ。人を助ける力などないにもかかわらず、とっさに悲鳴のするほうに向きを変え、二、三歩進んだ。何かにつまずいた。人の体の上に倒れ込んだようだ。恐怖のさなかにありながら、生温かい液体が手にじわじわ広がっていくのを感じて鳥肌が立った。

立ち上がろうとすると、屈強そうな生きた人間の腕が喉を締めつけてきて、私を押し倒そうとした。近くで拳銃の安全装置をはずすカチリという音がした。ああ、一瞬でいいから光がほしい！　せめて私の命を奪おうとする者たちを見ることができたら――今思うと妙なことを気にしたものだが――せめて自分の体のどこにその致命的な銃弾を受けるのかを知ることができたらと思った。一時間か二時間前は、ベッドに横になって死を願っていたというのに、この瞬間、たとえ暗闇に包まれた人生であろうと、太陽の下に生を享けたあらゆる生き物と同じように、自分の命はかけがえのないものだという思いに駆られた。私は叫んだ。まるで他人の声のようだった。

「助けてくれ！　私は目が見えないんだ！　何も見えないんだ！」

第二章　酔っていたのか？　夢を見ていたのか？

私を押さえつけている手は少しも力をゆるめなかった。だが、たとえゆるめたとしても獲物を取り逃がしはしなかっただろう。こんな状況になった以上、生き延びるためにはおとなしくして、私の言うことが事実であると信じてもらえるようにするしかないと思った。抵抗しても得られるものは何もない。すべてを失うだけだ。腕力には自信があったが、五感すべてを使えたとしても、今、私を押さえつけている男と互角に闘えるかどうかは疑わしい。男の両手と両腕には力がみなぎっている。私は目が見えず何もできないのだから、もみあってもあっという間に決着が着くだろう。それに、何人いるかわからないが、相手にはすぐに加勢できる仲間がいる。私の置かれた立場では、ちょっとでも反抗したら一巻の終わりだ。

私は立ち上がるのをやめ、自分の下に横たわっている死体と同じようにじっとしていた。一瞬一瞬が一時間のように感じられた。

この状況を想像してもらいたい。盲目の男が、知らない家の知らない部屋にいて、ついさっき断末魔のうめき声を発した男の上に倒れ込み、体を押さえつけられている。男の命は、少し前に邪悪で卑劣な犯罪にかかわったに違いない者たちの情けにかかっている。男は、取り囲む殺人者たちの顔色をうかがい、その表情から自分を生かすつもりなのか殺すつもりなのかを読み取ることすらできない。

今この瞬間にも、ナイフで刺されるか、銃弾を撃ち込まれるかもしれない。何も見えず、何も察することもできず、感じるのは喉を締めつける二本の手と、自分の体の下にある死体だけだ。聞こえてくるのは、かなり離れた所にいる女性のくぐもったうめき声だけだ。どんな奇想天外な小説といえども、このときの状況をリアルに描くことはできないだろう。

このときから私は、頭髪が恐怖で突然真っ白になることがあるという話をまったく信じなくなった。もしそんなことがあり得るなら、あの部屋を出たとき、私の髪は老人のように真っ白になっていたはずだ。

あれから何年も経った。この手記を書いている今、身のまわりに危険はまったくなく、平穏そのものので、平和に暮らしている。愛する人たちも身近にいる。それにもかかわらず、言葉では表わせないほどの恐怖を味わった瞬間がまざまざと甦ってくると、ペンを持つ手は震え、血の凍る思いがし、失神しそうになるのだ。

幸い私は、その場を動かないで、「目が見えないんだ！　私をよく見てくれ！」と何度も叫ぶことができた。無抵抗な様子と声の調子が、私の命を乗せた天秤のバランスを変えたのかもしれない。訴えを聞いた男たちが私の訴えを信じはじめたようだ。不意に、視覚を失った目にランプの強い光を感じた。明かりの熱が感じられるほどランプが顔に近づけられた。誰かが、かがみ込むか膝をついて私の目をのぞき込んでいるらしく、息が頬にかかった。興奮しているのだろう、ぜいぜいと荒い息づかいをしている。あのような行為に及んだばかりなのだから当然だ。

しばらくして男は立ち上がったようだった。少しして、私を押さえつけていた手が離れるのがわかった。初めて、助かるかもしれないという希望が湧いてきた。

それまでまわりにいる者たちは誰も口を利いていなかった。やがて話し声が聞こえてきたが、かなりひそめた声だったので、鋭敏になっている私の耳でも、一つの単語も聞き取れなかった。しかし少なくとも三人の男がひそひそ話し合っていることはわかった。

その間(かん)ずっと、この場に似合いの陰鬱な伴奏のように、くぐもった女性のうめき声が聞こえていた。そのときの私は、一瞬でも視力が回復し、まわりで起こったこと、そのとき起こっていることを理解できるなら、自分のすべてを、命以外のすべてを差し出してもかまわないという気持ちだった。

ひそひそ声は続いた。話し声はしだいに重なりあい、早口になった。抑制のきいた話し合いのようだが、白熱してくるとよく見られるように、同時に話しだしたり互いに相手を遮ったりしていた。何を話し合っているのかは頭を働かせなくてもほぼ推測できた。やがて完全に話し声がやみ、聞こえてくるのは痛ましいくぐもった女性のうめき声、単調に続く陰鬱なうめき声だけになった。

足が私に触れた。「立ち上がっていいぞ」と誰かが言った。向こうみずに部屋へ飛び込んだときに悪態をつく声が聞こえたが、それは外国人の口から出たもののような気がしていた。しかしこのとき私に声をかけてきた男は、訛りのない英語を話していた。落ち着きを取り戻しつつあった私は、こうした細かなことにも気を配れるようになっていた。

ありがたいことに、恐ろしい褥(しとね)から離れることが許され、私は立ち上がった。そのあとどうしてよいかわからなかったので、その場にじっと立っていた。

「まっすぐ四歩進め」男は言った。私は従った。三歩進むと壁にぶつかった。私が盲人だと訴えているのが本当なのか、念のため確かめたのだろう。

肩に手が置かれ、椅子に導かれた。「さあ」同じ声が言った。「できるだけ手短に、あんたが何者なのか、どうやって部屋に入ったのか、なぜここへやってきたのか話してくれ。簡潔に頼む。ぐずぐずしている時間はない」

時間がないことは理解できる。やるべきことが――隠すべきことが――山ほどあるはずだ。ああ、一瞬でも目が見えたら！　その対価が、何年も暗闇の中で生きることだったとしても！

私はできるだけ要点を絞り、このような苦境に陥ったいきさつを話した。ただ、自分の名前だけは明かさなかった。殺人者たちに本名を教えたらどうなる？　見張りをつけられ、彼らの身に危険が及ぶ事態になれば、間違いなく私は数フィート先に横たわる死体と同じ運命をたどらされるだろう。そう思って偽名を名乗ったが、それ以外は起こったことをありのままに話した。

話しているあいだずっと、向こうの部屋から痛ましいうめき声がしていた。聞いていると気が狂いそうだ。もしもそのとき、暗闇に手を伸ばし、男たちの誰か一人の喉を締めつけ、確実に死に至らしめることができたら、自分の運命がどうなろうと私はそうしていただろう。

私の説明が終わると、また声をひそめた話し合いが始まった。やがて先ほど話しかけてきた男が、私が命の危険にさらされるきっかけを作った鍵を渡すよう要求してきた。その鍵で玄関ドアを開けられるか試し、私が言ったとおりに開くかどうか確かめるつもりなのだろう。鍵は返してもらえなかったが、ふたたび同じ男の声が聞こえた。

「ありがたく思え。あんたの話を信じることにした。さあ、立つんだ」立ち上がると、部屋の別の場所に移され、椅子にまた座らされた。盲人らしい仕草で両手を伸ばしてみた。部屋の隅で、二つの壁の角に顔を向けているのがわかった。

「体を動かしたり、あたりを見まわしたりしたら――」その声は言った。「目が見えないという話は信じられなくなる」

どう考えても最後の言葉は手加減はしないという脅しだ。私はおとなしく座って聞き耳を立てるしかなかった。

当然、彼らにはやるべきことがたくさんあった。部屋の中をせわしなく動きまわっているようだった。戸棚や抽斗（ひきだし）を開ける音が聞こえた。紙を破く音がし、紙の燃える匂いがした。何かずっしり重いものを床から持ち上げる音、布を引き裂くような音、小銭のじゃらじゃらいう音、懐中時計の針が動く音もした。誰かが自分の時計を近くのテーブルに置いたのだろう。不意に、かすかに空気が動くのを感じた。ドアが開いたようだ。階段を慎重に下りる足音が聞こえた。重たい荷物を運んでいるような足音だった。それが何であるかを思い、背筋が凍りついた。

最後の仕事を片づける前に、女性のうめき声はやんでいた。しばらく前からしだいに小さくなり、やがてときどき聞こえるだけになっていたが、今ではまったく聞こえなくなっていた。神経過敏になっていた私は、うめき声がやんだときはホッとしたが、犠牲者が一人ではなく二人になったのかもしれないと思うと、胸の締めつけられる思いがした。

少なくとも二人の男が、あの荷物をかかえて出ていったようだったが、自分一人が残されたのではないことはわかっていた。誰かがいいかげん疲れたといわんばかりに吐息をつき、椅子にどさりと腰を下ろす気配がした。見張り役として残された男に違いない。私はそこから逃げ出したかった。これが夢であって、目が覚めてくれたらと願った。この恐怖には、この悪夢にはもう耐えられない。私は振り向かずに言った。「こんな恐ろしい所に、あとどれくらいいなければならないんですか？」

椅子に座った男が身じろぎしたようだったが、返事はなかった。「ここから出してもらえませんか？」私はすがるように言った。「私は何も見ていません。外に出してください。どこでもかまいません。このままここにいたら、頭がおかしくなってしまいます」

それでも返事はなかった。私はそれ以上何も言わなかった。

まもなく外に出ていた男たちが戻ってきた。家に入り、ドアを閉める音が聞こえた。それからひそひそ話し合う声がして、コルクを抜く音とグラスをカチッと合わせる音が聞こえた。この夜のおぞましい仕事を片づけたあとで一息入れているのだろう。

やがて妙な臭いが、薬のような臭いが鼻をついた。肩に手が置かれ、液体の入ったグラスを手に持たされた。

「飲むんだ」さっきの声が言った。私に話しかけてくるただ一つの声だ。

「飲むものか！」私は声を張り上げて言った。「毒かもしれないじゃないか！」

短く笑う耳ざわりな声が聞こえ、冷たい金属の輪が額に触れた。

「毒じゃない、鎮静剤だ。飲んでも害はない。だがこっちのほうは――」男は言った。小さな鉄の輪が額に押しつけられた。「こっちも選択肢の一つだ。どっちを選ぶ！」

私はグラスを飲み干した。拳銃が額から離れるのがわかりホッとした。「いいか」男は空になったグラスを私の手から取って言った。「あんたが賢い人間なら、明日の朝、目が覚めたら、『酔っぱらっていたか、夢を見ていたのだろう』と言うはずだ。あんたは我々の声は聞いているが、姿は見ていない。だが我々に見られたことはよく覚えておくんだな」

男がそばを離れる気配がした。まもなく抵抗も空しく強い眠気に襲われた。しだいに意識が混濁し、理性が失われていった。頭が一方に傾き、それからもう一方に傾いた。覚えているのは、最後にがっしりした腕が私の体を支え、椅子から転げ落ちないようにしたことだった。何の薬だったにしても、即座に強い効き目があったのは確かだ。

薬のせいで何時間も意識を失っていたようだ。ようやくその効果が弱まったらしく、私の頭は意識を取り戻そうと闘いはじめた。やがて、靄(もや)のかかった感じながらもどうにか意識が戻ると、ベッドに横になっているのがわかった。両腕を伸ばして手探りすると、そこは自分のベッドだった。私はごく自然に、苦悩にさいなまれた心が作り出した途方もなく恐ろしい夢を見たのだと思った。なんとかそこまでは頭がまわったが、また意識がもうろうとしてきた。それでも一晩中ベッドを離れなかったのだと納得し、大きな安堵感に包まれた。

こうして精神の安らぎは得られたものの、体のほうはそうはいかなかった。頭は二つに割れそうで、口はカラカラに渇いていた。意識が徐々に戻るにつれて、こうした不快な症状はますますはっきりしてきた。私はベッドに起き上がり、ズキンズキンと脈打つこめかみに両手を押し当てた。

「ああ、坊ちゃま!」ばあやの声が聞こえた。「やっと気がつかれたのですね」それから別の声がした。優しい穏やかな男性の声だった。

「大丈夫、すぐ元気になられるでしょう。脈を診させてください、ミスター・ヴォーン」

柔らかい指が私の手首に置かれた。

「どなたですか?」私は尋ねた。

「医者のディーンです。往診に来ました」来訪者は言った。

「私は寝込んでいたのでしょうか? どれくらいのあいだ? 何日くらい?」

「ほんの数時間です。心配することはありません。もう一度横になって、しばらく安静にしていてください。喉は渇いていますか？」

「はい、カラカラで死にそうです。水をください」

水を渡された。私はごくごく飲み、人心地がついた。

「では、こうしてください」ディーン医師はプリシラに指示した。「薄いお茶を淹れて、食欲が出てきたら何か差し上げるように。のちほど様子を見にきます」

ディーン医師を見送ったプリシラは、ベッドのそばに戻り、枕を叩いて心地よいかたちに整えてくれた。このときまでに私はすっかり目が覚めていたが、前夜の夢が甦ってきた。夢とは思えないほど細かな点まで鮮明に思い出していた。

「いま何時だい？」私は尋ねた。

「正午近くですよ、ギルバート坊ちゃま」プリシラは傷心の体で悲しげに答えた。

「正午だって！　いったいぼくは何をしていたんだ？」

ばあやの目に涙があふれた。声が詰まって何も答えられなかった。私はもう一度訊いた。

「ああ、ギルバート坊ちゃま！」彼女はむせび泣きながら言った。「どうやって外に出たんですか？　坊ちゃまの部屋に入ったら、ベッドが空っぽじゃありませんか。自分が寝ぼけているのかと思いましたよ」

空っぽのベッドを見ただって！　私は身を震わせた。昨夜の恐怖は現実だったのだ！

「どうやって外に出たんですか、ギルバート坊ちゃま！」プリシラは続けた。「ひと言もおっしゃらずに出ていって、ロンドンの向こう側までさまよい歩くなんて！　何も見えないのに、たった一人で」

「ここに座って、いったい何があったのか、ぼくにわかるように話してくれないか」

プリシラはまだ小言が足りないようだった。「ほろ酔い気分になりたいとか、お酒を飲んでぐっすり眠って何もかも忘れたいというのでしたら、家でもできるじゃありませんか。ときどきそうなさっても、ばあやはちっともかまいませんのに」

「優しい言葉をありがとう、プリシラ。それはそうとして、昨夜のことを話してくれ」

私が苛立ってきたのがわかり、ようやくプリシラは言われるままに話しはじめた。話を聞き終えると頭がくらくらしてきた。彼女の話はこうだった。

プリシラは、私がこっそり家を抜け出してから一時間ほど経った頃に目を覚ました。ドアに耳を寄せ、私が眠っているか、何かほしがっていないか確かめようとした。何の音も聞こえなかったので部屋に入った。ベッドは空で、私はいなかった。そのときのプリシラは、もっと恐ろしいことが起こったと思ったはずだ。ここ数日、私がすっかり落ち込んで泣き言ばかり言っていたので、最初に頭に浮かんだのは、私が自ら命を絶ったのではないかという恐怖だったに違いない。プリシラは私を探しはじめたが、すぐに誰の手も借りないで見つけるのは無理だと気づき、こんな苦境に陥ったイギリス人女性の最初で最後の拠り所——警察に助けを求めた。最寄りの警察署で事情を話し、懇願し、私が盲人であることを強調し、緊急性を知らしめた。警察は彼女の訴えをしっかり受け止め、ただちに各地の警察に電報を打ち、容貌の合致する人間が見つかっていないかどうか問い合わせた。プリシラは不安に苛(さいな)まれながら待った。午前五時頃、ロンドンの向こうの端から返事があった。盲人らしい若い男が酔って正体をなくし、ちょうど運び込まれたところだというのだ。

プリシラはすぐに駆けつけ、意識をなくして横になっている私の様子を目にした。こんな姿では、意識が戻ったら治安判事のところに連れていかれるのは間違いない。まもなく医師が呼ばれ、この男性はアルコールはまったく摂取していないと証言した。精力的に行動したプリシラは、首尾よく私を辻馬車に乗せ、警官に彼女の思うところを少しばかり披露し、このところ私が不幸をひどく嘆き悲しんでいる様子だったと述べた。それから、意識のない私を連れて意気揚々と帰途につき、無謀にもベッドを抜け出た私を床につかせた。

彼女の言葉から推測するしかなかったが、警官の前では憤慨してみせたものの、プリシラ自身も内心では私の状態について警察と同じように考えているようだった。とりわけプリシラは、そのとき証言をした医者に感謝していた。機転が利く話のわかる医者が、折よく嘘の証言をして私を窮地から救ってくれたと思い込んでいるらしかった。

「でも、そのあともあんなに長く気を失っているなんて、そんな人は見たことがありません。もう二度とあんなことはしないでくださいね、ギルバート坊ちゃま」プリシラはこう締めくくった。

彼女の思い込みには逆らわなかった。プリシラを相手に昨夜の冒険を打ち明ける気にはなれなかった。いちばん無難なのは、今は何も言わないことだ。そんなに不自然な結論というわけでもないのだから、彼女の考えた結論が正しいと思わせておけばいい。

「二度としないよ」私は言った。「さあ、朝の食事を用意してくれないか。お茶とトースト、それだけでいいから」

プリシラは私の求めに応えようと部屋を出ていった。空腹だったわけではない。少しのあいだ一人になりたかっただけだ。割れるように痛む頭が許す範囲でだが、一人になって考えたかったのだ。

家のドアを出てから起こったことのすべてを思い出した——我を忘れて歩いたこと、酔っぱらいに道案内をしてもらったこと、歌声が聞こえてきたこと、何が起こったかを物語る恐ろしい物音を聞いたこと、手がそれに触れたこと――あらゆることがはっきり思い出され、麻酔薬を無理やり飲まされた時点まで記憶を呼び戻したが、そのあとの記憶は空白だった。プリシラの話から推測すると、その空白の時間に、数マイル離れた通りに運ばれ、そこに放置され、警官に発見されたようだ。実に巧妙な細工をしたものだ。私は意識を失ったまま、たまたま遭遇した犯行現場から遠く離れた場所に放り出された。人に話せば荒唐無稽に聞こえるだろう。はたして信じる者などいるだろうか？

不意に、手が生温かい液体に触れたときの恐怖を思い出した。倒れた男の体の上に押さえつけられていたときのことだ。私はプリシラを呼んだ。

「ねえ」私は彼女に右手を差し出した。「この手は汚れてなかったかい？　ぼくを見つけたとき、この手は汚れてなかったかい？」

「汚れてなかったかですって？　そうそう、汚れていました、ギルバート坊ちゃま」

「何がついていたんだ？」私は勢い込んで訊いた。

「泥だらけでした。まるでどぶに落ちてもがいたみたいに。坊ちゃまを連れ帰って最初にしたのは、手と顔を洗って差し上げることでした。目が覚めるんじゃないかと思ったんです。そうすればたいていの場合、目が覚めるものですから」

「上着の袖はどうだった？　シャツの袖は？　右腕のほうだ。何かついていないか見てくれないか」

プリシラは笑いだした。「右の袖はありませんでした。肘のところから引きちぎられていて、腕がむきだしになっていました」

話を裏づけるわずかな状況証拠も消えてしまった。もう何も残っていない。あるのは、盲目の男の証言だけだ。しかもその男は、真夜中にこっそり家を抜け出し、四、五時間後に何マイルも離れた場所で発見され、公衆道徳の見張り番たる警官が身柄を保護しなければならない状態だったのだ。

そうは言っても、私はあのような犯罪が行われたことを知っているという重荷をかかえながら、その事実を黙ってはいられなかった。翌日、麻酔薬の効き目がすっかり消えると、よく考えた末に弁護士を呼びにやった。信頼の置ける知人でもある彼の助言を仰ぐことにしたのだ。話しはじめるとすぐに、この話はとうてい信じてもらえそうもないと悟った。弁護士は神妙な顔で耳を傾け、「それはそれは!」「なんてことだ!」「そんな馬鹿な!」などと驚きを表わす決まり文句で相槌を打ってくれるものの、私を気づかってそうしているだけで、最初から最後まで妄想だと思っているのは明らかだった。きっとプリシラがあらかじめ彼に話をして、彼女が知るかぎりのことを伝えていたのだろう。私は信じてもらえないことに苛立ち、この話はもうやめたほうがよさそうだと声を荒らげた。

「そうだな、きみの立場だったら、私もやめておくだろう」弁護士は言った。

「ぼくの話を信じないんですね?」

「きみが事実だと思っていることを話していることは信じるよ。だが私の意見を聞きたいと言うなら、『夢うつつで歩きまわり、すべては夢で見たことに違いない』と答えるしかないだろうね」

あまりに腹が立って反論する気にもなれず、彼の助言に従うことにし、話をそれ以上長引かせなかった。別の知人にも話してみたが、結果は同じだった。私を子供の頃から知っている人たちに信じてもらえないのなら、よく知らない人たちに信じてもらうことなど期待できそうもない。私の話は何もかも曖昧で裏づけもなかった。犯罪が行われた場所さえ特定できないのだ。ウォルポール通りのどの家の錠も、どうやら私が持っている鍵で開けられるものではなさそうだった。近くに同じ名前の通りがもう一つあるということもなかった。おそらく、千鳥足のあの友人が、聞き違えて別の通りに案内したのだろう。

新聞広告を出し、あのときの酔っぱらいに連絡を請うことも考えたが、どんな文面にしたらよいか思いつかなかった。あの人物だけがその意味を理解し、犯罪にかかわった者たちには気づかれないものにしなければならないからだ。本名と住居を知られたら、見張りをつけられ、今からでも動向を探られるかもしれない。一度は命拾いしたが、二度はないだろう。誰にも信じてもらえないような話を打ち明け、知らない男たちを告発して自分の命を危険にさらす必要があるだろうか？　そんなことをして何になるというのか？　今頃はもう、殺人者たちは犯罪の痕跡を消し去り、姿をくらましているに違いない。起こったことを何も証明できないのに、そんな話をして物笑いの種になる必要があるだろうか？　そんな必要はない。あの恐ろしい夜のことは夢だったと思うことにしよう。いずれ記憶は薄れ、何も思い出さなくなるだろう。

まもなく他のことに関心が移っていった。あの忌まわしい記憶が頭から追い払われるほどの一大事だった。願いが現実になったのだ。私は歓喜で気が狂わんばかりになった。科学が勝利した。敗れた敵は私のもとを去った。ふたたび敵が襲ってくる可能性はまずないだろうと告げられた。世界はふたたび光に満ちあふれた。私は目が見えるようになったのだ！

とはいえ治療は長きにわたり、忍耐強さが要求されるものだった。両目に手術を受けた。まず片方の目を手術し、成功が確認されてから、もう片方の目を手術した。数カ月かかって、ようやく暗闇から完全に抜け出ることが許された。光は少しずつ慎重に与えられたが、ふたたび光が与えられることに疑う余地はなかったので、どんなに時間がかかっても思いわずらうことはなかった。私は辛抱強く、実に辛抱強く待ち、そして感謝した。必ず報われるとわかっていたので、ジェイ先生の指示を忠実に守った。

治療は、きわめて単純で安全な手術法――病気の性質と患者の年齢が許せば常に選択される手術法――が採用された。〝溶解法〟あるいは〝吸収法〟と呼ばれる手術法だ。すべての治療が終わり、炎症の危険が完全になくなって、強い凸レンズの助けを借りれば日常生活では支障ないほどに視力が回復したとき、ジェイ先生は患者と同時に自分自身をも祝福し、これまで自分がかかわった治療の中で、もっとも非の打ちどころのない成功事例になるはずだと言った。確かに画期的な成功だったことは間違いなく、このあとに出版された眼科のどの専門誌にも、私の治療が成功例として紹介されているという。

治療が終わったと告げられたときのことは死ぬまで忘れないだろう。包帯がはずされ、何にも覆われていない目をこれから少しずつ慣らしていくようにと言われた。

心が喜びに満ちあふれた。終わりのないように思われた夜が明け、目が覚めると太陽や星々が見えた。晴れ渡った空に、風に吹かれた雲が次々と流れていく。緑の枝々がそよ風にそよぎ、震える影を散歩道に落としている。昨日(きのう)はつぼみだった花々が、今日は一斉に咲きほこっている。夕日に照らされて茜色(あかね)に染まった広大な海がまぶしく輝いている。絵画や人影や山々や小川を眺め、その形や色をこの目で確かめられる。私の手を握り優しい言葉をかけてくれる友人の声を耳にするばかりでなく、その唇の動きや笑顔を目にすることができるのだ！

新たに光を与えられた最初の何日か、あらゆる女たち、男たち、子供たちの顔が、長らく会えずにいて再会した大切な友人の顔のように懐かしく感じられた。

これほどの歓喜を語ったあとで水を差すようだが、唯一の欠点は、強い凸レンズの眼鏡をかけなければならないことだった。まだ若かった私は、それによってひどく不細工に見えるのが我慢ならなかった。

「この先もずっと、この眼鏡をかけなければならないのでしょうか？」私は情けない声で訊いた。

「そのことについて――」ジェイ先生は言った。「お話ししようと思っていたところです。これからは、眼鏡なしで暮らすのは無理です。覚えておいてください。手術によって、目の中にある水晶体と呼ばれるレンズを破壊し、溶解し、吸収しました。レンズがあった場所は液体で満たされています。この液体には強い屈折力があるのです。人間が自然の女神に屈しなければ、女神のほうが人間に屈するということもあります。自然の女神を抑え込む努力を続けていれば、女神のほうが少しずつ人間に合わせてくれるということもあります。この努力をしなければならないのは、あなた自身です。あなたは若いし、仕事もしていないし、日々の糧を得るために視力が必要というわけでもありません。眼鏡を常にかける必要がありますが、自然の女神に対して、こんなに強い眼鏡の助けがないようにしてほしいと願い続けていれば、女神は最後にはそれをかなえてくれるでしょう。それまではその努力を辛抱強く続ける必要があります。この辛抱に耐える能力を持った人や実際に耐えた人はごくわずかですが、私の経験からいって、多くの場合それは実現可能です」

私はそれを実現させると決心し、ジェイ先生の助言に従った。うっとうしくて仕方なかったが、眼鏡をかけるとひどくぼやけてはいたものの目の前にあるものが何であるかはわかった。やがて努力が報われる日がやってきた。ゆっくりと、非常にゆっくりと、視力が良くなっていき、二年ほど経った頃には、凸レンズとは気づかないくらい弱い眼鏡の助けを借りるだけになった。その眼鏡をかければ普通の人と大差ないくらい見えるようになったのだ。それから私はふたたび人生を楽しむようになった。

完治に至るまでの二年間、あのおぞましい夜の出来事が一度も頭をよぎらなかったというわけではないが、謎を解き明かそうとしたり、空想の産物ではないと人を説得しようとしたりはしなかった。あの夜の冒険の記憶は心の奥にしまい込み、二度と口にしなかった。必要なときに備え、すべてを詳しく書き留めると、私は耳にしたあらゆる出来事を記憶から消し去ろうと努めた。おおかたうまくいったのだが、一つだけ消し去ることのできない記憶があった。あの女性の泣き叫ぶ声、快いメロディから絶望の叫びへと変わったあの哀れな声だけはいつまでも記憶に残り、長いあいだあの声のことを考えずにいることはできなかった。あの夜の夢を見ることがあれば、夢をかき乱すのはいつもあの叫び声だった。身を震わせながら目覚めたときに耳の中で鳴り響いているのは、まさにあの泣き叫ぶ声だった。だが、少なくともそれが夢の中だけであることをありがたく思えるようにはなった。

第三章　なんて美しい女性だ！

　春だ──北イタリアの美しい春だ。友人のケニヨンと私は、細長い形のトリノの街をぶらぶら歩いていた。どこにでもいる、散策をのんびり楽しむ二人連れだ。トリノに来て一週間になる。それだけ滞在すれば、見るべき観光名所はすべて見てまわることができる。サン・ジョヴァンニに行って教会も見てまわった。私たちは苦労して──実際は私たちを乗せたロバが苦労して──丘を登り、スペルガ聖堂まで行ってサヴォイア王家代々の壮麗な墓も眺めた。カステッロ広場の向こうから私たちのホテルを睥睨（へいげい）するように建っている、歴史ある重厚なマダマ宮殿も嫌というほど目にした。平凡な外観で面白みがないトリノ王宮に拍子抜けしたり、カリニャーノ宮殿のレンガ造りの奇怪な装飾に思わず苦笑を浮かべたり、思いのほか貧弱な絵画展示室にケチをつけたりしていた。トリノを隅々まで見てまわった私たちは、馴染みになりすぎて感心することもなくなり、この頃では、広大な広場に立ち、首を伸ばしてカルロ・マロケッティ作の巨大なブロンズ像を見上げても、自分がちっぽけな取るに足らない存在のように感じることもなかった。

　見るべきものはもう何も残っていない。私たちはただ当てもなくぶらつき、くつろいだ気分で散策を楽しんでいた。晴れ上がった空を心地よく感じ、気だるいながらも満ち足りた気分で、いつこの街を発つか、次はどこに滞在するか決めようとしていた。

広いポー通りをぶらぶら歩き、ときどき立ち止まってはアーケードの陰になった面白そうな店をのぞき込んだ。広大なヴィットーリオ・エマヌエーレ広場を突き抜け、ポー川の古い流れにかかる花崗岩でできた五つの橋の一つを渡った。ドーム屋根の教会が見えたところで教会と反対の方向に曲がると、すぐに日陰になった広い道に出る。その道をしばらく進むと、カプチン会修道院に行き着く。その前の広いテラスが私たちのお気に入りの場所だった。そこで私たちはのんびり時を過ごした。ポー川が足元を流れ、対岸の先には大きなトリノ市街が広がり、さらにその先には大平原が広がっている。はるかかなたには雪をかぶった壮麗なアルプスの山々がそびえ、ひときわ高くモンテ・ローザとグラン・パラディーゾがそそり立っている。教会や宮殿や絵画を見てまわるよりも、私たちがこのテラスからの眺めを好んだのも当然だろう。

私たちは心ゆくまで眺望を楽しんでから、来た道を来たときと同じようにぶらぶら歩きながらホテルに戻った。しばらく休んだあと、どこに行くという当てもなかったが、外に出てカステッロ広場を横切り、周囲を威圧するようなトリノ王宮を通り過ぎ、セミナリオ通りに出て、サン・ジョヴァンニ・バッティスタ大聖堂の前に立った。これで二十回は来たことになる。大聖堂の大理石でできた正面を見上げ、その建築美を鑑賞し、新鮮な目でその美しさを発見しようとしていると、驚いたことにケニヨンが大聖堂の中に入ろうと言いだした。

「でも、さっきも誓ったじゃないか」私は言った。「教会や絵画展示室やお定まりの観光名所に入るのはもうよそうって」

「善良な市民が誓いを破るとしたら、どんな理由があるかな?」

「そんなのいくらでもあるだろう」

「これというのがあるじゃないか。きみが尖塔や控え壁を眺めて、ラスキン（ジョン・ラスキン。一九世紀イギリスを代表する批評家、美術評論家）ばりに建築美に詳しいふりをしている間に、〝目の保養となるような美〟、つまりきれいな女性がきみのすぐそばを通り過ぎたんだよ」

「わかった。誓いを破ることを許そう」

「それはありがたい。で、その女性は大聖堂の中に入っていったんだ。ぼくも急にお祈りしたくなったんで中に入るよ」

「だけど葉巻はどうする？」

「物乞いにでもくれてやったらいい。貧乏根性は捨てたほうがいいぞ、ギルバート。癖になるからね」

　ケニヨンが上等のハバナ葉巻をあきらめるのはよほどのことだろうと思い、言われたとおりにして、彼のあとについて薄暗くひんやりとしたサン・ジョヴァンニ・バッティスタ大聖堂の中に入っていった。

　礼拝は行われていなかった。こういった場所につきものの観光客のグループが見学していて、大聖堂の魅力について説明を受けていた。ほとんど理解できていないのだろうが、皆、いかにも感銘を受けたふうを装っている。所どころに黙って祈りを捧げる人たちがいた。ケニヨンは〝目の保養となるような美〟を探してしきりにあたりを見まわし、しばらくしてその女性を見つけた。

「こっちだ」ケニヨンは言った。「ここに座って敬虔なカトリック教徒のふりをしよう。ここから横顔が見えるから」

　彼の隣に座ってそちらを見ると、いくつか隔てた席でイタリア人の老女がひざまずいて熱心にお祈りしていた。その隣の席に二十二歳くらいの若い女性が座っていた。

その女性はどこの国の出身といってもおかしくない容貌をしていた。眉毛とうつむいた目にかかる睫毛の色から瞳が黒いことは察せられたが、透きとおるような色白の顔、輪郭のはっきりした優美な目鼻立ち、豊かな栗色の髪のせいか、状況によってはどの国の人と言われても不思議はないように見えた。だが、もし一人でいるところを見かけたのであれば、イギリス人に見えただろう。高級そうだが地味な服を着ていて、教会に不案内なようには見えなかった。観光客のようにあたりをしきりに見まわすこともなく、連れの老女がお祈りをしているあいだ、ただじっと座っている。その様子から判断するかぎり、特に目的があって教会に来ているわけではないようだった。祈りを捧げるためでも、美しい教会を見学するためでもなさそうだ。老女についてきただけなのだろう。老女のほうは上級使用人のようで、さまざまな願いを熱心に祈っているらしい。薄い唇が絶え間なく動き、言葉は聞き取れないが、その祈りは偽りのない心からの願いのようだった。

だが隣の若い女性は老女と一緒に祈ろうともせず、そちらに目を向けてもいなかった。彫像のようにじっと動かず、目を伏せて物思いに沈んでいた。何か悲しいことを考えている様子で、身じろぎもせず、飛びぬけて美しい横顔をこちらに向けて座っていた。ケニヨンは決して大げさに褒め称えたのではなかった。彼女の顔には不思議に私を惹きつけるものがあった。魅力の少なからぬ部分はその表情の静けさだった。彼女をぜひとも正面から見たいと思った。しかし失礼にならないように見るのは難しかった。彼女がこちらに顔を向ける機会を待つしかない。

やがて老女がおつとめを終えたらしく、十字を切ろうとした。私は立ち上って教会の扉へとゆっくり歩いていった。ややあって若い女性と老女が私の横を通り過ぎ、老女が聖水に指を浸すのを若い女性が待っているあいだに、彼女の姿をはっきり見ることができた。紛れもなく美しい女性だ。だが彼女の美しさには謎めいたところがあった。目が合った一瞬にそう感じたのだ。輝くような黒い瞳だったが、その目は、夢を見ているような、遠くを見ているような印象を与えた。視線の先にあるものを通り越して、その向こうにあるものを見ているような目だ。その瞳に不思議な印象を受けたが、視線が合ったのはほんの一瞬だったので、印象が好ましいものだったのか、厭わしいものだったのか、どちらとも言いかねた。

若い女性と老女は扉のあたりで少しのあいだたたずんでいた。ケニヨンと私は二人より先に外へ出て、申し合わせたように教会の出口で立ち止まった。このような振る舞いは、事によると礼を失するものだったのかもしれないが、二人ともその女性に大いに興味をそそられ、彼女が立ち去る姿をぜひとも見たかったのだ。教会を出るとき、扉の前の階段に一人の男が立っているのに気づいた。紳士らしい風貌の中年の男だ。猫背気味で眼鏡をかけている。もしも私が関心を示し、彼がどんな立場の人間なのか推測したとしたら、何か知的な職業に就いていると判断していただろう。どこの国の人間かは間違えようがなかった。骨の髄までイタリア人だ。誰かを待っているようだった。さっきの女性と老女が教会から出てきた。男が一歩踏み出して二人を呼び止めた。

老女は驚いて小さな叫び声を上げた。それから男の手を取って手の甲に口づけをした。若い女性は表情一つ変えずに立っている。男が使用人らしい老女に用があることは明らかだった。老女に二言三言話しかけてから、老女をそばに引き寄せ、二人で若い女性から少し離れた場所まで歩いていった。しばらくのあいだ教会の影になったところで、ときどき若い女性のほうに視線を送りながら、真剣な様子で熱心に話し込んでいる。

若い女性のほうは、老女が離れようとしたとき、一緒に二、三歩進みかけたが、老女を待つことにしたらしく、立ち止まって体の向きを変えた。そのとき初めて、女性を正面から見ることができた。その全身と身のこなしを余すことなく目にした。少し離れていたので、ぶしつけな振る舞いとはならず、じっくりとその姿を観察することができた。

「きれいな女性だ」私は、ケニヨンにというより自分に向かって言った。

「そうだな。でも、思っていたほどじゃないね。何かが不足している感じがするんだけど、それが何なのかよくわからない。生気に欠けるのか？　表情が乏しいのか？」

「不足しているものは何もないよ」私は言った。私があまり熱心に言うので、ケニヨンは声を上げて笑った。

「イギリスの紳士は、自国の女性に対しても、このような公共の場でじろじろ眺めて品定めをするのですか？　それともイタリア人にならって取り入れた習慣ですか？」

近くにいた誰かが喧嘩を売るような質問をしてきた。ケニヨンと私が同時に振り向くと、三十歳くらいの背の高い男がすぐ後ろに立っていた。顔立ちは悪くないが、受ける印象は決して感じのいいものではなかった。濃い髭で覆われた口元に嘲笑が浮かんでいるのが一目で感じ取れるし、黒い目と眉毛は今にも怒りのこもったしかめ面になりそうだ。このときの男の表情は尊大そのものだった。外国人にそんな態度をされると、イギリス人の私は妙に神経が逆なでされる。訛りのない完璧な英語を話しているが、男がイギリス人でないのは明らかだった。

私は即座に言い返そうとしたが、ケニヨンに先を越された。何不自由なく育った彼は、当意即妙の物言いと振る舞いができる青年だった。ケニヨンは帽子を脱いでもっともらしく会釈した。その動作は見事に計算されたものだったので、どこまでが謝罪でどこからが嘲弄なのかまったく区別がつかなかった。

「シニョール」ケニヨンは言った。「イギリス人が、あなた方の美しい国を旅し、そのすばらしい自然や芸術やあらゆるものを見てまわって褒め称えているのです。私たちの褒め言葉にお腹立ちでしたらお詫びします」

男は顔をしかめた。私の友人がからかっているのか、本気で言っているのか、図りかねているようだ。

「私たちが失礼なことをしたのでしたら、シニョールからあちらのご婦人にお詫びの言葉を伝えていただけませんか？　あちらのご婦人はシニョールの奥さまでしょうか？　それともお嬢さまでしょうか？」

男は若かったので、〝お嬢さま〟というのはどうみても皮肉だった。

「どちらでもありません」男は冷ややかに答えた。ケニヨンは軽く会釈して言った。

「ああ、それじゃご友人なんですね。素敵なご友人をお持ちでうらやましいかぎりです。ところでシニョールは、英語がとてもお上手ですね」

男はますます戸惑っているようだ。ケニヨンが実に感じよく自然に話しているからだ。

「イギリスで何年も過ごしたので」男はそっけなく言った。

「何年もですか！　そうは思いませんでした。英語を訛りなく話したり、慣用句を使いこなしたりするより大切なイギリス人一流の作法を、シニョールは身につけていないようにお見受けしたものですから」

ケニヨンはここまで言って、屈託のない表情で物問いたげに相手の顔をまじまじと見た。男はまんまと罠にはまった。

「というと?」男は尋ねた。

「他人のやることには口を出さないという作法です」ケニヨンは手短にぴしゃりと言い、話はここまでというふうに男に背を向けた。

男の顔が怒りで真っ赤になった。私は男から目を離さないでいた。ケニヨンに殴りかかるのではないかと思ったのだ。だが、どうやら思いとどまったらしく、毒づきながらまわれ右した。一件落着だ。

このやりとりのあいだに、例の老女はインテリらしい男と別れ、若い女性と合流して先に進もうとしていた。ケニヨンにやり込められて気分を害したイタリア人は、老女と話していた男のもとに歩いていき、腕を組んで別の方向に歩き去った。まもなく男たちの姿は視界から消えた。

ケニヨンは二人の女性のあとについて行こうとは言わなかった。私はそうしたかったのだが、恥ずかしくて言いだせなかった。それでも私は即座に、翌日もサン・ジョヴァンニに来ようと心に決めていた。

しかしあの女性をふたたび見かけることはなかった。何度あの教会に行ったかは、ここでは言わないでおこう。トリノにいるあいだ、あの美しい女性とも、連れの老女とも出会うことはなかった。あのぶしつけなイタリア人とは通りで何度かすれ違い、陰険なしかめ面をお見舞いされたが、無視してやり過ごした。謎めいた黒い瞳を持つあの色白の可憐な女性を目にすることは二度となかった。

わずか数分のあいだ目にしただけで、言葉を交わしたこともなく、名前も住居も知らない女性に恋したなどというのは、あまりにも馬鹿げた話だろう。だが、彼女の美しさに、それまで出会ったどの女性よりも強く魅せられたことは認めざるを得ない。美しい女性ならそれまでに何人も出会ったのに、いくらあの女性が美しいといっても、なぜ彼女にそこまで惹きつけられ、心を奪われたのかは自分でもよくわからなかった。あの女性にまた会えるかもしれないというかすかな望みを捨てきれず、私はトリノをなかなか離れようとしなかった。ついにケニヨンは、今すぐ出発しないなら自分一人で旅を続けると言いだした。穏やかな性格の友人もさすがに忍耐の限界を越えたらしい。ようやく私はあきらめた。待ち望んでいた偶然の再会が実現しないまま、すでに十日が過ぎていた。私たちは荷物をまとめ、新しい風物を求めてトリノを発った。

トリノからは南へ向かった。ジェノヴァ、フィレンツェ、ローマ、ナポリに加えて、それほど有名でない場所も訪れた。それからシチリア島に渡り、当初の予定どおりパレルモで、別の友人が所有する船に乗せてもらった。のんびりと旅をしてきた私たちは、訪れたどの町にも飽きるまで滞在したので、船が巡航を終えてイギリスへ着く頃には夏も終わろうとしていた。

トリノを発ってから何度も、サン・ジョヴァンニで出会った女性のことが頭に浮かんだ。あまりにも頻繁に浮かぶので、自分の愚かさに呆れ果ててしまった。それまで一人の女性の顔をそんなに長く記憶にとどめたことはなかった。彼女の美しさには一風変わったところがあり、それが不思議に私を惹きつけたに違いない。彼女の顔立ちの細部に至るまで思い起こすことができた。私が画家だったら、記憶を頼りに彼女の肖像画を描けただろう。己の愚かさを笑いながらも、ごく短時間しか見なかった彼女の印象は薄れるどころか日ごとに濃くなるばかりだった。ふたたび彼女に会うことなくトリノを離れたことが悔やまれた。たとえ何カ月もトリノにとどまらなければならなかったとしても、残るべきだったのだ。トリノを離れたことで、生涯で一度しかない機会を失ってしまったと私は感じた。

ケニヨンとはロンドンで別れた。ケニヨンはスコットランドにライチョウ猟に行く予定だった。私はまだ秋の予定を決めていなかったので、ひとまず数日ロンドンにとどまることにした。

あれは偶然だったのだろうか？　それとも運命だったのだろうか？　ロンドンに着いた翌朝、用事があってリージェント通りへおもむいた。大きな通りをゆっくり歩きながら、心は遠くをさまよっていた。頭の中にある愚かな思いを、今すぐトリノに行きたいという思いを振り払うよう何度も自分に言い聞かせていた。三カ月前に見たあの薄暗い教会と色白の若い女性の顔を心に描き、その女性と連れの老女の姿を思いながら、ふと顔を上げると、ロンドンのど真ん中に、少し離れたところに、その二人が立っているではないか！

仰天したが、人違いだとは思わなかった。夢か幻覚でないかぎり、たびたび思い浮かべていた女性が前方にいて、老女と一緒にまさにこちらに向かって歩いてくる。たった今サン・ジョヴァンニの教会から出てきたかのようだ。老女の身なりはいくらか前と違っていて、よりイギリスの使用人風の服装になっている。だが若い女性のほうはまったく変わっていなかった。美しい――前よりもさらに美しい。胸が高鳴った。二人は私のそばを通り過ぎた。思わず振り返り、二人を目で追った。

これは運命だ！　このように思いもよらない形であの女性に出会ったのだから、二度と彼女を見失わないようにしなければならない。これ以上、自分の本心を偽ろうとは思わない。ふたたび彼女に出会った今、心が震えたあのときの感情が呼び戻され、私に真実を告げた。私は恋をしている。真(まこと)の恋をしている。二度、たった二度、彼女の姿を見ただけだが、真実を悟るにはそれだけで充分だった。自分の運命が誰かと結びついているとしたら、それはこの女性なのだ。名前も、どこに住んでいるのかも、どこの国の人なのかも知らないこの女性のほかにはあり得ない！

私にできることは一つしかなかった。二人を見失わないことだ。そのあと一時間ばかり、彼女たちがどこに行こうとも、適度な距離を保ってあとを追った。一、二軒の店に入ったが、そのときは外で待ち、また歩きはじめるとさりげなく後ろをついていった。いつも一定の距離を保つようにし、尾行していることに気づかれないよう、相手に不安を与えないよう細心の注意を払った。やがて角を曲がってリージェント通りを抜け、しばらく歩いてメイダヴェールの住宅街にある一軒の家に着いた。二人が入った家を心にとどめ、二、三分後にその家の前を通り過ぎると、正面の窓に彼女の姿が見えた。花瓶に花を活けている。間違いない。ここがあの女性の住む家だ。

これは運命だ！　恋に落ちた私は、熱情に命じられるままに行動することにした。この未知の女性のすべてを知らなければならない。彼女と知り合いになり、あの謎めいた美しい瞳を見つめることが許されるほど親しくならなければならない。彼女が発する声を聞かなければならない。改めて私は、自分の愚かさを笑った。声を聞いたこともなく、何語を話すかもわからない女性に恋している。だが、恋は愚かなことだらけだ。恋に手綱を握られたら、とんでもない方向に連れていかれるものなのだ。

私は大胆な決心をした。後戻りをし、その家まで歩いていった。ドアが開いてこぎれいな身なりの使用人が出てきた。

「部屋を借りることはできますか？」あの女性はこの家に下宿しているだけだろうと見当をつけて訊いてみた。

使用人はできると答えた。空いている部屋を見たいと言うと、一階の部屋のダイニングルームとベッドルームに案内された。

空き部屋が風通しの良い快適な部屋ではなく地下牢だったとしても、使い心地の良さそうな家具もついていない殺風景な部屋だったとしても、家賃がまともな金額ではなく週五十ポンドだったとしても、私はその部屋を借りただろう。どんな条件でも呑むつもりだった。家主の女性が呼ばれ、すぐに話はまとまった。人の良さそうな女主人がそのとき私の内心を見抜いていたら、一階の貸間に法外な家賃をふっかけることができたかもしれない。だが、家主が訊いてきたのは紹介状についてだけだった。紹介状をもらえそうな人物を何人か挙げ、一カ月分の家賃を前払いして部屋を借りることが決まった。私は女主人に、イギリスに帰国したばかりですぐに落ち着きたいので、今夜から住みたいと申し出た。

「そういえば――」荷物を取りに行こうとその家を出かかったとき、私はさりげなく訊いた。「うかがうのを忘れていましたが、他にも部屋を借りている方はいらっしゃるのですか？　小さなお子さんがいないとありがたいのですが？」

「お子さんはいません。若いご婦人がお一人と、そのお手伝いの方だけです。二階の部屋にいらっしゃいます。とても静かな方たちですよ」

「ありがとうございます」私は言った。「快適に過ごせそうです。七時頃にまた来ます」

実は、前に住んでいたウォルポール通りの部屋をすでに借りていたのだが、あの女性に出会って予定を変更したのだ。私はウォルポール通りの下宿に行って必要な荷物をまとめ、しばらく友人の家に滞在することになったと伝えた。部屋はそのままにしておくよう手配し、七時にはメイダヴェールの下宿に腰を落ち着けた。

これは運命のなせる業(わざ)だ。そうでないとは誰にも言わせない。今朝の私は、恋する女性を求めてトリノに向けて出発しかかっていたのに、今夜の私は、あの女性と同じ屋根の下にいる。肘掛け椅子に座り、葉巻から立ち昇る煙の中に現われる美しい幻影を目にしながら、すぐ近くにあの女性がいるとは信じられない気持ちでいた。明日には会えるのだ。次の日も、そのあともずっと！　そう、私は救いようのないほどあの女性に恋している。きっと彼女の夢を見るだろうと思いながらベッドに入った。が、慣れない部屋で眠りについたせいか、見た夢は決して心地よいとはいえないものだった。盲目の男が見知らぬ家に迷い込み、あの恐ろしい音を耳にする夢を一晩じゅう見たのだ！

第四章　恋愛にも結婚にも向かない女性

一週間が過ぎた。私の恋慕の情はさらに深まっていった。今では自分の熱情に一点の陰りもないと確信している。この突然の恋心は、命あるかぎり続くのだ。時を経れば、あるいは会わずにいれば消え去るというような一時的なものではない。求愛が成就しようとすまいと、私にとってこれは最初で最後の恋なのだ！

だが今のところ、思いを遂げる動きはまったく進んでいない。毎日、あの女性の姿は目にしている。家の出入りに目配りしているからだ。彼女を目にするたびに、その顔に新たな魅力を見いだし、その姿の優美さに見とれている。だが、ケニヨンの指摘は正しかった。彼女の美しさには、一風変わったところがある。あの色白の清楚な顔立ちと、どこか遠くを見ているような、夢を見ているような黒い瞳は、普通の女性とはどこか違っている。私が惹きつけられるのは、その不思議な魅力のせいなのかもしれない。彼女はいつも背筋を伸ばし、上品な身のこなしで、常に表情を崩さずに同じ速さで歩く。そばにいつも老女がついていたが、友人か使用人かよくわからないその老女に、若い女性のほうから話しかけることはほとんどないようだった。私はその若い女性のことを不可解な謎と見なすようになった。はたしてその謎を解く鍵が手に入る日は来るのだろうか？

その女性のことがいくらかわかってきた。名前はポーリーン——ポーリーン・マーチ。彼女に似合う愛らしい名だ。この名前からするとイギリス人のようだが、ときどき使用人らしいテレーザという老女に、イタリア語で二言三言話しかけることがあった。このあたりに知り合いはいないらしい。どうやら私よりも彼女のことを知っている者はいないようだ。少なくとも私は、彼女がトリノから来たことを知っているが、彼女のことを教えてくれた人たちはそれすら知らなかった。

私は下宿で暮らしながら機会をうかがった。恋慕する相手と同じ屋根の下にいながら、距離を縮めるチャンスが得られないのは実にもどかしかった。テレーザが、スペイン人の〝お目付け役（デュエーナ）〟よろしく、ポーリーンの身辺をかためていた。二人に出会い、「おはようございます」とか「こんばんは」という下宿人同士が交わす挨拶をするときも、テレーザの疑り深い黒い目が油断なくこちらを一瞥する。これまでのところ、そうしたよそよそしいつきあいから抜け出ることはなかった。ポーリーンの眼差しにも態度にも、期待できそうなものは何もない。私が挨拶すると、硬い表情で決まりきった挨拶をそっけなく返すだけだ。ひと目見て好きになっても、なかなか両想いの関係にならないことを思い知らされた私は、運命の女神がなんとかしてくれるに違いないと思い込むようにした。運命の女神のはからいがなければ、ポーリーンと私がふたたび出会うことはなかったはずだ。

私にできることといえば、自分の部屋の窓にかかる厚い赤いカーテンの陰から、愛するポーリーンを見守ることだけだった。家を出入りするときは、いつもテレーザが猫のようにつきまとって彼女をガードしている。今ではこうした振る舞いも、それなりの注意を払わなければならなくなった。一度、テレーザが私の姿に気づいてからというもの、二人が家を出入りするたびに〝お目付け役（デュエーナ）〟の険しい視線が私の隠れている場所に注がれるのを感じるようになったからだ。しだいに私は、テレーザに憎悪を覚えるようになった。

ほとんど進展がないとはいえ、ポーリーンと同じ家にいて同じ空気を吸っている。私は辛抱強いほうだ。機会が訪れるのを待てばいい。いずれチャンスがやってくるだろう。

それはこうして訪れた。ある晩、何かが倒れて磁器がガチャリとぶつかる音がし、苦痛の叫び声が聞こえた。部屋から飛び出すと、テレーザが階段で倒れていた。まわりには、家主がいちばん大事にしているティーセットが壊れて飛び散り、老女が苦しそうにうめいていた。チャンスだ！

後ろめたさを感じることもなく、私は善人を装って駆け寄り、自分の母親にするように本気で彼女を助けようとした。できるかぎり優しい仕草でテレーザを立ち上らせようとしたが、すぐ座り込んでしまい、涙声で「足、一本、折れた」と片言の英語で言った。

どうやら彼女は英語が得意ではないようだ。そこで私は、イタリア語でどうしたのかと訊いた。自分の母語を聞いて老女の顔は明るくなり、膝をひどく挫いて立ち上がれそうもないとイタリア語で答えた。私は部屋まで連れていくと言い、有無を言わさず抱きかかえて彼女の部屋に運ぼうと階段を上った。

ポーリーンは階段を上りきったところに立っていた。大きな黒い目を見開き、呆然としている。私は立ち止まって何が起こったかを説明し、テレーザを部屋に運んでベッドに横たえ、下宿の使用人に医者を呼びにいかせた。部屋を出ていこうとすると、ポーリーンは小さな声で私に礼を言った。しかしその話し方にはあまり熱意が感じられなかった。彼女の夢見るような目と私の目が合ったが、やはりその目は私を通り越してどこか遠くを見ているようだった。認めざるを得ないが、私の女神の表情には感情がないのだ。しかしその美しさといったら！　上品な整った目鼻立ち、少女らしさを残しながらも均整のとれた姿かたち、豊かな栗色の髪、謎めいた黒い瞳。世界中のどこを探しても、彼女に匹敵する女性はいないだろう。

別れ際に彼女は手を差し出した。形のよい小さく柔らかな手だ。私はその手に口づけしたい気持ちを――何カ月ものあいだあなたのことを、あなたのことだけを想っていたと、その時その場で告げたい気持ちを――抑えられなくなりそうだった。しかし、初めてまともな挨拶を交わしたばかりなのだから、そのような振る舞いは分別のある行動とは言えないだろう。しかもテレーザが、痛みに苦しみながらもベッドから疑り深い目で私の動きの一つひとつを監視しているのだ。そこで私は、これからも喜んでお役に立ちたいと伝えるだけにとどめ、軽く会釈して部屋を出た。

だが、これで突破口は開いた。握手までしたのだから、もはやポーリーンと私は見知らぬ間柄というわけではない。

テレーザの怪我は当人が思ったほど重傷ではなかったものの、四、五日は外出できそうになかった。この機会にポーリーンと親しくなれるのではないかと期待したが、そうはいかなかった。最初の二、三日、私の知るかぎり、ポーリーンは家から出ようとはしなかった。一度か二度、階段で見かけたので、テレーザの様子を心配しているふりをして話しかけ、ちょっとのあいだ会話を交わした。ポーリーンはひどく内気な性質(たち)のようだ。あまりに内気なので、なんとか長引かせた会話も、すぐにいつとはなしに途切れてしまう。私はうぬぼれていなかったので、彼女が恥ずかしそうに見えるのも、口数が少ないのも、私と同じ理由だとは思わなかった。彼女に話しかけようとすると、私はいつも顔が赤くなりどもってしまうのだった。

ある朝、ようやくポーリーンが一人で外出するのが見えた。私は帽子を手に取ってあとを追った。ポーリーンは家の前の歩道を行ったり来たりしていた。近づいて、いつものようにテレーザの様子を尋ねてから、しばらく一緒に歩いた。なんとしても二人の関係を発展させるきっかけをつくらなければ！

「イギリスにいらしてからそれほど長くないのですね、ミス・マーチ？」私は訊いた。

「しばらく前に――何カ月か前に来ました」彼女は答えた。

「実は春にトリノで、サン・ジョヴァンニの教会で、あなたをお見かけしたのです」彼女は顔を上げ、なんとも言いようのない当惑した目で私の目を見つめた。

「あの日の朝、お手伝いの方と一緒にあの教会にいらっしゃいましたね」

「はい、私たちはよくあの教会に行きました」

「あなたはイギリスの方なのですね？　イタリア人のお名前ではないようですが」

「ええ、イギリス人です」

確信が持てないような言い方だった。そんなことにはまったく関心がないかのような話しぶりでもある。

「イギリスにこれからもずっといらっしゃるのですか？　またイタリアに戻られることは？」

「わかりません、私にはなんとも言えないんです」

ポーリーンの話し方にはまったく手応えが感じられなかった。彼女の習慣や好みを知りたいと思い、あれやこれや尋ねてみた。楽器を演奏したり歌を歌ったりしますか？　音楽は好きですか？　絵画は？　花は？　芝居は？　旅行は？　親類や友人は多いのですか？　ときには単刀直入に、ときには遠まわしに、こうしたさまざまな質問を投げかけてみた。

しかし私が満足するような答えはなかった。何も知られまいと答えをはぐらかしているようでもあり、何を問われているのか理解していないようでもあった。ほとんどの質問に困惑していたのは間違いない。ささやかな散歩が終わっても、ポーリーンは依然として大いなる謎のままだった。ただ一つの慰めは、彼女が私を避けなかったことだ。家の前を何度か通り過ぎたが、家に戻りたいと言いだすことはなかった。私と離れたいのなら、きっとそうしていただろう。ポーリーンの態度に思わせぶりなところはなかった。すでに述べたように口数も少なくよそよそしかったが、少なくとも彼女の態度には気どりもてらいもなかった。とにかく彼女は息を呑むような美人で、私の恋心はひたすら募っていった。

しばらくしてテレーザの黒い目が客間のブラインドの陰からこちらを見ているのに気づいた。ベッドから這い出し、保護すべき若い女性に害が及ばないよう監視しているのだろう。私は見張られていることに苛立ったが、この段階で監視の目を逃れようとするのはまだ早いと思った。

やがてテレーザは足を引きずりながらも外に出られるようになった。その前に一度ならず何度か同じように、ポーリーンと会う機会があった。うれしかったのは、彼女が一緒に散歩するのを喜んでいるように見えたことだ。苦労したのは、彼女に口を開いてもらうことだった。いつも私の話を聞いているだけで、意見をはさむことも返事をすることもなく、「はい」か「いいえ」と答えるだけなのだ。ごくたまに彼女のほうから問いかけてきたり、いつもより長く話すこともあったが、その努力も決して持続するものではなかった。これも内気な性格と社会から隔離された暮らしのせいなのだろうと私は思った。なにしろ話し相手があのテレーザ婆さんだけなのだから。

ポーリーンは、言葉づかいや振る舞いのどれを取っても、ちゃんとした教育を受けた育ちの良い女性に見えた。ところが驚いたことに、文学については何も知らなかった。作家や作品の名前を挙げても反応がなかった。私の問いかけに困惑するかのように、あるいは自分の無知を恥じるかのように、私の顔を見返すだけだった。何度か彼女に会ったが、満足するような進展はなかった。私はまだ彼女の心の琴線には触れていなかったのだ。

テレーザがポーリーンのばあやなのか、〝お目付け役（デュエーナ）〟なのか、友人なのか、あるいはそれ以外の何者なのかはよくわからなかった。ところが、テレーザが快復するとすぐに、驚くべき知らせを聞かされた。家主から、この下宿屋を友人に紹介してもらえないかと打診されたのだ。ミス・マーチがここを出ることになったので、その部屋をできれば紳士の方に、あなたと同じような紳士の方に貸したいというのだ。

あの意地の悪い婆さんが反撃に出たのは間違いない。階段ですれ違うと、いつも悪意に満ちた目を私に向けてきていた。怪我はよくなったのかと訊いても愛想のない答えが返ってくるだけだった。はっきり言ってしまえば、テレーザは敵なのだ。彼女はポーリーンに対する私の気持ちに勘づいて、何がなんでも私たちを引き離そうとしている。この老女に、どの程度ポーリーンを押さえつける力があるのか、どの程度彼女の行動を制限する力があるのかは知りようもなかったが、しばらく前からテレーザが単なる使用人とは思えなくなっていた。二人がここを出ると知った私は、ポーリーンへの愛を成就させるには何らかの形でこの不愉快な老女と話をつけなければならないと思った。

家主から話を聞いた晩、テレーザが階段を下りてくる足音が聞こえると、私は自分の部屋のドアを開けて老女と顔を合わせた。

「シニョーラ・テレーザ」私は大げさなくらい丁寧な口調で言った。「私の部屋にお寄りいただけないでしょうか？　お話ししたいことがあるのです」

テレーザは疑うような目でちらっと私を見たが、誘いには応じた。私はドアを閉め、彼女に椅子を勧めた。

「お怪我をされた膝は、もう良くなられましたか?」私はイタリア語で、いかにも心配そうに訊いた。

「すっかり良くなりました、シニョール」テレーザはそっけなく答えた。

「甘口のワインがあるのですが、いかがでしょう?」

互いに敵意を持つ間柄とはいえ、テレーザは私の勧めを断らなかった。私はグラスにワインを注ぎ、老女が一口飲むのをにこやかに見守った。

「シニョリーナは——ミス・マーチは——お元気ですか? 今日はお見かけしていませんが」

「元気です」

「お話ししたいのは、ミス・マーチのことなのです。見当はついていると思いますが」

「ええ、ついています」そう言いながら、テレーザは気むずかしい顔で挑むように私を見つめた。

「そうでしょうね」私は続けた。「あなたの忠実な目で油断なく見張られているのですから。私も隠すつもりはありません。私はシニョリーナ・ポーリーンを愛しています」

「あの人は愛されるような女性ではありません」テレーザは突き放すように言った。

「あのように美しい方は愛されてしかるべきです。私はあの方を愛しています。結婚したいと思っています」

「あの人は結婚相手になるような人ではありません」

「聞いてください、テレーザさん。私は結婚したいと言っているのです。私は紳士ですし、お金もあります。年に五万リラの収入があります」

イタリアの通貨に換算した収入額を言うと、予想どおりの効果があった。視線が合った。テレーザの目は相変わらず冷ややかだったが、驚きと尊敬の色が浮かんでいる。彼女の最大の弱点、強欲さに訴えたのだろう。

「どうしてシニョリーナと結婚すべきでないか教えてもらえませんか？　それから誰に会って結婚の申し込みをしたらよいかも教えてください」

「あの人は結婚に向いていません」

老女の答えはこれだけだった。テレーザはポーリーンの家族や友人については何も触れなかった。恋愛にも結婚にも向かないと繰り返すばかりだった。

こんなチャンスは二度とめぐってこないと私は思った。私の年収を話したときのテレーザの食い入るような目つきを見逃さなかったのだ。賄賂（わいろ）を渡すという卑劣な手段で籠絡（ろうらく）するしかなさそうだ。目的は手段を正当化するものだ。

私は旅行することが多かったので、いつもかなりの現金を身につけていた。財布を取り出して、手の切れるような新札で百ポンドを数えてみせた。テレーザは物欲しそうに見つめた。

「このお金の価値がどれくらいかわかりますか？」私は訊いた。テレーザはうなずいた。そのうちの二枚を彼女の前に押しやった。老女の瘦せた手が、それをつかみ取りたい欲求で小刻みに震えた。

「ミス・マーチの身内の方を教えてもらえませんか。この二枚の紙幣をお受け取りください。彼女と私が結婚したその日に、残りもあなたのものになります」

テレーザはしばらく黙って座っていたが、誘惑と闘っているのは明らかだった。やがて彼女のつぶやく声が聞こえた。「五万リラ！　年五万リラ！」呪文が効いたのだ。ようやくテレーザは立ち上がった。「受け取っていただけますか？」私は尋ねた。

「それはできません。私にはできない事情があるのです。でも――」

「でも、何ですか？」

「手紙は書けます。医師にあなたの申し出を伝えます」

「医師とは誰のことですか？　私が直接その方に手紙を書いてもいいし、会いに行ってもいいのですが……」

「〝医師〟と言いましたか？　口が滑ってしまいました。あなたに手紙を書いてもらうわけにはまいりません。私から手紙で事情を伝えるだけで、そのあとどうするかは医師が決めることになります」

「すぐに手紙を書いてもらえますか？」

「すぐに書きます」テレーザは名残り惜しそうに金を見やりながら、立ち去ろうと体の向きを変えた。

「この二枚は取っておいてください」私はそう言って、紙幣を彼女に手渡した。

　テレーザはうれしそうに紙幣を胸元にしまってボタンをかけた。

「ご存じでしたら教えてください、テレーザさん」私はなだめるように言った。「シニョリーナは――ポーリーンさんは――いくらかでも私のことを好ましく思っておいででしょうか？」

「誰にもわかりません」老女はつれなく言った。「私にもわかりません。もう一度言います。あの人は恋愛にも結婚にも向いていません」

　〝恋愛にも結婚にも向かない〟とは！　老女が何度も繰り返すその主張の馬鹿馬鹿しさに、私は声を立てて笑った。この世に、恋愛や結婚に向く女性がいるとしたら、私の美しいポーリーンこそが、そうなのだ！　テレーザはいったいどういうつもりでそんなことを言うのだろう。そのとき、テレーザがサン・ジョヴァンニの教会で熱心に祈っている姿が目に浮かんだ。敬虔なカトリック教徒のテレーザは、ポーリーンを修道女にさせたいのではあるまいかと思い至った。そう考えればすべてに合点がいく。

テレーザを買収したのだから、今後は見張られることも邪魔されることもなく、ポーリーンと一緒の時間を楽しめるようになると期待した。金を受け取った老女は、残りの金を手に入れようと最善を尽くすはずだ。ポーリーンを説得して毎日何時間か一緒に過ごすことを了解してもらえたら、テレーザに邪魔される心配もなくなる。そこまでの手段に訴えたことは後ろめたかったが、賄賂を受け取らせることができたのだから作戦は成功するだろうと思った。

愛をさらに進展させるための作戦は次の夜まで待たざるを得なかった。翌日はどうしても顔を出さなければならない大事な用事があって、四、五時間は家を離れざるを得なかったからだ。ようやくメイダヴェールに戻ると、驚くべき事実を聞かされて愕然とした。ポーリーンとテレーザが下宿を出ていったというのだ。二人がどこへ行ったのか、家主は何も知らなかった。テレーザが金の管理をしていたらしく、老女が家賃を精算してポーリーンと一緒に出ていったので、それ以上のことはわからないというのだ。

がっくりと椅子に腰を下ろし、イタリア人の狡猾さを呪った。だが、イタリア人の強欲さを考えれば、まったく望みがないとも思えなかった。テレーザが手紙を寄こすか、会いに来るかもしれない。金を見せたときのテレーザの食い入るような目つきを私は忘れていなかった。しかし何日経っても、手紙もなければ言伝（ことづて）もなかった。

それからはほとんど毎日、いなくなった二人に会えるかもしれないと思いながら空しく通りをさまよい歩いた。ポーリーンを二度失って、改めていかに自分が彼女を愛しているかを思い知った。もう一度、あの可憐な顔を見たいという思いは言葉では言い表わせないほどだったが、この愛はまったく一方的なものに過ぎないのではないかという不安も頭をよぎった。ポーリーンが少しでも私に関心を持っているなら、このようになんとも解しがたいやり方で黙っていなくなることはないはずだ。私はまだ彼女の心を捉えていない。しかし真に彼女の心を捉えないかぎり、女性らしい愛情をどんなに示されたとしても私にとっては何の意味も持たないのだ。

こうなった以上、ウォルポール通りの下宿に戻ったほうがいいのだろうが、メイダヴェールを離れる気にはなれなかった。テレーザが約束を守る気があるなら訪ねてくるかもしれない。メイダヴェールの家にとどまっているうちに、ゆっくりと時が過ぎて十日が経ち、望みを失いかけていた矢先に一通の手紙が届いた。

その手紙はイタリア語風の優美な書体で書かれていて、マヌエル・チェネリと署名があり、本日正午に訪問したいという簡単な文面だった。

訪問の目的をほのめかす言葉はなかったが、目的は一つしかあり得なかった。私の切望することについてだ。どうやらテレーザは私を裏切ったのではなさそうだ。ポーリーンは私のものになるだろう。マヌエル・チェネリなる人物が姿を現わすのをじりじりしながら待った。

十二時を少し過ぎた頃、客の来訪を告げられ、部屋に通された。見覚えのある人物だとすぐに気づいた。トリノのサン・ジョヴァンニで見かけた男だった。教会の影になったところでテレーザと話し合っていたあの猫背の中年紳士だ。この人物が、テレーザのいうポーリーンの運命を決める〝医師(ドットーレ)〟なのだろう。

チェネリは丁寧に挨拶して部屋に入り、私の外見から何かを読み取ろうとするかのようにすばやく一瞥し、勧められた椅子に腰を下ろした。

「突然うかがいましたが、お詫びする必要はないと思います」彼は言った。「私が訪問した理由はご存じでしょうから」流暢な英語だったが、強い外国語訛りがあった。

「承知しているつもりです」私は答えた。

「マヌエル・チェネリと申します。医者です。亡くなった私の妹がミス・マーチの母親です。今回はあなたとの用件でジェノヴァから参りました」

「では、当方の望みはおわかりですね？　私の人生を決定する望みが何なのか？」

「ええ、承知しています。姪と結婚なさりたいというお申し出ですね。実を言いますと、ミスター・ヴォーン、いろんな理由があって姪には結婚しないでほしいと思っていたのですが、あなたのお申し出をうかがって、考え直す気になりました」

姪の将来を話す彼の話しぶりがあまりにも冷淡なので、まるで綿花の売買でもしているかのように聞こえた。

「ところで――」チェネリは続けた。「あなたは裕福で家柄も良いとうかがっておりますが、間違いありませんか？」

「私は格式のある家柄の出です。人脈も豊富ですし、財産もあると言っていいでしょう」

「最後の点ですが、私を納得させていただけますね」

私はぎこちなくうなずき、紙片を取り出して弁護士宛にメモを書いた。このメモの持ち主に、私の財産状況についてできるかぎりの情報を開示するようにという依頼だ。チェネリはメモを折りたたんで上着のポケットにしまった。私は金のことでここまで詳しい裏づけを要求されたことに不快感を覚え、それが思わず顔に出たようだ。

「この点についてはうるさく言わざるを得ないのです」彼は言った。「姪には財産がないものですから」

「そんなことはどうでもいいことです。何も期待していません」

「昔はあの子にも金があったのです。かなりの財産でしたが、だいぶ前に消えてしまいました。その金がどうして消えてしまったのか、詮索するつもりはありませんね？」

「今言ったことを繰り返すまでです」

「いいでしょう、あなたのお申し出を断る理由はないようです。姪にはイタリア人の血が半分入っていますが、イギリス人の行儀作法や習慣は身につけています。イギリス人の男性と結婚するのがいちばんいいでしょう。本人にはまだあなたのお気持ちを伝えてはいないのですね？」

「機会がありませんでした。伝えておくべきだったのですが、つきあいが始まるとすぐに連れ去られてしまいましたので」

「ええ、テレーザには厳しく命じておきました。ポーリーンがテレーザの指示に従うという条件で、姪がイギリスに住むことを許したのです」

この男は姪になんでも命令できる立場にあるかのような口ぶりだったが、彼女への愛情を示す言葉はひと言も発しなかった。彼にとってポーリーンは他人同然なのだろう。

「ということは――」私は言った。「ポーリーンさんに会ってもいいのですね？」

「そうです。ただし、いくつか条件があります。ポーリーン・マーチと結婚する男性は、今の彼女をそのまま受け入れなければなりません。何も質問をしないでください。彼女の生まれや家族についても、子供の頃のことについても、いっさい知ろうとしないでください。ポーリーンが淑女であること、とても美しいこと、ご自身が彼女を愛しておられること、それだけで満足してください。この条件で了解してもらえますか？」

実におかしな条件だった。熱愛の頂点にあった私でも、さすがにこれはどういうことなのだろうと思った。

「これだけは言えます」チェネリは続けた。「ポーリーンは由緒正しい家柄のきちんとした娘です。生まれの良さは、あなたと同じくらいでしょう。両親はすでに亡く、近い親族は私だけです」

「それだけで充分です」私は手を差し出し、声を高めて正式に結婚を申し込んだ。「ポーリーンさんを私にください。他に望むことはありません」

これで満足しない理由などあるだろうか？　彼女の家族や祖先や過去を知って、いったい何になるというのか？　美しいポーリーンを自分のものにすることを狂おしいほど望んでいた私は、仮に悪い評判が立ったつまらない女だと言われたとしても、間違いなく「彼女を私にください。私の妻になって新しい人生を歩めるようにしてください」と言っただろう。男は愛のためならそこまでするものなのだ！

「では、ミスター・ヴォーン」チェネリは握手の手を離しながら言った。「これからお尋ねすることには驚かれると思います。あなたがポーリーンを愛していて、姪もあなたに気がないというわけではないようですので――」

チェネリはそこで言葉を切った。ポーリーンは私に気があるのかと思うと、心臓の鼓動が速くなった。「なるべく早く結婚することに、いや、すぐにでも結婚することに何か不都合がありますか？　私は二、三日後にイタリアに戻るつもりですが、その前に姪の将来をあなたの手に完全に委ねてもよろしいですか？」

「そうしていいのなら今日にでも結婚します！」私は声を張り上げて言った。

「そこまで急ぐ必要はありませんが――そうですね、明後日(あさって)ではいかがでしょう？」

私は彼を凝視した。聞き違えたのではないかと思ったのだ。そんなに早くポーリーンと結婚できるなんて！　こんなうまい話には何か裏があるはずだ。チェネリは狂っているに違いない！　だが、たとえ狂人の手から渡される幸せであっても拒むことなどできようか？

「彼女が私を好いてくれているかどうかはわかりません。結婚に応じてくれるでしょうか？」私は口ごもりながら言った。

「ポーリーンは従順な子です。私の望むとおりにするはずです。彼女に愛を求めるのは結婚してからでもできるでしょう。結婚前でなくても」

「ですが、こんなに急に申し出ても許可されるのでしょうか？」

「特別許可証というのがあって、それを取得する必要はありません。この提案を不思議にお思いでしょうね。私はすぐにでもイタリアに戻らなければならないのです。実を言うと、今の状況では、世話をする人間を一人つけただけでポーリーンをここに残すわけにはいかないのです。ミスター・ヴォーン、奇妙に聞こえるかもしれませんが、私はここを発つ前に姪があなたの妻となったことを見届けなければなりません。さもなければ、姪を連れてイタリアに戻るしかないのです。そうなれば、あなたにとって面白くない結果になるでしょう。この地では自分の考えだけで何でも決められますが、イタリアに戻れば相談しなければならない相手もいますので、私も考えを変えざるを得なくなるかもしれません」

「それじゃあ、ポーリーンさんに会って、どうするか訊きましょう」私はそう言うと、すぐにでもという勢いで立ち上がった。

「それがいいですね」チェネリは重々しく言った。「すぐ参りましょう」

窓に背を向けて座っていた私が窓のほうを向くと、チェネリは窓から入る光に照らされた私の顔をしげしげと見つめた。

「あなたの顔に見覚えがあるような気がします、ミスター・ヴォーン。どこでお見かけしたのかは思い出せないのですが」

サン・ジョヴァンニの教会の外でテレーザと話をしていたときに見たのだろう、と私は言った。彼はそのときのことを思い出して納得したようだった。それから私たちは辻馬車を呼び、ポーリーンの新しい住まいへと向かった。

転居先はさほど遠くなかった。あたりを歩きまわっていたときに、ポーリーンかテレーザに出会わなかったのが不思議なくらいだ。私に会わないよう家でじっとしていたのかもしれない。

「少しだけここで待っていただけますか?」チェネリは家に入ると言った。「私が先に入り、あなたが来ることをポーリーンに伝えて心の準備をさせます」

想いを遂げられるなら、地下牢で一カ月待てと言われたとしても待っただろう。自分が正気なのかあやしく思いながら、つやのあるマホガニーの椅子に座って待った。

ややあってテレーザがやってきた。相変わらず愛想のない態度だ。

「私はうまくやりましたか?」テレーザは声をひそめてイタリア語で言った。
「よくやってくれました。ご恩は忘れません」
「お金を払ってください。あとで私を責めることのないようお願いします。いいですか、もう一度言います。シニョリーナは恋愛にも結婚にも向いていません」

信心に凝り固まった愚かな婆さんだ。ポーリーンの魅力を修道院に埋もれさせてしまえというのか。ベルが鳴り、テレーザは立ち去った。少しするとまた現われ、私を階上の部屋に案内した。部屋には私の美しいポーリーンが伯父と一緒にいた。ポーリーンは夢見るような黒い目を上げて私を見た。どれほど恋に我を忘れた男でも、その瞳に愛の光が宿っているなどとうぬぼれることはできなかっただろう。

チェネリが二人きりで話し合えるようにしてくれるものとばかり思っていたが、そうではなかった。彼は私の手を取り、改まった態度で姪のそばに連れていった。

「ポーリーン、この紳士を知っているね」

ポーリーンはうなずいた。「はい、存じあげております」

「ミスター・ヴォーンは、お前を妻にしたいとおっしゃっている」

結婚の申し込みを何から何まで人任せにしたくなかったので、私は前に進み出て彼女の手を取った。

「ポーリーンさん」私はささやくような声で言った。「あなたを愛しています。初めてお目にかかったときから、ずっとあなたのことを想っていました。私の妻になってもらえますか?」

「はい、そうお望みでしたら」彼女は優しい声で答えたが、顔の表情は硬いままだった。

「今は私を愛していなくても、少しずつ愛してくださるようになればいいのです。そうしてくださいますね、ポーリーンさん？」

　彼女はこれには答えなかったが、拒む様子はなく、私が握った手を引っ込めようともしなかった。相変わらず感情を表わさず静かに座っている。私は彼女を抱き寄せ、チェネリがいるのもかまわず、彼女の唇に愛を込めた口づけをした。私の唇がポーリーンの唇に触れると、彼女の頬が一瞬紅潮したので、心が動かされたのだろうと思った。

　そのあいだチェネリは、当たり前の光景を目にしただけだという様子で、表情一つ変えず立っていた。ポーリーンは私から身を振りほどき、伯父の顔をちらっと見てから部屋を駆け出ていった。

「今日はこのままお帰りになったほうがいいでしょう」チェネリは言った。「ポーリーンとのことは私が全部手配します。あなたは明後日のために必要な準備をしておいてください」

「なんとも慌ただしいですね」私は言った。

「そうなのですが、急がなければなりません。一時間も無駄にはできないのです。すぐにここを出て、明日またいらしてください」

　私はくらくらする頭でそこを立ち去った。何をしてよいか思い浮かばなかった。もうすぐポーリーンを妻と呼べることには抗しがたい魅力を感じたが、自分をあざむいて彼女が私を少しでも好いていると思い込むことは、少なくとも今はできなかった。だがチェネリが言うように、結婚してから愛を育むことはできる。それでもまだためらう気持ちがあった。こんなに急いで結婚を進めるのは何かが狂っている。ポーリーンとの結婚を熱烈に求めてはいたが、その前に彼女の愛を勝ち取るべきだ。とりあえず伯父にポーリーンをイタリアに連れていってもらい、それからあとを追って、彼女が私を愛せるかどうか確かめたほうがいいのではないか？　それが分別のあるやり方だろう。しかしチェネリの脅しがある。そうしたら自分の考えが変わるかもしれないと暗にほのめかしていた。それになによりも、私はどうしようもないほど彼女に恋している。彼女の美しさに魅せられているだけかもしれないが、とにかく狂おしいほどに愛している。運命の女神が二人を引き合わせたのだ。ポーリーンは二度、私の手をすり抜けた。そして三度目の今、手を伸ばせばすぐ届くところにいる。私も多少は迷信を信じるようなところがあったので、運命の女神の贈り物を拒んだり、すぐに受け取らなかったりすれば、もう二度と与えられることはないという気がした。そうなのだ、何があろうと、二日後にポーリーンを妻にしよう！

翌日ポーリーンに会ったものの、二人きりにはなれなかった。いつもチェネリが一緒だった。彼女は、優しげな感じで物静かに座っていたが、口数が少なく物憂げに見えた。私にはやるべきことが、手配すべきことが数えきれないほどあった。これほど性急で奇妙な結婚の手続きは例がなかったからだ。夕方までにはすべての手筈が整い、翌日の午前十時に、ギルバート・ヴォーンとポーリーン・マーチは夫婦となった。生まれてから今までに会話を交わした時間がせいぜい三時間にも満たない男女が、死が二人を分かつまで、健やかなるときも病めるときも人生をともに歩むことになったのだ！

チェネリは式が終わるとただちに旅立った。驚いたことにテレーザは自分も同行すると言い、報酬の残りを請求することを忘れなかった。私は出し惜しみせずに約束の金額を手渡した。私が熱望していたポーリーンとの結婚は、テレーザの助けがあったからこそ実現したのだ。

それから私は、美しい新妻を伴って、結婚前に済ませておくべきだった彼女の愛を勝ち取る努力をするために、スコットランドの湖水地方へ向かった。

第五章　愛ではなく、法律によって

北へ向かう列車の中で、私は幸せな気持ちで誇らしくポーリーンと並んで座り、美しい新妻を勝ち得た幸運を噛みしめていた。永遠に私に寄りそうと誓ってくれたばかりのこの美しい女性が愛（いと）おしくてたまらなかった。その一方で、チェネリから課された風変わりな条件が繰り返し頭をよぎった――「ポーリーン・マーチと結婚する男性は、今の彼女をそのまま受け入れなければならない。彼女の過去をいっさい知ろうとしてはならない」

そんな約束を強いても無駄だと私は端（はな）から思っていた。私を愛するようにポーリーンを導くことができたら、すぐに彼女は自分の過去を何もかも話したいと思うようになる。そのときは、当然私を信頼するようになっているのだから、こちらから尋ねるまでもない。彼女が愛にひそむ秘密を知れば、二人のあいだには他のどんな秘密も消え失せてしまうだろう。

黒い布張りの座席に頭をもたせている妻は本当に美しかった。輪郭のはっきりした上品な顔立ちがひときわ引き立って見える。いつも変わらない物静かな色白の顔をうつむかせて足元を見ていた。心から誇りに思い、崇め、慈（いつく）しむべき女性だ。〝私の妻〟という言葉をつぶやくときの甘美な喜びといったら！

それでも、私たちが新婚夫婦に見えたかどうかは疑わしい。少なくとも、同じ列車に乗り合わせた人たちが、肘をつつきあったり、こそこそと視線を送ってくることはなかった。婚礼の式があまりにも急だったので、新妻にふさわしい服や装飾品をあつらえる暇もなかった。彼女はよく似合う洒落た服を着ていたが、以前に何度か目にしたものだった。彼女も私も、新婚旅行であることを示すような真新しいものは、何一つ身につけても持ちあわせてもいなかった。人目を惹くものと言えば、妻の飛びぬけた美しさだけだ。

ロンドンを発ったとき、列車はほとんど満員だった。新しい関係に馴染めないせいか、私たちは会話がぎこちなくなってしまい、どちらともなく口を利かなくなっていた。二人きりになるまではイタリア語で彼女に二言三言優しい言葉をかけることしかできなかった。

最初の基幹駅に到着した。ようやく長い時間停車するので、車掌にそれなりの額のチップを渡し、個室に移ることにした。ドアの窓に〝使用中〟という魔法の言葉が掲げられ、ポーリーンと私は二人きりになった。私は彼女の手を握った。

「私の妻ポーリーン」私は情熱を込めて言った。「私の妻、永遠に私だけの」

彼女の手は抗うふうもなく物憂げに私の手の中に置かれていた。彼女の頰に唇でそっと触れた。彼女は避けようとするそぶりは見せなかったが、口づけを返すこともなかった。おとなしくされるがままになっている。

「ポーリーン！」私はささやいた。「一度でいいから、〝私の夫ギルバート〟と言ってくれないか」

彼女は、子供が新しい言葉を覚えるときのようにその言葉を繰り返した。その感情のこもらない言葉を聞いて、私はすっかり落ち込んでしまった。前途には厳しい試練が待ち受けている。

彼女を責めることは理不尽だった。今この時点で私を愛することを期待するのは無理だ。なにしろ洗礼名を昨日聞いたばかりの相手なのだ。このほうが自然だ。愛しているふりをされるよりも関心を示されないほうがはるかにいい。彼女が私の妻になったのは、伯父がそう望んだからに過ぎない。せめてもの慰めは、彼女は結婚を強要されたわけではなく、私のことを嫌っているふうでもないことだった。私は一瞬たりともあきらめなかった。これから私は、あらゆる男が愛する女性にするように、身を低くしてうやうやしくポーリーンに愛を求めなければならない。夫になったのだから、決して不利な立場にいるわけではない。同じ下宿に住みながら、テレーザの疑り深い黒い目で一挙手一投足を見張られていたときとは違うのだ。

いずれ彼女の愛を勝ち取るだろうが、それまでは愛によって得られる成果は求めないようにしよう。法律によって認められた夫の権利は何も要求しないようにしよう。だがこれだけは、一度でいいからこれだけは許してほしい。

「ポーリーン」私は言った。「キスしてくれないか？　一度だけでいい。そうしてくれれば私はもっと幸せになれる。でも、お互いのことをもっと知ってからにしたいのなら、それでもかまわない」

彼女は身を乗り出して私の額に口づけをした。彼女の若々しい赤い唇は温かかったが、私の心は冷たくなった。その口づけには、私の心にたぎる情熱を感じさせるようなものは微塵もなかったからだ。

握っていた彼女の手を離し、隣に座って、愛する女性に受け入れられるよう努力することにした。かなり当惑し、いくらか落胆していたにしても、それを隠し、なるべく明るくさりげなく話そうとした。結婚した女性の真の姿――好き嫌い、性格、趣味、望み、考え――を知り、彼女を幸せにするために人生を捧げる男だと認めてもらおうと努めた。

最初にその考えが、そのぞっとするような考えが頭に浮かんだのはいつのことだったろう？　およそ普通では考えられない奇妙な展開を経てポーリーンが私と結婚したことは確かだったが、それだけで彼女に感情も生気もないことの説明にはならないと思った。質問に答えてもらうだけでも難しかったものの、内気であることだけが、彼女が話すのを難しくしているとはどうしても思えなかった。ありとあらゆる原因を考えてみた。疲れているからではないか？　動転しているからではないか？　今日起こった突然の性急な展開のせいで他のことに考えが及ばないからではないか？　間違いなく、私よりも彼女のほうがこの展開を性急に感じているはずだ。少なくとも私は、自分が彼女を愛していることは承知していた。とうとう私も黙り込んでしまった。何マイルか進み、何時間かが過ぎていった。その間、隣同士に座った新婚の妻と夫は、抱きあうどころか言葉も交わさないままだった。実におかしな状況、実に不思議な旅路ではないか！

列車は北へ北へと走り続けた。飛ぶように過ぎていく田園風景に宵闇が徐々に迫ってきた。私は隣に座る感情のない美しい女性に目をやり、自分たちの将来はどうなるのだろうと思ったが、望みは失わなかった。轟音を立てて進む列車の揺れがしだいに夢を誘うようなリズムになり、「恋愛にも結婚にも向かない。恋愛にも結婚にも向かない」というテレーザのとげのある言葉がひっきりなしに耳の中でこだました。

外はますます暗くなり、車内の明かりが隣にいる女性の色白の清楚な顔を照らした。その変わることのない表情、美しいが決して変化することのない生気のない顔を見ながら、私は奇妙な恐怖に襲われた。彼女がどんな愛も溶かすことのできない氷のよろいをまとっているのではないかという恐怖だ。やがて、疲れ果てて心が沈みかけていた私は眠りに誘われた。目を閉じる前の最後の記憶は、先ほど何もしないと決心したにもかかわらず、されるがままになっている形のよい彼女の白い手を思わず握ってしまったことだった。私はその手を握ったまま眠りに落ちていった。

眠り？　安らぎとくつろぎをもたらさない眠りがあるとするなら、まさにそのときの私の眠りがそうだった。くぐもった女性のうめき声を耳にしたあの夜以来、そのときほどあの声がはっきりと甦ったことはなかった。盲目の男が何年も前に感じた恐怖に、そのときほど私の夢が近づいたことはなかった。耳にまとわりつく叫び声がしだいに鋭さを増していって頂点に達したとき、叫び声は列車の鋭い警笛音に変わり、私は救われた思いがした。その音はまもなくエディンバラに到着することを告げていた。妻の手を握っていた力がゆるみ、現実に呼び戻された。あまりにも生々しい夢だったのだろう、額に玉のような冷たい汗が浮かんでいた。

エディンバラは初めてだった。街を見てまわりたいと思っていたので、二、三日滞在するつもりだった。列車の中でそう提案して、妻は受け入れたが、場所や時間などはどうでもよいと思っているようだった。どんなことも彼女の関心を引くことはないのだ！

馬車でホテルまで行き、二人で夕食をとった。傍（はた）から見れば、私たちの間柄はせいぜい友人同士にしか見えなかっただろう。そのときの私の態度は、たまたま同席した紳士が淑女に示す気配りの域を出ないものだった。ポーリーンがくつろげるよう私がちょっとした気づかいを見せただけでも彼女は礼を言ったが、それ以上のものではなかった。長旅が体にこたえたのか疲れきっているように見える。

「疲れているんだね、ポーリーン」私は言った。「部屋に行くかい？」

「とても疲れてます」彼女は物憂げに言った。

「それじゃあ、もう休んだほうがいい」私は言った。「明日になれば元気になるだろうから、エディンバラの名所を見に行こう」

彼女は立ち上がった。私たちは握手をしておやすみの挨拶を交わした。ポーリーンは自分の部屋に入り、私は散歩に出かけた。沈む心でその日の出来事を振り返りながら、ガス灯に照らされた通りをぶらついた。

これでも夫婦と言えるのか！　単に夫婦と称しているだけではないか！　法律上は夫婦かもしれないが、ポーリーンと私のあいだには、トリノで初めて彼女を見たあの日と同じくらい隔たりがある――今朝、死が二人を分かつまで愛しあい、慈しみあうと誓ったというのに。なぜあのときチェネリの言葉に飛びついてしまったのだろう？　なぜ彼女が私を愛せると確信するまで、あるいは少なくとも彼女が人を愛せる女性だと確信するまで、待てなかったのだろう？　感情を表わさず、何事にも無関心な彼女の姿が、心に冷たい風を吹き込んだ。愚かだった。取り返しのつかないことをした。しかし、過ちの責任は取らなければならない。望みは捨てないようにしよう。まずは明日だ。明日になれば何かが変わるかもしれない。

長いこと歩きまわり、自分が置かれた奇妙な立場について考えをめぐらせた。それからホテルに戻って自分の部屋に入った。予約しておいたスイートのその部屋は妻の部屋の隣だった。できるかぎり、朝が来るまでは希望についても不安についても考えまいとし、その日の出来事で疲れた体を横たえ、やがて眠りについた。

予定していた湖水地方には行かなかった。二日間で私は真実を知った。ポーリーンについて知れること、およそ知り得ることをすべて知ったのだ。あの老女が繰り返していた「恋愛にも結婚にも向かない」という言葉の意味がはっきりわかった。ドクター・チェネリが、ポーリーンの夫となる者は彼女の過去をいっさい訊かずに彼女を受け入れなければならない、という条件をつけた理由もわかった。

ポーリーンには、私の妻には、私の愛する女性には、過去がないのだ！

過去の記憶がないのだ。初めは徐々に、そのうち急速に真実が見えてきた。今なら、あの美しい目に表われる困惑したような不思議な表情も説明できる。彼女が何事にも関心や感情を示さない理由も明らかだ。私が妻にした女性の顔は朝のようにすがすがしく、姿かたちはギリシャ彫刻のように均整が取れ、声は穏やかで優しい。だが、あらゆる魅力に生気を与えるもの――〝心〟がないのだ！

彼女のことをどう言い表わせるだろう？〝狂気〟は彼女の状態とはかけ離れている。〝知的障害〟ということもできない。ふさわしい言葉が見当たらないのだ。彼女の知性には、手足の一つが欠けているように、何かが欠けている。比較的最近の出来事を別にすれば、何も記憶に残っていないようだ。論理的に考えたり、物事の重要度を計ったり、推論して何かを導き出したりすることは、彼女の能力を超えているらしい。身のまわりで起こっている出来事の重要性や意味を認識できないように見える。悲しみや喜びを感じることもない。どんなものにも心が動かされないようなのだ。誰かに促されなければ、人や場所に注意を向けることもない。起きて、食べて、飲んで、横になって休むだけで、なぜ自分がそうするのかわからず、本能のおもむくままに生きている。自分に向けられた質問や意見が能力に収まるものであれば反応したが、限界を超えると、まったく無視するか、一瞬、困惑したような目で遠慮がちに相手の顔を見つめるだけだった。私が最初にあの謎めいた問いかけるような目に気づいたときと同様、相手はそれをどう捉えてよいかわからなくなる。

それでも、狂人とは違うのだ。人が集まる席で、彼女と何時間か一緒に過ごしたあとに受ける印象は、内気で寡黙な女性という程度のものだろう。彼女が話す言葉はまったく狂気を感じさせるものではない。だがたいていの場合、彼女が声を発するのは、生活するうえで求められる必要最小限のことを話すときか、誰かの単純な質問に答えるときだけだった。彼女の精神は子供のようだと言っても、まったく的はずれとは言えないだろう。だがなんということか！　精神は子供でも、大人の体を持った女性なのだ。そしてその女性が私の妻なのだ！

彼女にとって人生とは、私が見るかぎり、精神的な喜びも苦しみも伴わないもののようだ。体質的には他のどんなことよりも暑さと寒さに弱いらしい。日が射せば外に出て、冷たい風が吹けば室内に閉じこもる。しかし、決して不幸せということではない。私の隣に座っているときや、二人で一緒に何時間も黙って歩いたり馬車で出かけたりしているときは、充分満ち足りているように見える。とにかく何事にも受け身なのだ。

それに彼女は穏やかで従順だった。私が提案することにはすべて従い、あらゆる計画に同意し、私があちらに行きたいと言えばあちらに、こちらに行きたいと言えばこちらに、とどこへでもついてくる。ただ、唯々諾々と従うその態度は、新しい主人に使える奴隷のものだ。生まれてからずっと誰かに従って生きてきたので、それに慣れきっているのかもしれない。この習性のせいで私は誤解するところだったのだ――ポーリーンは私を愛している、そうでなければあれほど性急な結婚に同意するはずがない、と。今なら理解できる。伯父の意向に素直に従ったのは、彼女の精神にはそれに抵抗する能力も、自分がすることの意味を正しく理解する能力も欠けていたからなのだ。

ポーリーンは、私の妻は、そんな女性だった。外見は美しく気品のある大人の女性だが、内面は精神に靄（もや）がかかり、発達の止まった未熟な子供だった。彼女の夫であり健康な大人の男として愛を渇望する私が、いずれ愛情を彼女から得られるとしても、おそらくそれは、子供が親に対して、あるいは飼い犬が主人に対して持つ愛情なのだろう。

疑いようのないこの真実に思い至ったとき、恥じることなく告白するが、私は身を投げ出し、あまりの悲しみと辛さにむせび泣いた。

しかし真実を知っても、ポーリーンに対する私の愛はまったく変わらなかった。結婚を解消しようなどとは思わなかった。彼女は私の妻だ。愛を感じた唯一の女性だ。私は誓いをまっとうする。彼女を愛し、慈しむつもりだ。少なくとも彼女は、私が心を配っているかぎり幸せな人生を送ることができるはずだ。とはいえ、あの弁の立つイタリア人の医師には、それ相応の責任を果たしてもらおう。

あの男にすぐに会わなければならない。会って詳しいことをすべて訊き出すのだ。ポーリーンが昔からずっとこのような状態だったのか、時間をかけて粘り強く治療すればよくなる見込みはあるのかを訊き出そう。さらに、事実を隠そうとした目的も問いただす。なんとしても真実を引き出す。そうせずにおくものか。チェネリと直に話をするまでは私の心に平穏が訪れることはない！

私はポーリーンに、急いでロンドンに戻らなければならないと告げた。彼女は驚いた様子もなく、反対もしなかった。すぐに旅支度を始め、私が出発すると言ったときにはすっかり準備ができていた。こんな点も不思議なところだ。物事を型どおりに進めることについては、他の人と違いはない。身支度でも、旅支度でも、一人で完璧にこなす。彼女の動作のどれをとっても、普通の人間とまったく変わりはない。複雑な判断を求められるときだけ欠陥があらわになるのだ。

一晩じゅう列車で移動し、ユーストン駅についたのは曇り空の朝だった。私は苦々しい笑みを浮かべながらホームに降り立った。今の自分と、数日前の自分との違いを思い、滑稽に感じられた。あのときの私は、不思議なめぐりあわせで妻に迎えた女性の手を取って列車に乗せ、あとに続きながら、今まさに幸福そのものの人生が始まろうとしていると思っていたのだ。

それでもなお、広いプラットホームに私と並んで立つ妻のなんと美しいことか！　その落ち着いた雰囲気、洗練された優しげで穏やかな顔、何事にも無関心な様子が、列車から乗客があふれ出るまわりの喧騒と奇妙な対照を見せている。ああ、彼女の心の靄を吹き払い、私が望むような女性に変えることができたら！

今後どうするかだいぶ悩んだが、さまざまに考えぬいた末、ポーリーンとウォルポール通りの下宿に住むことにした。あの家の人たちのことはよく知っているし、きっと私の留守中に彼女の世話をしてくれるだろう。二、三時間休んでから、チェネリを探しはじめるつもりだった。あらかじめエディンバラからウォルポール通りの下宿に手紙を出しておき、そこの親切な人たちに私と連れの女性が行くことを知らせておいた。加えて、信頼しているばあやのプリシラに今回も頼ることにし、先に下宿に行って私たちが着くのを待っていてほしいと頼んでおいた。私のためならプリシラは、不憫な妻にきっと優しくしてくれるだろう。妻と私はウォルポール通りに向かった。

すっかり準備は整っていた。プリシラは何があったのかと好奇の目で私たちを出迎えた。ポーリーンの姿を目にするとすぐに好感をいだいたようだ。お茶と軽食のあと、私はプリシラに、妻を部屋に案内してゆっくり休めるようにしてほしいと頼んだ。ポーリーンはいつもと変わらず子供のように素直で、立ち上がってプリシラについていった。

「妻が落ち着くのを見届けたら、ここに戻ってきてくれないか」私は言った。「話したいことがあるんだ」

やがてプリシラは、すぐにでも戻ってきたかったという様子で部屋に入ってきた。思いがけない私の結婚について訊きたいことが山ほどあったのだろう。だがあれこれ質問を始める前に、私の顔つきを見て気楽な話ではないと察したようだ。おとなしく座り、私が望んだとおり、口をはさまずに話を聞こうとした。

誰かに話さずにはいられなかった。ばあやは信頼できる人間だ。秘密を守ってくれるだろう。そこで私はすべてを、ほとんどすべてを彼女に打ち明け、ポーリーンの特殊な精神状態についてできるだけ丁寧に説明した。一緒に過ごした短い時間でわかったあらゆることを話し、私への愛情に免じて、留守中に愛する妻を守り、優しくしてくれるよう頼んだ。プリシラにそうすると約束してもらったので、私はソファに身を投げ出して何時間か眠った。

午後、もう一度ポーリーンに会い、チェネリに手紙を書くにはどこに出せばよいか知っているかと尋ねた。彼女は首を振った。

「ちょっと考えてみてくれないか、ポーリーン」私は言った。

彼女は華奢(きゃしゃ)な指で額を押さえた。何かを考えようとするといつも大きな負担になるようだった。

「テレーザは知っていたようだけど」私は助け船を出した。

「では、テレーザに訊いてください」

「でもテレーザはいなくなってしまったじゃないか、ポーリーン。テレーザがどこにいるか知っているかい?」

ふたたびポーリーンは困ったように首を振った。

「伯父さんはジェノヴァに住んでいると言っていたけど、伯父さんの住所を知っているかな?」

ポーリーンは困惑したような視線を返してきた。何を訊いても無駄だとわかり、私はため息をついた。

それでも私はチェネリを見つけなければならない。ジェノヴァに行ってみよう。チェネリが言っていたように医者なのであれば、彼を知っている人間がいるはずだ。ジェノヴァで手がかりが見つからなかったら、トリノに行ってみる。私は妻の手を取った。

「しばらく留守にするからね、ポーリーン。私が戻ってくるまでここにいるんだよ。みんな優しくしてくれる。ほしいものがあったら、どんなものでもプリシラが用意するから」

「はい、ギルバート」彼女は静かに言った。私をギルバートと呼ぶよう教えておいたのだ。

最後にいくつかプリシラに指示を出してから出発した。馬車が家の前を発つとき、ポーリーンを残してきた部屋の窓を見上げた。彼女は窓辺に立って私を見ていた。胸に大きな歓喜の波が押し寄せた。彼女の目が、大切な友人と別れる人の目のように、悲しそうな表情を浮かべているように見えたからだ。思い違いかもしれない。しかしこれまでポーリーンの目に感情が表われていると思えることさえなかったのだ。ポーリーンの目の表情を心にとどめ、旅に出るにあたっての慰めとしよう。

いざ、ジェノヴァへ、ドットーレ・チェネリのもとへ！

第六章　満足できない回答

　蒸気船が許すかぎりの速度ではあったが、私は大急ぎでジェノヴァに向かった。ジェノヴァに着くとすぐに、ドクター・チェネリを探しはじめた。簡単に見つかると思っていた。彼の言葉から、ジェノヴァの市街地で開業しているという印象を受けていたからだ。もしそうなら、多くの人々に知られているはずだ。だが、彼がわざと誤った印象を与えようとしたのかもしれないし、私が勝手にそう思い込んだのかもしれない。数日かけていろいろな所に出かけ、さまざまな人々に訊いてまわったが、誰もチェネリを知らなかった。街の医者を一人ひとり訪ねてみたが、一人残らずそのような名前の同業者は知らないと答えた。しだいに私は、チェネリという名前が偽名であるか、ジェノヴァには住んでいないかだと思いはじめた。どんなに無名の医者であっても、同じ街の同業者が誰も知らないということはないだろう。私はトリノに行って、そこで運よくチェネリを見つけられるか試してみようと決心した。

　ジェノヴァを発つ前夜のことだった。陰鬱な気分で通りを歩きまわりながら、トリノではきっとうまくいくはずだと自分に言い聞かせようとしていた。そのとき、一人の男が通りの反対側をぶらぶら歩いているのに気づいた。顔と身のこなしに見覚えがあったので、道路を横切って顔をよく見ようとした。よくある旅行服を着たその男は、ごく普通のイギリス人旅行者に見えた。一瞬、思い違いかと思ったが、やはりそうではなかった。以前とは服装が違っていたが、近づくとすぐにあの男だとわかった。サン・ジョヴァンニの教会の外で、ポーリーンを賛美していた私たちに喧嘩を売ってケニヨンにやり込められ、そのあとチェネリと腕を組んで立ち去った男だ。

このチャンスを逃すわけにはいかない。少なくともこの男なら、どこでチェネリに会えるか知っているに違いない。私の顔は覚えていないだろうと思った。私の顔を見ても、前回会ったときの不愉快なやりとりは思い出さないだろう。私は男に歩み寄り、帽子を軽く上げて会釈し、少々話をさせてもらえないかと申し出た。

私は英語で話した。男は鋭い視線で私を一瞥し、私の挨拶にうなずき、役に立てることがあるなら何なりと、と英語で答えた。

「この街に住んでいると思われる紳士の居所を知りたいのですが、お手伝いいただけますでしょうか」

男は笑った。「できることでしたらお手伝いしますが、あなたと同じように私もイギリス人で、ここにはあまり知り合いがいません。お役に立てるかどうか」

「チェネリという名の医師にぜひとも会いたいのです」

名前を聞いたときの男のぎくりとした表情と不安げな目つきが、男がチェネリという名前を知っていることを物語っていた。だが男は瞬時に平静を取り戻した。

「そのような名前は聞いたことがありません。残念ですがお手伝いできないようです」

「しかし――」私はイタリア語で言った。「あなたがその人と一緒のところを見ました」

男は敵意のある目で睨みつけてきた。「そういう名前の人はいっさい知りません。では、これで」

男は帽子をわずかに上げ、足早に歩き去った。

ここで逃がすわけにはいかない。私は小走りに追いかけ、男に追いついた。

「どこに行けばチェネリ医師に会えるか教えてください。重要な用件があるのです。知らないふりをしても無駄です。あなたのご友人だということはわかっているんですから」

男はちょっと迷ったようだが、歩みを止めた。「いやにしつこいですね。探している人が私の友人だという証拠でもあるんですか?」

「あなたがその人と腕を組んで歩いていくところを見ました」

「どこで?」

「トリノで――去年の春に。サン・ジョヴァンニの教会の外です」

男はまじまじと私を見つめた。「ああ、思い出した。あの二人連れの一人か。若い女性を侮辱したから、いさめてやったときの」

「侮辱するつもりはありませんでした。それに、たとえそうだったとしても、昔のことはもう水に流してもいいんじゃありませんか?」

「侮辱してないだって! あんたの連れのあの言いぐさはないだろう。あれ以上言ったら殴り殺すところだった」

「思い出してください。私はひと言も口を利いていません。いずれにしても大騒ぎするほどのことではないでしょう。私はドクター・チェネリの姪のポーリーンに代わって、彼に会いたいのです」

驚きの表情が男の顔に広がった。「あんたと彼の姪とどんな関係があるというんだ?」男は語気を強めて訊いた。

「あなたには関係のないことです。とにかく彼の居所を教えてください」

「あんたの名前は?」男はぶっきらぼうに訊いた。

「ギルバート・ヴォーンです」

「いったい何者なんだ?」

「イギリス紳士です。それ以上の者ではありません」

男はちょっとのあいだ考えてから言った。「チェネリのことを教えてもいいが、その前にあんたの用件を知っておく必要がある。何だってポーリーンの名前を出したんだ? 道の真ん中で話すようなことでもなさそうだ。どこか別の場所へ行こう」

私は泊まっているホテルに男を連れていった。そこなら落ち着いて話すことができる。

「さて、ミスター・ヴォーン」男は言った。「質問に答えてくれないか。あんたを手伝うかどうか決めるのはそれからにする。ポーリーン・マーチはこの件とどう関係してるんだ?」

「私の妻です。それだけです」

男は弾かれたように立ち上がり、イタリア語で激しい罵倒の言葉を吐いた。怒りで顔が蒼白になっている。

「あんたの妻だって!」男は叫んだ。「嘘だ、でたらめを言うんじゃない!」

私も立ち上がった。相手と同じくらい怒りに燃えていたが、あくまで冷静に振る舞った。

「さっきも言ったとおり、私はイギリス紳士です。その言葉は許せません。謝罪してください。さもないと部屋から叩き出します」

男は内心の激情と闘い、どうにか抑え込んだようだ。「悪かった、許してくれ」男はそう言ってから、鋭い口調で訊いた。「チェネリはそのことを知っているのか？」

「もちろんです。結婚にも立ち会ってもらいました」

　男はふたたび激情に駆られたようだ。「裏切り者（トラディトーレ）！」激しい調子でつぶやくのが聞こえた。「詐欺師（インガナトーレ）！」やがて男は落ち着きを取り戻し、私に向き直った。

「そういうことなら、あんたを祝福するだけだな、ミスター・ヴォーン。実にうらやむべき幸運に恵まれたものだ。あんたの妻は美しいし、家柄もいい。素晴らしい伴侶になるだろうよ」

　私たちの結婚を聞いてなぜこんなに激しく怒りをあらわにするのか、私は問いただしたかったが、男を部屋から叩き出すという脅しを実行すべきだったという思いのほうが強かった。最後の言葉の抑揚から、ポーリーンの精神状態を承知しているとわかったからだ。あやうく殴りかかるところだったが、ここは怒りを抑えざるを得なかった。この男の助けを借りなければ、チェネリを見つけ出すことはできそうにない。

「それは、どうも」私は静かに言った。「それじゃ、私が知りたいことを教えてもらえますね」

「あんたはあまり献身的な夫ではないようだ、ミスター・ヴォーン」男はあざけるように言った。「チェネリが結婚に立ち会ったのなら、それはほんの数日前のはずだ。愛しい新妻を放ったらかして飛んでくるとは、よほど大事な用件なんだろうな」

「大事な用件です」

「だとしても、何日か待つしかないだろう。チェネリはジェノヴァにはいない。だが、一週間もすれば戻ってくるはずだ。そしたらチェネリに会って、あんたがジェノヴァに来ていると伝えよう」

「住所を教えてもらえれば、私から訪ねます。直（じか）に話したほうがいい」

「それはチェネリが決めることだ。私にできるのは、あんたの希望を伝えることだけだ」

男は会釈して部屋を出ていった。男が約束したとはいえ、はたしてあのいわくありげな医師と会えるかどうかは疑わしかった。すべては医師がその気になるかどうかにかかっている。チェネリがジェノヴァに戻ってきても、私に会わずに、またどこかへ行ってしまうかもしれない。あの男かチェネリが連絡を寄こさないかぎり、私は何も知ることができないのだ。

一週間が無為に過ぎていった。しだいに、チェネリは私とかかわらないようにしたのではないかと不安になってきた。が、そうではなかった。ある朝、手紙が届いた。簡単な文面だった。「私に会いたいと聞きました。十一時に迎えの馬車を行かせます。M・C」

十一時に、ごくありふれた貸し馬車がホテルの前に停まった。御者がヴォーン氏を迎えにきたと言った。黙って乗り込むと、郊外の小さな家に連れていかれ、部屋に案内された。新聞や手紙が散乱したテーブルの前にチェネリが座っていた。彼は立ち上がって握手をし、私に椅子を勧めた。

「私に会いにジェノヴァまでいらしたそうですね、ミスター・ヴォーン？」

「そうです。妻についていくつかお尋ねしたいことがあって」

「できるかぎりお答えします。ただし多くのことについて回答をお断りせざるを得ないかもしれません。私が出した条件を覚えていますね？」

「覚えています。ですが、どうして妻の特殊な精神状態について教えてくれなかったのですか？」

「あなたもポーリーンには何度か会っていたはずです。あの子の状態は、結婚したときも、あなたが見初めたときも同じです。だまされたと感じたとしたら、残念としか言いようがありません」

「なぜすべてを話してくれなかったのですか？　そうしてくれていたら、誰のことも責めようとは思わなかったでしょう」

「理由はいろいろあったのです、ミスター・ヴォーン。ポーリーンのことは、大きな責任として私の肩にのしかかっていました。私は裕福ではありませんので、金銭的にも大きな負担でした。それでも、あなたにとって、とんでもない状況というわけではないでしょう。ポーリーンは、美しく、上品で、従順な子です。愛情深い妻になるはずです」

「本当は厄介払いしたかっただけなのですね」

「そんなことはありません。ある事情があって説明はできませんが、姪をしかるべき地位のイギリス紳士に嫁がせることができてよかったと思っています」

「愛する女性が子供同然だと知ったら、その紳士がどんな気持ちになるかまでは考えが及ばなかったのですね」

私は憤然として率直に自分の気持ちをあらわにしたが、チェネリは意に介さず平然としていた。

「他にも言っておくべきことがあります。私の考えでは、ポーリーンの病気は治る見込みがないというものではありません。実は、結婚が快復のチャンスになると、かねがね思っていました。ポーリーンの精神に足りないところがあるとしても、少しずつそれが育つ可能性があると私は信じています。失われたときと同じように、突然戻ってくるかもしれません」

治る見込みがあるというチェネリの言葉に胸が高鳴った。罠にはめられた、身勝手な目的に利用された、という思いはあったものの、少しでも希望があるのなら前向きに今の立場を受け入れようと思った。

「妻の症状について詳しく教えてもらえませんか？　ずっとこういう状態だったわけではないのでし

ょう?」

「もちろん違います。姪の症状はきわめて稀なものです。数年前に非常に大きなショックを受けました。突然、大切なものを失うという経験をしたのです。その結果、過去が頭からすっかり消し去られました。しばらく病床に伏していたのですが、ベッドを離れたときには、記憶が完全に消え失せていたのです。今いる場所や過去にいた場所も思い出せず、友人も皆、あの子にとっては見知らぬ人になっていました。おっしゃるように、精神は子供同然ですが、子供の精神も適切な働きかけがあれば発達します。ポーリーンの場合もきっとそうでしょう」

「病に伏した原因は何だったのですか? どんなショックだったのですか?」

「その質問には答えられません」

「私には知る権利があります」

「あなたには質問する権利があり、私には回答を拒否する権利があります」

「では、ポーリーンの家族と親族のことを教えてください」

「私のほかには誰もいないはずです」

他にもいくつか質問したが、ここに書き記すほどの答えは得られなかった。これではイギリスを発ったときと、さほど変わらない状態で戻ることになる。しかし一つの質問にだけは、はっきり答えてもらわなければならない。私は食い下がった。

「あのあなたのお友だちは、あの英語を話すイタリア人は、ポーリーンとどんな関係なのですか?」

チェネリは肩をすくめて笑みを浮かべた。

「マカリのことですか? その質問には喜んでお答えします、ミスター・ヴォーン。ポーリーンが病に伏す一年か二年前、マカリはあの子の恋人になったと思い込んでいたようでした。彼は今、私が姪を結婚させたことで怒り狂っています。彼女が快復するのを待ってプロポーズするつもりだったと言い張って」

「彼があなたのお眼鏡にかなう結婚相手でなかったのはどうしてですか？　私はかなう相手だったようですが」

チェネリは射抜くような目で私を見つめた。「後悔しているのですか、ミスター・ヴォーン？」

「いいえ。わずかな希望でも、希望があるなら後悔することはありません。しかしこれだけは言わせてもらいます。よくも恥知らずに私をだましてくれましたね、ドクター・チェネリ」

私は立ち上がってその場を去ろうとした。するとチェネリは、今までよりも感情を表に出して話しはじめた。

「ミスター・ヴォーン、あまりきつく私を責めないでください。あなたには申し訳ないことをしました。それは認めます。あなたに教えられない事情がいろいろあるのです。ここまで言うつもりはなかったのですが、正直に言いましょう。ポーリーンを裕福で快適に暮らせるようにしてやれるという誘惑に抗(あらが)えなかったのです。私はあの子に莫大な借金があります。かつてあの子は五万ポンドほどの財産がありました。私はその全額を使い果たし――」

「そんなことを自慢するのですか！」私はとげとげしく言った。彼は悪びれる様子もなく片手を上げた。

「そうです。隠さずに言いましょう。その金をすべて自由のために、イタリアのために使ったのです。私は彼女の財産管理者でした。そうした目的のためなら、たとえ父親の金だろうと息子の金だろうと奪い取ったでしょう。そんな私が姪の金を奪うことに二の足を踏むでしょうか？　全額、大義のために有意義に使われました」

「親のない子から奪い取るなんて犯罪そのものです」

「何とでも言ってください。資金を調達しなければならなかった。私は祖国のためなら命だって投げ出すつもりでしたから、自分の名前が傷つくことなどどうでもよかったのです」

「そんな議論をしても仕方ありません――もう済んだことなのですから」

「確かにそのとおりですが、この話をしているのは、なぜ私がポーリーンに家庭を持たせたかったかを知ってほしいからです。それだけではありません、ミスター・ヴォーン」ここで彼は声をひそめた。「ポーリーンにすぐにでも家庭を与えたかったのです。私はこれから旅に出ます。終わりの見えない旅、戻ってこられそうもない旅です。そうでなければ、あなたにお会いする気にもならなかったと思います。もう二度と会うことはないでしょう」

「まるで秘密の計画か陰謀に関与しているように聞こえますね」

「言ったとおりの意味です。それ以上でも、それ以下でもありません。そろそろお別れの挨拶をさせてください」

彼に対して怒りはあったものの、差し出された手を拒むことはできなかった。

「さようなら」チェネリは言った。「一年か二年経った頃にあなたに手紙を出して、ポーリーンが予想したとおり快復しているかどうかお尋ねするかもしれません。ですが、便りがないときには私の行方を探したり尋ねたりしないでください」

チェネリと別れ、外で待っていた馬車に乗って自分のホテルに向かった。途中でチェネリがマカリと呼んだ男と行きあった。マカリは御者に合図して馬車を止め、乗り込んできて私の隣に座った。

「ドクターに会ったんですね、ミスター・ヴォーン?」マカリは訊いた。

「ええ、今、会ってきたところです」

「知りたいことは全部教えてもらいましたか?」

「かなりの質問に答えてもらいました」

「でも全部ではないでしょう? チェネリがすべての質問に答えるはずがない」

マカリは声を上げて笑った。あざけるような皮肉な笑いだ。私は黙っていた。

「私に訊いてくれれば――」彼は続けた。「チェネリよりも多くのことを教えられたかもしれませんよ」

「ここに来たのは、妻の精神状態についてドクター・チェネリが答えられるすべてを尋ねるためです。妻の状態についてはあなたもご存じですね。あなたが私に役立つことを教えてくれると言うなら、ぜひうかがいたい」

「病気の原因は訊きましたか?」

「訊きました。大きなショックを受けたせいだと言っていました」

「どんなショックを受けたかを訊いたが答えてもらえなかった。そうでしょう?」

「答えられない理由があるのだと思います」

「そう、家族にまつわる立派な理由がね」

「その理由をご存じでしたら、教えてもらえませんか」

「ここでは駄目です、ミスター・ヴォーン。ドクターと私は友人です。私が教えれば、あなたは彼のところに飛んでいって殴りかかるかもしれない。そうしたら私が責められる。これからイギリスに戻るのでしょう?」

「ええ、すぐにここを発ちます」

「住所を教えてもらえれば手紙を出します。いや、それよりも、話す気になったら、次にロンドンに行ったときにお宅にうかがいます。そのときはヴォーン夫人に挨拶させてもらいましょう」

真相をどうしても知りたかったので、私は名刺を渡した。マカリは馬車を止めて降り、帽子を軽く上げて会釈した。視線が合った。悪意のある勝ち誇ったような目をしている。

「さようなら、ミスター・ヴォーン。何はともあれ、過去を暴くことができない女性と結婚したということで、あなたにおめでとうと言うべきでしょうね」

別れ際に捨て台詞を――私の胸に深く突き刺さり、いつまでも私を苦しめることになる言葉を――残し、マカリは立ち去った。あっという間に姿を消したので、喉元につかみかかり、どういう意味だと問い詰める暇もなかった。

愛しい妻に再会したい一心で、私は大急ぎでイギリスに戻った。

第七章　意外な関係

私が戻って妻はうれしそうだった。靄（もや）がかかったようにぼんやりした表情ながらも温かく迎えてくれた。短期間でも留守にすればすっかり忘れられてしまうのではないかと怖れていたのだが、杞憂（きゆう）に終わった。私が誰かわかったうえで歓迎してくれている。かわいそうなポーリーン！　眠っている理性を呼び戻す方法が見つかりさえすれば！

　何カ月か経ったが、何の進展もなかった。妻の精神がチェネリの見立てたように徐々に快復しているのだとしても、その歩みは遅々としたものだった。良くなったと思うときもあれば、悪くなったと思うときもあった。実際には、彼女の精神状態はほとんど、あるいはまったく変わっていなかった。何時間も何にも関心を示さず、何もしようとしない。口を利くのは話しかけられたときだけだ。しかしポーリーンは、どんなときでもどんな所にでも、嫌がらずについてきた。しかも何か提案すると、いつでもそれに従うのだ。私はなるべく彼女が理解できる言葉で要望を伝えるようにしていた。かわいそうなポーリーン！

　イギリスの一流の医者たちにポーリーンを診てもらった。どの医者も同じ診断だった。快復の見込みはあるが、ショックを受けた状況が具体的にわかれば、快復の可能性はさらに高まると言われた。しかし私には、この先その状況を知るようになるとはどうしても思えなかった。

というのも、チェネリからは音沙汰がなく、マカリからも約束したような連絡がなかったからだ。マカリについては、あの最後の悪意に満ちた言葉を聞いたあとでは、会いたいというよりも会うのを恐れる気持ちのほうが強かった。テレーザに訊けば多少は状況がわかるかもしれなかったが、彼女の行方も知れなかった。チェネリにテレーザの居所を訊かなかったことを悔やんだ。しかし、たとえ訊いたとしても教えてくれなかっただろう。そうして毎日が過ぎていった。私にできることといえば、プリシラの助けを借りて、ポーリーンができるかぎり心地よく暮らせるようにすることだけだった。私の心配りによって、時とともに彼女が快復するのを願うばかりだった。

　私たちはまだウォルポール通りの家に住んでいた。当初は家を買って家具などをそろえるつもりだったが、そんなことをして何になるというのか？　ポーリーンに家の世話はできそうにない。何の関心も示さないだろう。それでは家庭と呼べるものにはならない。そこで昔からの下宿に住み続け、私はほとんど世捨て人のように暮らしていた。

　友人に会う気にはなれなかった。古い知人とは疎遠になり、彼らからは私のせいだと揶揄されていた。ポーリーンの姿を目にしたことのある人の中には、私が人と親しくつきあわないのは、妻がもてはやされることに嫉妬するからだろうという者もいた。他の理由を挙げる者もいた。だがこれまでのところ、真実は誰にも知られていないはずだ。

　ときにはこの悲しみに耐えられないと感じることもあった。ケニヨンがトリノであの教会に入ろうと誘わないでくれればよかったのにと思うこともあった。しかし一方で、こんな状況にもかかわらず、妻が愛に応えてくれる望みがないにもかかわらず、妻を愛しているおかげで、私はより善良な人間になっている、より幸せな人間になっている、と感じることさえあった。絵画や彫刻を見るように、何時間も妻の愛らしい顔を眺めていて飽きることがなかった。その顔が聡明な知性に輝く様子を思い描こうとした。かつてはきっとそうだったに違いない。いったい何が彼女の心を黒いカーテンで覆ってしまったのか、なんとしても知りたかった。いつかそのカーテンが取り払われ、私の視線に応える彼女の瞳を目にする日が来ることを神に祈った。その日が来ることが確かなら、二人の髪が真っ白になるまででも、いっさい不平を言わずにその日を待つつもりだった。

せめてもの慰めは、結婚によって私の人生にかなりの影響があったにしても、少なくともそれによって妻の人生をいっそう悲しいものにしなかったことだ。ポーリーンの暮らしは、あの意地悪な老女の監視の下で暮らしていたときと比べると、より晴れやかなものになっているはずだ。プリシラはポーリーンを、子供をかわいがるように慈しんでいた。私は彼女が喜びそうなことはどんなことでもやってみた。いつもではないが、ポーリーンはときおり、私が尽くしているのをわかっているように見えることがあった。一度か二度は、感謝の気持ちを表わすかのように私の手を取って口づけをしたこともある。子供が父親を愛するように、弱い無力な生き物が保護者を愛するように私を愛するようになっていたのだろう。期待する反応と言えるものではなかったが、それだけでも私はうれしかった。

そのような静かな暮らしの中で、日が過ぎ、月が移っていった。やがて冬も終わり、郊外の家々の前にある小さな花壇のキングサリやライラックがつぼみをつける季節になった。

自分に読書という趣味があるのは幸運だった。それがなければ私の生活はまったく味気ないものになっていただろう。ポーリーン一人を家に残して人とつきあう気にはなれなかった。毎日、家で本を読んだり、調べ物をしたりして何時間も過ごした。妻も同じ部屋にいたが、こちらから話しかけないかぎり黙って座っているだけだった。

残念だったのは、音楽を聴くのをほとんど禁じられてしまったことだ。ほどなく私は、音楽がポーリーンによくない影響を与えることに気づいた。私の心を安らかにする音色が、どういうわけか彼女を苛立たせ、不安にさせるようなのだ。そんなわけで、ポーリーンがプリシラとどこかに出かけていて、家に一人残されたときでもなければ、ピアノの蓋を開けることはなかったし、楽譜本も閉じたままだった。私と同じくらい音楽を愛する人なら、このことがどんなに大きな喪失感をもたらすか理解できるだろう。

ある朝、一人で部屋にいると、紳士の来訪を知らされた。彼は下宿の使用人に名前を告げず、ジェノヴァから来たとだけ伝えてくれと言った。マカリに違いない。とっさに会うつもりはないと伝えてくれと言いそうになった。最後に会ったときから繰り返し繰り返し、マカリの別れ際の言葉を思い出していたからだ。ポーリーンの過去には伯父が隠している何かがある、とほのめかすあの言葉だ。しかしその言葉が甦るたびに、単に失恋した男の悪意に満ちた当てこすりだろうと思うようにしていた。意中の女性を勝ち取ることができなかった男が、ライバルに疑念をいだかせて不幸にしようとしているのだろうと。マカリが妻のことを何と言おうとかまわなかったが、とにかく彼に対しては嫌悪感があったので、部屋に案内するよう答えるのをためらった。

そうはいっても、マカリはポーリーンと彼女の過去を結びつける唯一の鎖だ。チェネリには二度と会うことはないだろう。妻に関して何かを訊き出したいのなら、マカリしかいないのだ。あの男が姿を見せれば、もしかしたら彼女の眠っている記憶を刺激するかもしれない。ひょっとしたら、マカリも居合わせたであろう情景や出来事をおぼろげにでも思い出させ、彼女の精神に働きかけることだってあるかもしれない。そう考えて、男を部屋に通すことにした。さらにはポーリーンとも対面させようと思った。マカリが望むなら、ポーリーンを相手に昔のことを――かつて彼がいだいた恋心のことだって――語らせてもかまわない。彼女の切れてしまった記憶の糸を手繰り寄せ、その糸をつなぐ助けとなるならどんなことでもいい。

マカリは部屋に入ってきて、うわべだけは愛想よく挨拶した。握手の手には力が込もっていたが、親切心からやってきたのではなさそうだった。とはいえ、彼が来た目的など気にすることはない。私のほうに目的があって彼を必要としているのだ。目的を達成するためなら、手に食い込んで私を傷つけるものでなければ、どんな道具を使ってもいいではないか。そうなるかどうかは、そのうちわかるだろう。

私も同じくらい愛想よく挨拶して彼を迎えた。椅子を勧め、呼び鈴を鳴らしてワインと葉巻を持ってこさせた。

「約束を果たしましたよ、ミスター・ヴォーン」彼は笑みを浮かべて言った。

「そうですね。そうしてくれると信じていました。だいぶ前からイギリスにいらしていたのですか？」

「二日前に来たばかりです」

「いつまでの予定で？」

「また海外から招集されるでしょうが、それまではイギリスにいるつもりです。あちらの状況はかなり悪化していますので、好転するまでしばらく待たなければならないのです」

私は説明を促すように彼を見つめた。

「私が何をしているかはご存じなのでしょう」マカリは言った。

「策謀家ではないでしょうか。決して悪い意味で言っているのではありません。その言葉しか思いつかないのです」

「そうです。策謀家、改革者、自由の伝道者、どう呼んでくださってもかまいません」

「でも、あなたの国は何年か前に自由になったのではありませんか?」

「まだ自由になっていない国があります。そうした国のために活動しているのです。友人のチェネリもそうです。だが残念なことに、彼は最後の仕事を終えました」

「亡くなったのですか?」私は驚いて訊いた。

「私たちにとっては死んだも同然です。詳しいことは言えませんが、あなたがジェノヴァを発った数週間後に、彼はサンクト・ペテルブルクで逮捕されました。それから何カ月か監獄に勾留され、裁判が始まるのを待っていましたが、判決が出たと聞いています」

「で、どんな判決だったのですか?」

「お定まりの結末です。我らの哀れな友人は、今、鉱山での二十年の強制労働を宣告されてシベリアに向かっています」

私はチェネリに親愛の情を特別いだいていたわけではなかったが、彼の運命を聞いて身震いした。

「あなたは逃げおおせたのですね?」私は言った。

「当然です。でなければ、こうして上等な葉巻を吸って高級なクラレットを口にしてはいないでしょう」

マカリが友人の不運について語るときの冷淡な態度に私は嫌悪を覚えた。私でさえ、チェネリがシベリアの鉱山で働かされると聞けば背筋が寒くなるのに、策謀の仲間ならもっと心を痛めてもいいはずではないか！

「さて、ミスター・ヴォーン」マカリは言った。「よろしかったら、そろそろ本題に入りましょう。あなたを驚かせる話になると思いますが」

「どんなことでもいいですから話してください」

「その前にうかがいますが、チェネリは私のことを何と言っていましたか？」

「あなたの名前は聞いています」

「私の家族のことは何も聞いていませんか？　チェネリは自分の本名を言わなかったでしょうが、私の本名も彼から聞いていないのですね？　私の本名がマーチで、ポーリーンと私が兄妹だということも？」

これを聞いて私は唖然とした。マカリという男がポーリーンに恋心をいだいていたとチェネリは言っていた。それを聞いたあとでは、到底こんな話は信じられなかった。とはいえ今は話を最後まで聞いたほうがいいだろうと思い、ひと言、私はこう答えた。「聞いていません」

「なるほど。では私が何者か、できるだけ手短にお話ししましょう。私は海外ではいろんな名前で知られていますが、本当の名前はアンソニー・マーチです。私たちの父親は、ドクター・チェネリの妹と結婚しました。父は若くして亡くなり、莫大な財産をすべて何の制約もつけず母に遺しました。そのあとしばらくして母も亡くなり、全財産が伯父の手に任されることになりました。伯父が私と妹に代わって財産を管理することになったのです。その金がどうなったかは知っていますね、ミスター・ヴォーン？」

「ドクター・チェネリが話してくれました」私は言った。事実を筋道立てて語っているように聞こえる彼の話しぶりには、不本意ながら説得力を感じないではいられなかった。

「そうです。その金はイタリアのために使われました。大勢の赤シャツ隊員の活動費をまかない、真のイタリア人を武装させたのです。私たちの財産は全額、財産管理者が使い果たしました。しかし私は伯父を責めたことはありません。その金がどうなったかを知ったとき、無条件で伯父を許したのです」

「では、この話はやめましょう」

「まだ続きがあります。ヴィットーリオ・エマヌエーレ二世（イタリア王国の初代国王。オーストリア帝国との戦争に終止符を打ち、イタリア統一を成し遂げ、国父と呼ばれた）の政権は揺るぎないものになりました。イタリアは自由になり、これからは年々豊かになっていくでしょう。そこで、ミスター・ヴォーン、私に考えがあるのです。国王にこちらの事情を話せば、何らかの措置が下される可能性があります。妹の代理として夫のあなたが、私と一緒に国王に訴え出るのです。ドクター・チェネリが愛国者であったが故に財産をイタリアのために使い果たし、私たちは無一文になってしまったと申し立てれば、全額は無理としても、かなりの額を返還してもらえるかもしれません。あなたはイギリスに友人がお出ででしょう。ヴィットーリオ・エマヌエーレ二世が耳を傾けるよう助けてくださる方もあると思います。私もイタリアに友人がいます。ジュゼッペ・ガリバルディ（イタリア統一運動を推進し、イタリア王国成立に貢献した軍事家）なら、彼がドクター・チェネリから受け取った金額について証言してくれるはずです」

充分ありそうな話だ。彼の企みもまったくの絵空事ではなさそうだ。

この男は本当に妻の兄なのかもしれないと私は思いはじめていた。チェネリは彼なりの理由があって、二人が兄妹であることを隠したのかもしれない。

「ですが、私は金ならたくさんあります」私は言った。

「だが、私はそうではない」彼はそう切り返すと、屈託なく笑った。「自分の妻のことを考えたら、あなたもこの件に加わるべきです」

「考える時間が必要です」

「もちろんです。急いではいません。いずれ請願書を用意して訴え出るつもりです。では、妹に会わせてもらえますか？」

「ここで待っていてください。すぐに来ますから」

「妹はよくなっているのですか、ミスター・ヴォーン？」私は力なく首を振った。

「かわいそうに！　それじゃ、私を見ても兄とはわからないでしょうね。私たち兄妹は、大きくなってからはほとんど一緒に過ごしていないのです。歳が離れていますし、私は十八ぐらいから作戦や闘争に明け暮れていましたから。そんな状況に置かれると、家族とのつながりは忘れてしまうものです」

やはりこの男を信用する気にはなれなかった。それに、この前この男が口にしたあの言葉をまだ説明してもらっていない。

「マカリさん」私は言った。

「いや、私の名前はマーチです」

「では、マーチさん、妻が過去の記憶を失ったショックとは何だったのか、今ここで詳しく話してもらえませんか」

彼は険しい顔つきになった。「今は駄目です。いずれお話しすることもあるでしょう」

「ではせめて、ジェノヴァで別れ際に口にした言葉の意味を説明してもらえませんか？」
「許してください。申し訳なかった。とっさに思ってもいないことを口走ってしまいました。何を言ったかよく覚えていないのです。ですから説明もできません」

私は何も言わなかった。私に対して底知れぬ敵意をいだいていて、何か企んでいるようにも見えるが、真意ははかりかねた。

「確かにあのときは――」彼は言葉を継いだ。「ポーリーンが結婚したと聞いて憤慨していました。あの子の健康状態を考えれば、チェネリは結婚を許すべきではなかった。あの時点では、あの子をイタリア人と結婚させようと私は心に決めていたのです。快復さえすれば、あれほど美しい娘なら最高の地位の男性を夫にできるだろうと思っていました」

その言葉に答える前に、ポーリーンが部屋に入ってきた。兄と称する男の姿に彼女がどんな反応を示すだろうと、私は固唾を呑んで見守った。

マカリは立ち上がって彼女に歩み寄った。「ポーリーン」彼は言った。「私がわかるかい？」ポーリーンは不思議なものでも見るようにマカリを見つめていたが、誰かわからないらしく首を振った。彼はポーリーンの手を取った。彼女が反射的に手を引っ込めようとしたのに私は気づいた。

「かわいそうに！　ほんとにかわいそうに！」彼は言った。「思っていたより悪い状態ですね、ミスター・ヴォーン。ポーリーン、しばらく会っていなかったとはいえ、私のことを忘れてしまうなんて！」

ポーリーンの困惑したような大きな目は彼の顔に釘づけになっていたが、誰なのかわかった様子ではなかった。

「この人が誰か、ちょっと考えてごらん、ポーリーン」私は言った。

彼女は額に手をやり、それからもう一度首を振った。「思い出せない(ノン・メ・リコルド)」彼女はつぶやいた。それから、精神の力を使い果たしたというように、疲れた様子で吐息をつき、椅子に沈み込んだ。

彼女がイタリア語を使ったのに気づいて私はうれしくなった。普段は必要に迫られないかぎり、イタリア語を使うことはなかった。今、イタリア語が口をついて出たのは、ぼんやりとかもしれないが、頭のどこかでこの訪問者とイタリアが結びついたからに違いない。これは新しい希望の兆しだ。

他にも気づいたことがあった。前にも書いたと思うが、ポーリーンが視線を上げて人の顔を見つめることは滅多になかった。だがこの日は、マカリが部屋にいるあいだ、ポーリーンは彼から目を離さなかった。マカリはポーリーンの近くに座り、さらに二言三言話しかけたが、そのあとは私だけを相手に話していた。そのあいだずっと、妻は彼のことを困惑したような目で凝視していた。何度かは間違いなく、その瞳に怖れの色が表われたように見えた。怖れでも、憎しみでも、困惑でもいい。愛情だってかまわない。理性が戻る兆しが見られるのであれば、彼女の目にどんなものが表われてもかまわない。ポーリーンが快復することがあるなら、この男がきっかけになるだろう、と私は思いはじめた。

そこで私は、彼が帰ろうとしたとき、またすぐに、できれば明日にでも会いに来てくれないかと本心から頼んだ。彼は快くそうすると答え、その日はそれで別れた。

再会の結果に私は満足していた。彼も同じように満足したことを願うばかりだ。

マカリが帰ると、ポーリーンは落ち着きがなくなった。何度も手を額に押し当て、じっと座っていられないようだった。ときおり、窓辺に寄って通りの行き来に目をやった。私は彼女の振る舞いを気にしないようにしたが、一、二度、こちらに目を向けたのに気づいた。悲しげな、すがるような視線だ。マカリと関係のある古い記憶の何かが、靄のかかった頭の中で姿を現わそうともがいているのだろう。マカリが翌日また来るのが待ちきれなかった。あの男は私を利用しようとしている。それなら必ずもう一度訪ねてくるだろう。

マカリは翌日も、翌々日も、そのあと何度も訪ねてきた。なんとか私に取り入ろうとしているのは明らかだった。あらゆる手を尽くして私に好かれようとしていた。私も、その状況においては、マカリが格好の話し相手だったことは認めざるを得ない。彼はこの十年間のあらゆる策略や政治的な事件を隅々まで知り尽くしていると豪語し、実際にあった事件の裏話や波乱に満ちた体験を披露した。イタリア統一戦争の初めから終わりまで、ずっとガリバルディの配下で戦ったと言った。監獄の中のこともよく知っていたし、間一髪で死を免れた驚愕の武勇伝をいくつも持っていた。彼の話を疑う理由はなかったが、この男の人柄は信用しなかった。どれほど感じの良い笑顔を見せられようと、どれほど屈託のない笑い声を聞かされようと、以前会ったときにその顔に浮かんだ表情や発言や態度を忘れることができなかったからだ。

マカリが来たときは必ずポーリーンを同席させるようにした。このときばかりは、いくら私の望みといえども、妻は無言ながら気が進まない様子だった。ポーリーンがマカリのいる前で口を開くことはなかった。しかし彼女の目が彼からそれることもほとんどなかった。マカリにはどうしても目が釘づけになってしまう何かがあるようだった。彼が部屋に入ってくるとため息をつき、彼が立ち去るとホッとしたような吐息をもらした。日を追うごとに落ち着かなくなり、不安げになり、不幸せそうになっていった。彼女を苦しめていると思うと胸が痛んだが、ここはなんとしてもマカリと会わせることを続けなければならないと思った。彼女の人生の重大な局面が急速に近づいてきていた。

ある晩、夕食のあと、マカリと私はクラレットを酌み交わしていた。ポーリーンは少し離れたところでソファにもたれながら、いつものように困惑した目で彼を見つめていた。するとマカリが、軍隊時代の逸話を話しはじめた。絶体絶命の危機に陥ったときの話だ。そのときの彼は、右腕が折れて使えず、銃剣を突きつけられていたのでライフル銃を操れない状態だった。それにもかかわらず、銃剣を敵兵から奪い取り、左手だけで相手の心臓に突き刺したというのだ。その場の状況を、言葉に合わせて動きで示そうと、マカリはテーブルの上にあったナイフを手に取り、白い軍服姿のオーストリア兵がそこにいるかのように空(くう)を切って振り下ろした。

背後から深い吐息が聞こえた。振り向くと、ポーリーンが目を閉じて横たわっていた。失神したようだ。私は彼女に駆け寄り、抱き上げ、部屋に運んでベッドに横たえた。九時頃だった。プリシラはちょうど外出していたので、私はダイニングルームに急いで戻り、マカリに慌ただしく別れの挨拶をした。

「大事に至らないといいですね」彼は言った。

「心配はいりません。気を失っただけだと思います。あなたの動作が真に迫っていたので怯えてしまったのでしょう」

それから妻のそばに戻り、通常の気つけの手当を施した。だが効果はなかった。ポーリーンは彫像のように蒼白な顔で横たわっていた。静かな呼吸と弱々しい脈だけが生きている証(あかし)だった。彼女が何にも反応せず身じろぎもしないで横たわっているあいだ、手をさすって暖めてやり、濡らした布を額に当てて意識が戻るよう努めた。そうしているあいだも、私の心臓は激しく鼓動した。ついにそのときが来たのだ。何かが彼女の過去を呼び戻し、その何かが凄まじい勢いで押し寄せ、彼女を圧倒してしまったのだ。根拠のない確信をあえて言葉にはしなかったが、ポーリーンがふたたび目を開けたとき、その瞳には今まで見たことのない光が、完全に回復した理性の光が宿っているはずだと私は信じていた。まったく根拠のない馬鹿げた思い込みだったが、内心では必ずそうなると思っていた。

そんなわけで医者は呼ばなかった。やがて、意識を回復させる処置を施すこともやめ、ひとりでに目を覚ますまで、静かに寝かせておくことにした。彼女の手首を軽く握って脈の一拍一拍を慎重に測り、頬と頬を合わせて呼吸の一息一息を聞き逃すまいとした。こうしてポーリーンが目を覚ますのを待った。目覚めたときにはきっと正常な精神状態に戻っているに違いない、と私は愚かにも信じきっていた。

この状態が少なくとも一時間は続いた。あまり長く続くので、さすがに不安になり、医者を呼ぶべきだろうかと思いはじめた。そうしようと決心をかためかけていた矢先に、脈拍が強くなり、速くなったのに気づいた。呼吸も深くなってきた。意識を取り戻す兆しがかすかにその顔に表われてきた。私ははやる気持ちを抑え、息をつめて見守った。

やがてポーリーンは――私の妻は――意識を取り戻し、起き上がって私のほうを向いた。そして私は、神の慈悲によって二度と見ることのないものを、彼女の目に見たのだ！

第八章　呼び戻されて

この章を書くのはまったく気が進まない。この章がなくてもストーリーが展開し、最後までたどり着けるなら、これから記す出来事は書かずに済ませたいと思っている。私の体験の中に不可思議なところがあったとしても、この章の出来事を除けば、すべて説明することができる。だが、この章の出来事だけは、私自身が納得できないでいるのだ。

ポーリーンは目を覚ました。私はその目を見つめた。冷たい風に吹きつけられたかのように、全身に震えが走った。そこに見たのは狂気ではなかった。だが正気でもなかった。目は大きく見開かれ、何かを見すえて動かなかった。何も見ていないことは明らかだ。視神経が何の像も脳に伝えていないのだ。意識を取り戻したら理性が戻ってくるだろうという根拠のない確信は吹き飛んでしまった。間違いなく彼女は、それまでよりさらに哀れむべき状態になっていた。

私はポーリーンに話しかけ、名前を呼んだ。だが何の反応も示さなかった。私がいることにも気づいていないようだ。虚ろな目で何かを見すえるように、ずっと一つの方向を見つめている。

だしぬけにポーリーンは立ち上がり、押しとどめる間もなく部屋を出ていった。私はあとを追った。彼女はすばやく階段を駆け下り、玄関ドアに向かった。妻がドアの掛け金に手をかけようとしたときに追いつき、ふたたび名前を呼んで、部屋に戻るように言った。強い口調で促したが、彼女の耳には届かないようだった。事態が重大な局面に差しかかっていると悟った私は、力づくで押しとどめる気にはなれなかった。本人のしたいようにさせたほうがいいのではないかと思ったのだ。もちろん、ついて行って危ない目に遭わないようにはするつもりだった。

私はホールに掛けてあった帽子と長いマントをつかんだ。歩いているポーリーンをマントで覆い、どうにかフードを頭にかぶせた。彼女は抵抗しなかったが、私の行為に気づいているふうでもなく、ひと言も発しなかった。私がそばにいるのもかまわず、どんどん先に進んでいく。

ポーリーンは早足だが一定の速度で歩いていた。行き先がはっきりわかっているようだ。目を左右に向けることもなく、上下に動かすこともない。歩いているあいだ、一度として視線がぶれることはなく、まぶたが小刻みに動くこともなかった。私たちは袖と袖が触れあうほど近づいていたが、彼女は私の存在を意識していないようだった。

もはや私は、彼女の歩みを止めようとはしなかった。当てもなくさまよっているのではなかったからだ。私にはわからない何かが、ある目的に向かって彼女を誘導し、駆り立てていた。錯乱した頭の中で何かが、できるだけ早く、ある場所にたどり着かせようとしていた。そんな彼女を押さえつければ何が起こるかわからない、と私は思った。夢遊病の極端な症例に過ぎないとしても、今、目覚めさせるのは賢明とは言えない。発作が収まるまでこのままついていったほうがいいだろう。

ポーリーンはウォルポール通りを出て、一瞬の迷いもなく何度か右に折れ、まっすぐ伸びる広い通りを進んでいった。半マイルほど行くと、鋭く体の向きを変え、別の通りに入った。やがて通りの中ほどにある家の前で立ち止まった。

ロンドンでよく見かけるありふれた三階建ての家だった。私が住んでいる家とも、他の多くの家とも、これといった違いがあるわけではなかったが、一つだけ違うところがあった。街灯の明かりに照らされたその家は、手入れされずに放置されていたのだ。窓枠には埃が積もり、窓にはこの家が家具つきの優良賃貸物件であることを示す張り紙があった。

ポーリーンをこの空き家に誘導した奇妙な衝動はいったい何なのだろう。知人の誰かがここに住んでいたのだろうか？　そうだとすれば希望が持てる。彼女は知らず知らずのうちに、目覚めた記憶の断片によって、自分の過去と関係のある場所に導かれてきたのかもしれない。私はそうであることを心から願い、今までにないほど気持ちを昂ぶらせて、彼女がどうするのか固唾を呑んで見守った。

ポーリーンはまっすぐ玄関ドアに向かい、ドアに手を伸ばした。まるで触れれば開くと思っているかのようだ。このとき初めて彼女はたじろぎ、戸惑った表情になった。

「ポーリーン」私は優しく言った。「もう帰ろう。暗いし、今日はもうこんな時間だ。明日また来ればいい」

彼女は答えなかった。ドアに手を当てたままそこに立っていた。私はポーリーンの腕を取り、帰るよう優しく促した。彼女は受け身ながらも驚くほどの力で抗った。妻の頭にぼんやりと思い浮かんでいるものが何であれ、それはこのドアの先に行かなければ得られないもののようだ。

ポーリーンの好きなようにさせてやりたいという気がしてきた。ここまで来て引き返したらどうなるのか心配だった。こんな状況で彼女の望みを退ければ、取り返しのつかないことになるかもしれない。しかしどうすれば中に入ることができるのだろう？

上の階にも下の階にも明かりは点いていなかった。一見して空き家だとわかる。張り紙に名前のある不動産屋は一マイルほど離れたところにある。ポーリーンをここに残して不動産屋を探したとしても、夜のこんな遅い時間では無駄足に終わるだろう。

あたりを見まわしながら、どうするのがいちばんいいか考えをめぐらせた。辻馬車をつかまえて妻を乗せてしまうか、それとも彼女が中に入ることはできないと悟り、疲れて自分から家に帰る気になるまで待つか、そのどちらかだろうと思いはじめていた。そのとき、不意にある考えが頭に浮かんだ。以前、自分の家の鍵でよその家のドアが開いたことがあった。今回も同じことが起こる可能性がないとはいえない。空き家ではよくあることだが、不注意だったり、便利のためだったりで、ドアに掛け金の錠しか掛かっていないことがある。突飛な考えだが、試してみるのも悪くない。私は手持ちの鍵を取り出した。あのとき使ったのと同じ鍵だ。駄目でもともとと鍵を鍵穴に差し込んだ。錠のはずれる手応えがあり、ドアが開いた。体中に恐怖に似た戦慄が走った。実際に同じことが起こったのだ。単なる偶然であるはずがない。

ドアが開くと、ポーリーンはひと言も発せず、驚いたそぶりも見せず、相変わらず私がそばにいることに気づいた様子もなく、私を追い越して中に入った。私も中に入って背後のドアを閉めた。真っ暗闇だ。前を足早に進むポーリーンの軽い足音が聞こえた。階段を上っている。ドアの開く音が聞こえた。そのときようやく私は落ち着きを取り戻し、体が動くようになった。すぐにあとを追った。体中の血が氷のように冷たくなり、鳥肌が立ち、髪が逆立つのを感じながらも、暗闇の中でホールを横切って苦もなく階段にたどり着いた。

真っ暗闇であったとしても、私が階段を見つけられないはずはなかった。なぜなら階段がどこにあるか、よく知っていたからだ。かつて暗闇の中でこの階段にたどり着いたことがあり、さらに夢の中でこのホールを何度も横切っていたのだ。突然、神の啓示のように真実を悟った。鍵が錠の中でまわった瞬間に、すでに心の奥底ではわかっていた。ここは三年前に迷い込んだあの家だ。今まさに、あのときと同じホールを横切り、同じ階段を上っている。そして、いまだに償われていないおぞましい罪が犯されたあの部屋に入ることになるのだ。盲目で無力な私が、自らの無謀さのせいで危うく命を落とすところだったあのときの現場を、今度は取り戻した視力で見ることになる。しかしポーリーンはなぜここへ導かれてきたのだろう？

やはり予想したとおりだった。予想というより確信だった。階段も同じで、ドアの横木も間違いなくしかるべき位置にある。私はあの恐ろしい夜を、暗闇までそっくりそのまま体験し直しているのかもしれない。一瞬、この三年間が夢だったのではないかと思った。今も盲目なのではないか？　妻など本当はいないのではないか？　そんな埒(らち)もない考えを振り払った。

ポーリーンはどこにいる？　我に返った私は、光が必要だと気づいた。ポケットからマッチ箱を取り出して蠟マッチ(ヴェスタ)を擦り、その明かりを頼りに部屋に入った。一度来たことのある部屋だ。そこから出られる望みはないだろうと思ったあの部屋だ。

ポーリーンはどこだろうと部屋を見まわした。彼女は部屋の真ん中で棒立ちになり、両手を額に当てていた。顔と目の表情はほとんど変わっていなかった。まだ何も理解できていないことがただちに見て取れた。しかし彼女の中で何かがうごめいている。その何かがしだいに意味をなし、形づくられる瞬間が訪れるはずだ。その瞬間を思うと恐怖を感じた。何かが彼女に、さらに私自身に襲いかかる瞬間を怖れた。その何かは、いったいどんな恐ろしい事実を明らかにするのだろう？

マッチが燃え尽きかけて指が熱くなったので手放した。もう一本擦り、明かりを長持ちさせる手段はないかとあたりを見まわした。幸いなことに、暖炉の上の蠟燭(ろうそく)立てに燃え残りの蠟燭があった。芯のまわりの蠟が溶けてできたくぼみに埃が溜まっていたのを吹き払った。初めはパチパチと音がしてなかなか火が点かなかったが、なんとかマッチから火を移して明かりを保てるようにした。

ポーリーンはそのあいだずっと同じ姿勢で立っていた。呼吸が速くなっているようだった。こめかみのあたりに震える指を当て、豊かな黒髪を搔き乱したり、搔き上げたりしている。そこにある神殿に宿るはずの思考を必死で呼び戻そうとしているかのようだった。私は待つしかなかった。そのあいだに周囲を見まわした。

私たちがいたのはかなり広い部屋で、使いやすそうだが見栄えのしない家具や調度品が備えられていて、よくある下宿屋の部屋という感じだった。長いあいだ誰も住んでいないのは明らかだ。何もかもが厚く埃をかぶっている。記憶をさかのぼり、殺人者たちがせわしなく後始末をしていたあいだに、部屋のどの隅に座らされていたかを思い出した。痙攣する死体につまずいて転んだ場所も見当がついた。身震いしながらも、犯罪の痕跡が残っていないかと床に目を走らせずにはいられなかった。しかし、同じ絨毯だったとしても、くすんだ赤い色をしているので、秘められた罪があらわになることはなかった。部屋の一方の端に折戸があった。耳にまとわりつくあの苦痛に満ちたうめき声が聞こえたのは、この折戸の奥からだったはずだ。私は折戸を開け、蠟燭を高く掲げて奥の部屋を見た。奥の部屋もこちらの部屋と同じようなものだったが、予想していたとおりピアノがあった。まさにあのピアノ、音色が恐怖の叫び声と混じりあったあのときのピアノだ。

何に取り憑かれたのか、どんな衝動に突き動かされたのか、それは永遠の謎だが、私は蠟燭を暖炉の上に置いて折戸の奥の部屋に入り、埃のかぶったピアノの蓋を開けて鍵盤を叩いた。あの悲劇的な場面を思い起こしていたせいなのだろうか、なぜそうするのか意識することもなく、あのときドアの前に立ち止まって耳を傾けた美しい曲の出だしの音を弾いた。快い歌声に聞き入りながら、歌っているのはどんな女性なのだろうと思いをめぐらせたあの曲だ。鍵盤を叩きながら、折戸の向こうで彫像のように動かないでいるポーリーンの姿に目を向けた。

神経が刺激されたのだろうか、彼女の全身に震えが走ったように見えた。こちらに体を向け、私に近づいてきた。その顔に浮かんだ表情を見て、私は思わずピアノから離れた。これから何が起こるのだろうと不安になった。

家を出るときにかけてやったマントはすでに肩からすべり落ちていた。ポーリーンはピアノの椅子に座ると、巧みな手つきで鍵盤を叩き、私が衝動に駆られて弾いた曲の前奏を実に見事に弾きはじめた。

私は雷に打たれたような衝撃を受けた。これまでただの一度も、ポーリーンは音楽を好むそぶりを見せたことがなかった。前にも述べたように、音楽はむしろ彼女を苛立たせるように見えた。その彼女が、今、放置されて調律もされていないピアノが出せるとは思えないような音色を奏でている。

しかし何小節か聞くうちに驚きは消えた。あらかじめ告げられていたかのように、これから起ることが、あるいはその断片が、私にはわかっていた。その瞬間に向けて心の準備さえしていた。曲に歌声が加わる瞬間を、ピアノの演奏と同様に彼女が伸び伸びと歌いだす瞬間を、あの運命の夜と同じように抑制の効いた彼女の歌声が聞こえる瞬間を、私は待ち受けた。さらに、すっかり心づもりしながら、あのときと同じように歌声が途切れる瞬間を息を殺して待った。やがて、ポーリーンは勢いよく立ち上がり、ふたたび恐怖の叫び声を上げた。待ちかまえていた私は、すかさず彼女を抱きとめ、近くのソファに運んだ。

私と同じように、彼女もあの恐ろしい夜を体験し直している。ポーリーンに過去が戻ってきた。過去が失われたあの瞬間にさかのぼったのだ。

記憶が呼び戻されると最終的にどのような結果に至るのか、吉と出るのか凶と出るのか考えている暇はなかった。できるかぎり妻を優しく扱わなければと思ったが、それは容易なことではなかった。力づくで押さえつけ、あらゆる手を使って彼女をなだめ、叫び声を出させないようにしなければならなかった。彼女の声がけたたましく響いたので、近隣の住人を驚かせたのではないかと心配になった。そのあいだにもポーリーンは私の手を振りほどこうとし、私をはねつけて立ち上がろうとしていた。彼女の心が手に取るようにわかった。あのときの出来事が何であれ、それが今、ふたたび妻の目の前で繰り広げられているのだ。同じソファの上で、あのときと同じように強い力によって押さえつけられている。あのときのように彼女の抵抗は徐々に弱まり、叫び声は小さくなっていった。いずれ断続的に続く陰鬱なうめき声に変わるはずだ。そうなれば、ポーリーンはあの場面を完全に体験し直したことになる。ただ一つ違うのは、押さえている手が彼女を愛する人のものだということだ。

ここに至るまでのすべての出来事と、この章のあとに語るすべての出来事については、読者に信じてもらえるのではないかと思う。こうした出来事や偶然が日常的に起こると言うつもりはない。もしそうならこの手記を書く必要などないからだ。だが、これだけは言っておかなければならない。これから語る出来事を除けば、他のすべてのことは具体的な証拠ではないにしても、状況証拠によって事実だと証明できる。それらの事実は単純に、あるいは科学的に説明できるものばかりだ。しかしこれから語る出来事については、私の言葉を信じてもらうしかない。作り話と決めつけるのでなければ、夢とでも、幻覚とでも、常軌を逸した想像とでも、何とでも呼んでくれてかまわない。それはこんなふうに起こった。

ポーリーンはやがて静かになった。うめき声は沈黙に変わった。ふたたび完全に意識をなくしたようだ。そのとき私の頭にあったのは、できるかぎり早くこの危険な場所から彼女を連れ出そうという思いだけだった。ありとあらゆる奇妙な思考や想像が頭の中でひしめきあっていた。ありとあらゆる希望と不安が心を揺さぶっていた。今起こったことをはたしてどういう言葉で説明できるのか、見当もつかなかった。

妻は身じろぎもせず穏やかな表情で横になっていた。しばらく休ませたあと、抱き上げて外に出ようと思った。目覚めたらどうなるのだろうと恐れおののきながら、彼女の手を取り、ぎゅっと握った。蠟燭は私の背後にある暖炉の上に立ててあった。その光は折戸の向こうにある部屋にはまったくといっていいほど届いていない。折戸は途中までしか開いておらず、ポーリーンが横たわるソファの背後の折戸は閉まったままだった。そのため同じソファに座っている私には、向こうの部屋を見ることができなかったし、そちらに顔を向けてもいなかった。

妻の手を握って数秒過ぎたとき、なんとも言いようのない奇妙な感覚に襲われた。夢に二人の人物が登場し、どちらの人物の思考や行動が自分のものなのか判然としないことがあるが、それに似た感覚だった。しばらくのあいだ、私は自分が二人いるように感じていた。自分がポーリーンの横たわっているソファに座り、彼女の手を握っていることをはっきり意識しながら、同時にピアノの前に座り、折戸の半分開いたところから向こうの部屋をじっと見ている。向こうの部屋には煌々と明かりがついていた。

まばゆく照らされているので、部屋の様子はひと目でわかった。家具の一つひとつ、壁にかかった絵、奥にある窓を覆う暗い色のカーテン、暖炉の上の鏡、部屋の真ん中にあるテーブル、その上で赤々と燃える大きなランプ、こうしたものすべてが見えた。それだけではなかった。テーブルのまわりには四人の男がいて、そのうちの二人はよく見知った顔だった。

私のほうに顔を向けている男は、テーブルに手をついて身を乗り出し、ぎょっとした表情で数フィート離れた所にある何かを見すえていた。ポーリーンの伯父で保護者でもあるイタリア人医師のチェネリだ。

チェネリの右手にいる男は、攻撃を受けたらすぐさま反撃するとでもいうように身構えて、激情に駆られた険しい顔つきで黒い目をぎらつかせていた。英語を話すイタリア人のマカリ——ポーリーンの兄アンソニー・マーチと自称する男だ。彼もチェネリと同じものを見ていた。

二人の後ろにいる男は、背の低いがっしりした体格で、頬に傷跡があった。知らない男だ。この男もチェネリの肩越しに同じ方向を見ていた。

三人の視線の先にいるのは若い男だった。椅子から転げ落ちそうになりながら、胸に刺さった短剣の柄を震える手でつかんでいた。彼を見下ろして立っている男が一突きにしたのは明らかだ。

この情景を目にした私は、一瞬のうちにすべてを理解した。登場人物の各々の態度を、周囲の情景の全体を、絵画をひと目見てその意図と意味を解するように読み取った。それからポーリーンの手を離し、さっと立ち上がった。

明かりに照らされたあの部屋はどこに行ったのだ？　あの男たちはどこに行ったのだ？　目の前で繰り広げられた悲劇の場面はどこに行ったのだ？　跡形もなく消えてしまった！　背後で蠟燭がほのかな明かりを放って、折戸の向こうの部屋を薄暗く照らしていた。この家にいるのはポーリーンと私だけだった。

きっと夢だったのだ。この異常な状況がもたらした夢だったのだ。私はここで行われた犯罪についてすでに知っていた。どんないきさつがあったにしても、その場にポーリーンが居合わせたことは間違いないと感じていた。今夜起こったこと――思いもよらずポーリーンが歩きだしたこと、あのとき聞いたあのぞっとする終わり方をした曲を彼女がいきなり歌いだしたこと――のせいで神経が昂っていたために、真に迫った夢の中でこんな場面をつくり出し、妻と何らかの形でかかわりがある二人の男を登場させたとしても不思議ではない。

とはいえ、同じ夢を二度、三度と見ることはあっても、同じ夢を見ようと思えば何度でも見ることができるという話は聞いたことがない。ところがこのときの私がそうだったのだ。もう一度ポーリーンの手を握った。すると、ややあってまた同じ奇妙な感覚に襲われ、同じ恐ろしい情景が目の前に現われた。一度ならず、二度ならず、何度でも現われた。今でもそうなのだが、私は元来この種の現象には懐疑的だった。しかしこうして何度も繰り返されると、何らかの不可思議な力によって、彼女が目にした情景を、今まさに自分が目にしているのだと信じないわけにはいかなくなった。彼女の理性が損なわれるのと同時に記憶も消えてしまったのはむしろ幸いなことだったのかもしれない。

その情景が目の前に現われるのは、私たちの手が触れあっているときだけだった。この事実が私の仮説を――そのとき正しいと信じ、今でも正しいと信じている仮説を――さらに強く裏づけた。どのような特殊な精神的あるいは身体的な仕組みによってこのような現象が引き起こされるのか、私には説明できない。強硬症（カタレプシー）（体が硬直して動かなくなる症状。精神疾患の症状として生じる他、催眠術で強硬症に陥った身体から霊魂が離脱したり超常現象が起こったりすると考えられた）、千里眼、何と名づけてもらってもかまわない。とにかく、ここに述べたとおりのことが実際に起こったのだ。

私は何度もポーリーンの手を取り、その手を握りながら、明るく照らされた部屋に見入った。態度も表情も変えることのない活人画（タブロー・ヴィヴァン）（扮装した人が人形のように静止して背景の前に立ち、歴史的場面などを見せるもの）の不動の人物のように、チェネリと、マカリと、彼らの背後から被害者を見ている男の姿が、何度も目の前に現われた。私は被害者の顔をつぶさに眺めた。死の苦しみが表に出た顔ではあったが、この上なく端正な顔立ちをしていた。女性にはさぞ好意を持たれたに違いない。恐ろしい情景におののきながらも、この若い男と、彼がいきなり刺された現場を目撃した女性はどんな関係だったのだろうと思い、胸が痛んだ。

誰がその男を刺したのか？　間違いなくマカリだ。すでに述べたとおり、マカリは被害者のいちばん近くに立っていて、反撃にそなえて身構えていた。マカリの手がつい先ほどまで短剣の柄（つか）を握っていたとしてもおかしくない。彼の一突きによって短剣の刃が心臓深く突き刺さり、被害者の命を即死に近いかたちで奪った。まさにこの情景こそが、ポーリーンがあのとき見た情景であり、おそらく今も見ている情景であり、そして何らかの不可思議な力によって、まるで絵を見せるようにして私に見せている情景なのだ！

その夜から今までずっと不思議に思っていることがある。そのとき、そばで気を失っているポーリーンの力を借りながら、落ち着いて椅子に座り、何度も幻影を呼び出した精神の強さはどこから来たのか？　おそらく、あの夜の謎を解き明かしたいという強い執念が、妻から理性を奪った衝撃を正確に知りたいという願望が、卑劣な殺人に対する義憤が、犯罪者に正義の裁きを受けさせようという決意が、その情景を何度も繰り返し再現する気丈さを私に与えたに違いない。そのようにして、その無言のショーが何を伝えようとしているかを余すことなく理解した私は、ポーリーンを今の状態でこの場に長く寝かせておくのは適切ではないと思いはじめた。

マントでポーリーンの体を包み、抱き上げて部屋から運び出し、階段を下りて玄関ドアに向かった。真夜中といえるほどの時間ではなかったので、すぐに通行人の助けを借りて辻馬車を呼ぶことができた。大急ぎで家に帰り、まだ意識の戻らない彼女をベッドに横たえた。

ポーリーンが頭の中の情景を私に伝えた不可思議な力が何であったにせよ、その力は、運命を決定づけたその家を出たとたん、消え失せた。そのあとは彼女の手を握っても、何の夢も、情景も、幻覚も見ることはなかった。

このとき起こったことだけは説明がつかない。この手記の冒頭でほのめかした謎とはこのことだ。私は事実をありのままに書き記した。私の言葉だけでは、このまま信じてもらえるほどの説得力はないかもしれない。そのときは、この一点についてだけは信じてもらえなくてもよしとするしかないだろう。

第九章　悪意に満ちた嘘

不憫(ふびん)な妻を母親のように優しいプリシラの手に委ね、考えられる最高の医者を呼んで意識を回復させる治療をただちに施した。意識が戻る兆しが見えるまでしばらくかかったが、ようやく彼女は目を覚ました。言うまでもなく、それは私にとって夢のような瞬間だった。

意識を取り戻したときの様子を詳しく語る必要はないだろう。結局、理性は半分しか戻らなかったばかりか、新たな不安をもたらした。夜が明けたとき、彼女はうなされてうわ言を言っていた。それが単に発熱による意識の混濁のせいであることを私は願った。

医師からはきわめて深刻な状態だと告げられた。命が助かる見込みはあるが、確かなことは何も言えないというのだ。不安にさいなまれる日々のあいだに、かわいそうな妻を私がどれほど深く愛しているかを悟った。彼女が私のところに戻ってきてくれるのであれば、たとえ意識を失う前と同じ状態だったとしても、私にとってこれ以上の喜びはない。

熱に浮かされた彼女のあえぐようなうわ言が心に突き刺さった。ポーリーンは、ときには英語で、ときにはイタリア語で、穏やかに誰かに語りかけ、愛する人に呼びかける言葉を交えながら、深い愛と悲しみの言葉を口にした。それから嘆き悲しむ泣き声が続き、やがて恐怖に怯えて震えが走ったように見えた。

私に向けた言葉はなかった。私に気づいた様子もなかった。意識が混濁したポーリーンの口が私の名前を呼ぶのを、親愛の言葉をかけるのを、せめて一度でも耳にしたい、と祈るような気持ちで待ち望んでいたが、私はたまたまベッドのそばにいるだけの、彼女とはなんの関係もない人間にすぎなかった。

彼女は誰に語りかけ、誰のことを嘆き悲しんでいるのだろう？ 彼女と私が目にしたあの刺し殺された青年は誰なのだろう？ それが誰なのか、まもなく私はある男から知らされた。その男が真実を語ったとしての話だが、その言葉は私を二度と立ち直れないほど打ちのめした。

ある男とはマカリだ。ポーリーンと私があの家に行った翌日に私を訪ねてきた。そのときは彼に会わなかった。これからどうするかまだ心が定まっていなかったからだ。しばらくは妻を死の淵から救い出すことのほかは何も考えられなかった。だがその二日後に改めて訪ねてきたときには部屋に通した。

私はマカリと握手をした。手が震えたが、握手を拒絶する覚悟まではなかった。とはいえ心の内では、今自分の手を握っているのは人殺しの手だとはっきり意識していた。おそらくあのとき、私の喉を押さえつけた手だ。しかし私が知っていることだけで、この男に法の裁きを受けさせることはできるだろうか？

ポーリーンが快復しないかぎり、私が証言したとしてもまともに受け取ってはもらえないだろう。被害者の名前すら知らないのだ。起訴が成立するには、遺体が発見され身元が特定されなければならない。犯行から三年以上経過した今となっては、犯人を処罰するのは無理だ。

そもそも、マカリは本当にポーリーンの兄なのだろうか？

兄であろうがなかろうが、正体を暴いてやる。あの犯行がもはや秘密ではなくなっていることを、部外者に何もかも知られていることを、目の前に突きつけてやる。いずれ必ず悪行の報いを受けるという恐怖につきまとわれることを思い知らせてやるのだ。

ポーリーンのあとを追ってたどり着いた通りの名前はわかっていた。数日前にそこを通りかかって気づいた。私を案内してくれた酔っぱらいが間違えた理由も明らかだ。そこはホレス通りだった。ウォルポール通りと言われた酔っぱらいは、もうろうとした頭にホレス・ウォルポール（一八世紀イギリスの政治家で小説家。ゴシック小説『オトラント城奇譚』で知られる）を思い浮かべ、ホレス通りに置き換えてしまったのだろう。

こんな些細な糸のもつれによって、その後の人生が左右されてしまうとは！

マカリは、ポーリーンが病床に伏し、うわ言を言っていると聞きつけていた。兄らしい気づかいを見せ、優しく容態を尋ねた。私の返事は冷たくそっけなかった。兄かどうかはともかく、何もかもこの男のせいではないか。

それからマカリは話題を変えた。「こんなときにわずらわせるのは気が引けるのですが、このまえお誘いしたヴィットーリオ・エマヌエーレ二世の記念式典に一緒に行く気があるかどうか返事をもらえませんか？」

「行きません。それよりもいくつか説明してもらいたいことがあります」

マカリは慇懃（いんぎん）にうなずいたが、一瞬、口をきつく結ぶのを私は見逃さなかった。

「どうぞ何なりと」彼は言った。

「そうですか。では、なによりもまず、あなたが妻の兄であることをはっきりさせてもらいたいのです」

マカリは太い黒い眉を上げ、微笑もうとした。

「それなら簡単です。気の毒なチェネリが今ここにいたら断言してくれます」

「しかし私は、ドクター・チェネリからまったく違う話を聞いています」

「彼なりの理由があってそんな話をしたのでしょう。それについては問題ありません。他にいくらでも私が兄だと言ってくれる人がいますから」

「もう一つあります」私は彼の顔を真正面に見すえながら、ゆっくり言葉を区切って言った。「なぜ、あなたは、三年前、ホレス通りの家で、人を殺したのですか?」

彼が何かを感じたとしても、怖れであろうと、怒りであろうと、その顔に浮かんだのは虚をつかれた驚きの表情だった。邪気のない驚きではない。あの犯罪が人に知られたのが信じられないという表情だ。しばらく口を開けたまま、ぽかんとした顔で黙って私を見つめていた。

それから我に返り、叫ぶように言った。「気は確かか、ミスター・ヴォーン?」

「一八六*年八月二十日、ホレス通り*番地で、あなたはテーブルのそばに座っていた若い男の、ここを――心臓を――突き刺した。そのとき部屋には、ドクター・チェネリと顔に傷跡のある男がいた」

彼は言い逃れをしようとはしなかった。怒りにひきつった顔で弾かれたように立ち上がり、私の腕をつかんだ。一瞬、殴りかかってくるのかと思ったが、そうではなかった。何かを見定めようとするように私の顔をしげしげと眺めた。私はじっと見つめられても怯まなかった。あのときの盲目の男だとは気づかないだろうと思った。盲目のときと今とでは、顔つきがまったく違っている。

それでもマカリは、私があのときの男だとわかったようだ。つかんでいた私の腕を離し、憤然として足を踏み鳴らした。

「馬鹿な奴らだ！　間抜けな奴らだ！」彼は嚙みつくように言った。「どうして最後までやらせてくれなかったんだ！」

彼は一、二回、部屋の中を行き来し、それから落ち着きを取り戻して私の前に立った。

「あんたは大した役者だよ、ミスター・ヴォーン」ぞっとするような冷たい声で、マカリは皮肉たっぷりに言った。「これほど疑り深い私までだますとはな」

「殺人を否定しないのか？　この悪党が！」

彼は肩をすくめた。「目撃者に否定して何になる。他の相手だったらさっさと否定する。それに、あんたもこの件に無関係ではないんだから、否定する必要もないだろう」

「どんな関係があるっていうんだ！」

「おおありだ。あんたは私の妹と結婚したじゃないか。さて、我がよき友よ！　祝福すべき花婿よ！　親愛なる義弟(おとうと)よ！　私があの男を殺した理由も、ジェノヴァで言った言葉の意味も教えてやろう」

そう言ったマカリの冷たくあざけるような態度に、いったい何を言いだすのだろうと不安になった。私の手は彼を部屋から叩き出したくてうずうずしていた。

「名前を言うわけにはいかないが、あの男はポーリーンの愛人(ドゥルード)だった。イタリア語の愛人(ドゥルード)が何を意味するかあんたにはわかるだろう。私たちの母方の家系には貴族の血が流れている。どんな侮辱も許さない血筋だ。もう一度言おう。あの男はポーリーンの——あんたの妻の——愛人(ドゥルード)だった。それなのに、あいつは妹と結婚しようとしなかった。だからチェネリと私はロンドンで、しかも妹の目の前であいつを殺した。前にも言ったが、ミスター・ヴォーン、結婚した女が過去を思い出せないのなら、それに越したことはないのだ」

　私は何も答えなかった。何かを言うにはあまりにも忌まわしい話だった。私は黙って立ち上がり、彼に近づいた。私の顔つきから何をされるか察したらしい。「ここではやめよう」マカリはすかさずそう言って私から離れようとした。「ここで争ったところで何になる？　紳士ともあろう者が、野蛮な殴りあいをしようというのか？　イギリスでは駄目だ。ドーヴァー海峡を越えてなら、どこで会おうと相手になろう。どれほどあんたを憎んでいるか思い知らせてやる」

　まったく口が減らない男だ。根っからの悪党だ！　しかしこの男の言うとおりだった。そんなことをして何になるというのか？　ここで殴りあったところで、この男を殺せるわけではない。それに、今こうしているあいだもポーリーンは死の淵をさまよっているかもしれないのだ！

「出ていけ！」私は声を荒らげた。「卑怯な人殺しめ！　お前が言ったことは一つ残らずでたらめだ。私を憎んでいるから、ありもしない嘘をついているんだろう。とっとと失せろ！　せいぜい絞首刑にならないよう気をつけるんだな」

　マカリは悪意のある勝ち誇ったような目を私に向け、部屋を出ていった。あの男と同じ空気を吸っていないと思うだけで、部屋の空気がきれいになったような気がした。

　それからポーリーンの部屋に戻った。ベッドのそばに座り、彼女の乾いた唇が、英語かイタリア語で、愛する誰かに何度も何度も呼びかけるのを聞いた。何かを懇願したり注意を促したりして、必死で訴えるように語りかけていた。相手が誰なのか、今ではわかっている。マカリが、自分の妹の――私の妻の――愛人（ドゥルード）だったから殺したと主張する男だ！

　あの悪党は嘘をついた。嘘に決まっている。私は繰り返し自分に言い聞かせた。妻をおとしめようとする悪意に満ちた嘘だ。ポーリーンは天使のように純真な女性だ。しかしこう言い聞かせて自分をなだめながらも、心の奥底では、その嘘の持つ力がわかっていた。マカリの話が嘘であっても、嘘であると証明できるまでは、それは心の奥底でいつまでも疼く傷になるだろう。傷はしだいに大きくなり、いずれ私はそれを真実だと思い込んでしまう。私はいっときの休息も平安も与えられず、しまいにはケニヨンが〝なによりの目の保養〟のために古い教会に私を誘ったあの日のことを呪うようになる。

マカリの話を嘘と証明する手立てはあるだろうか？　ポーリーンの過去を知っている人間は、この世には二人しかいない。チェネリとテレーザだ。テレーザは姿を消し、チェネリはシベリアの鉱山か、あるいはどこか他の生き地獄にいるはずだ。あのイタリア人の老女の言葉を思い出した。そのとき、マカリがポーリーンを誹謗した言葉が、私の頭の中で最初の毒矢を放った。テレーザが言った〝恋愛にも結婚にも向かない〟という謎めいた言葉は、私が受け取ったのとは別の、彼女の過去の恥ずべき事実を意味していたのかもしれない。そう考えると、他にも思い当たることがあった。チェネリが急いで姪を結婚させようとしたこと、厄介払いしたがっていたこともその一つだ。このような考えが心に忍び込み、ついには私を半狂乱にしてしまうに違いない。

これ以上ポーリーンのそばにいるのは耐えられず家を出た。外の空気を吸いながらあてもなくぶらついていると、二つの考えが頭に浮かんだ。一つは、脳疾患の権威といわれる医師のもとへ行き、ポーリーンの快復の見込みについて相談することだ。もう一つは、ホレス通りのあの家に行き、昼間の明かりで家の中を隅から隅まで調べてみることだ。まずは医師のもとへ行ってみよう。

医師には洗いざらい話した。もちろんマカリの悪意ある嘘には触れなかったが、彼女の症例を説明するにはすべてを打ち明けるしかなかった。どうやら医師の関心を惹くことはできたようだ。医師はすでにポーリーンを診たことがあり、彼女の状態をよく知っていた。私の話をほぼ全面的に信じてくれたと思う。だが、誰が相手でも同じだろうが、あの夜の不可思議な一件だけは信じてもらえなかった。日頃から突飛な空想や常軌を逸した想像を患者から聞かされているせいか、一笑に付すことはなかったものの、私の話もそうしたよくあるたぐいのものと考えたようだ。はたしてこの医師は、私に慰安や希望を与えてくれるだろうか？

「この前も説明しましたが、ミスター・ヴォーン――」医師は言った。「このような症例は、まったく前例がないわけではありません。長いあいだ記憶を失ったあとで、失った時点に立ち返って記憶の糸口をつかむというのはよくあることです。いずれお宅にうかがって奥さまにお目にかかるようにしますが、今の状態は急性脳炎のようにお見受けしますので、現時点で専門の医者が必要というわけでもないでしょう。熱が下がったところで、おうかがいできるかどうかご連絡ください。熱が下がったときには、奥さまは理性が戻っておられるでしょうが、最初に精神の錯乱が起きた時点から人生をやり直すことになるでしょう。ご主人のあなたのことも、彼女にとっては見知らぬ人になっているかもしれません。もう一度言います。奥さまを取り巻く状況は尋常とは言えませんが、症例自体は決して前例のないものではありません」

私は医師のもとを辞し、ホレス通りの家を管理している不動産屋のところへ歩いて向かった。鍵を借りる手続きをしながら、あの殺人があった頃のことについていくつか質問した。その頃、あの家は数週間、名前は覚えていないが、あるイタリア人の紳士に家具つきで貸していた。家賃を前払いしてくれたので信用照会はしなかった。長らく空き家になっている。何か問題があるわけではない。ほとんどの人が、家主の希望する家賃が高過ぎると感じているだけだ、とのことだった。

私は名前と住所を告げて鍵を受け取った。その日の午後はずっと、家の中を隅々まで丹念に調べたが、苦労の甲斐なく何も見つけ出せなかった。被害者の遺体が隠されていそうな場所も、遺体が埋められていそうな庭もなかった。この家は自分には向かないと言って不動産屋に鍵を返した。それから家に帰り、鬱々と一日を過ごした。こうしているあいだにも、マカリの嘘が私を侵食し、徐々に心の奥深くまで喰い込もうとしていた。

日一日とそれは私の心に働きかけ、苦しめ、蝕み、私の気持ちを捻じ曲げていった。やがてポーリーンの危機は去ったと告げられた。危険な状態から脱し、以前の彼女に戻ったというのだ。

どの時点のポーリーンに戻ったのだろう？　私が出会ったときから目にしている彼女だろうか？　それとも、あの運命の夜より前の彼女だろうか？　胸をどきどきさせながら、ベッドに近づいた。ポーリーンは衰弱し、疲れきって、動いたり話したりする気力もない様子で、目を開いて私を見た。不思議そうな顔をして、事情が呑み込めないという表情だったが、目には理性が戻っていた。私が誰かはわからなかった。医師が予想したとおりだ。彼女は私を見つめ、それから疲れたように目を閉じた。妻の美しい目に、私はまったく見知らぬ人間として映っている。私は部屋を出た。涙が頬を伝った。喜びと悲しみ、希望と不安が入り交じり、言葉に表わせない複雑な感情が心の中でうごめいていた。

そのとき悪意に満ちたマカリの嘘が、身をひそめていた隠れ家から姿を現わし、まるで喉を締めつけるかのように私につかみかかり、からみつき、ねじ伏せ、こう言った。「おれは真実だ！　追い払ったところで、おれが真実であることに変わりはない！　あいつは悪党には違いないが、あのときは真実を語っていた。あの言葉が真実でなければ、罪を犯す必要などなかったはずだ。人間というのは軽々しく殺人を犯すものではない！」。神に祈って待ち望んだ瞬間が、妻に理性が戻る瞬間が訪れたにもかかわらず、私の心は卑劣な嘘に侵され、なぶられ、打ちのめされ、それが真実かもしれないと思うようになっていた。

「私たちは他人同士だ。彼女は私が誰かわかっていない」私は泣きながら叫んだ。「あの嘘を間違いなく嘘だと立証しなければならない。それができないのなら、私たちは永遠に他人のままでいたほうがいい」

どうしたら立証できるだろう？　はたしてポーリーンに尋ねられるだろうか？　尋ねたとして、答えてくれるだろうか？　答えてくれたとして、私はその言葉に満足するだろうか？　そうだ、チェネリに会えばいいのだ！　悪党かもしれないが、マカリほど極めつきの悪党ではないだろう。

ここまで考えた私は、命がけでこれに立ち向かおうと決心した。男というのは、ときには常識を超えた滅茶苦茶な行動へと駆りたてられるものなのだ。人生が、私にとっては人生以上のものが、幸福と名誉が、二人のすべてがかかっている！

必ずやり遂げてみせる！　常軌を逸した計画と思われようと、私はシベリアへ行く。資金、忍耐、情実、知略、これらを巧みに組み合わせてチェネリとさしで話すことができたら、彼から真実を絞り出す。すべての真実をその口から吐き出させるのだ！

第十章　真実を求めて

ヨーロッパを、そしてアジア大陸の半分を、ロシアの政治犯と一時間面会するために横断する。常軌を逸した計画だったが、私はやり遂げると決心していた。確かに無謀な計画ではある。しかし成功の確率を高くするために可能なかぎり手を尽くして準備をすることはできる。むやみに目的地に向かって突き進めば、たまたまその地を任されて権力を笠に着ている愚かで疑り深い役人のせいで、無駄足を踏むことにもなりかねない。そんな馬鹿なことはしない。誰が見ても文句のつけようのない信任状をたずさえて行くのだ。なにより重要なのは資金だが、その点は問題ない。金なら思う存分注(つ)ぎ込むことができる。しかし金のほかにも不可欠なものがある。まずは信任状を手に入れることから始めよう。ポーリーンを残して出かけられるようになるまでには、もうしばらくかかるだろう。そのあいだに、計画を立てて粛々と準備を進めるつもりだった。彼女に生命(いのち)の危険が去ったことを確かめたあとでなければ、旅に出るわけにはいかないのだ。

不憫(ふびん)な妻は、きわめてゆっくりではあったが、少しずつ体力を回復していった。そのあいだに、イギリス政府の高官とつながりのある知人はいないか探してみると、それらしき人物が見つかった。彼は、自分よりもはるかに高い地位の高官に頼みごとができるばかりか、すぐに応じてもらえそうな立場にいた。この人物が実に手際よく動いてくれ、サンクト・ペテルブルクに駐在するイギリス大使への紹介状と、私の依頼内容を大使に送った手紙の写しを受け取ることができた。どちらの手紙にも、ある政府高官の署名があり、私にあらゆる便宜が与えられることを保証していた。この二通の手紙とともに、サンクト・ペテルブルクの銀行口座から多額の金を引き出せる信用状も手に入れた。こうして出発の準備が整った。

だが出発の前に、留守にする数カ月間のポーリーンの安全と健康を考えなければならなかった。そのための環境を整えるのが殊のほか難しかったので、もう少しで計画を断念するところだった。そのときは少なくとも延期はせざるを得ないだろうと思った。それでも私は決心していた。計画はなんとしても実行しなければならない。そうしなければ、マカリの嘘が妻と私のあいだに永遠に立ちはだかる壁になるだろう。他人同士でいるうちに、速やかに出発したほうがいい。万が一チェネリの言葉によって、あるいは沈黙によって、その不名誉な話が真実だと裏づけられたときには、彼女と私は二度と会うべきではない。

ポーリーンは安心できる人の手に委ねよう。プリシラなら私の指示どおりにしてくれるだろう。ポーリーンは目覚めたとき、取り戻した記憶もあったが、新たに失った記憶もあった。プリシラはそのことに気づいていた。私が何日もポーリーンの部屋に入ろうとしない理由も感づいていた。今のポーリーンは私の妻とは言えず、トリノで初めて出会ったときと同様、他人同然であると私が思っていることも理解していた。私とポーリーンとの関係には謎があり、その謎を解き明かすために私が長い旅に出ようとしていることもわかっていた。これらのことを承知しているだけでプリシラは納得し、私が話したこと以上の話を聞きだそうとはしなかった。

私はプリシラに細かな指示を出した。充分に体力が戻ったら、ただちにポーリーンを海辺に連れていくこと。ポーリーンが居心地よく過ごせるよう、どんなことでも彼女が望むようにすること。ポーリーンが状況を知りたがったら、今は外国を旅している近親の男性が彼女の世話をプリシラに託したと話し、その人が戻ってくるまでプリシラと一緒にいるようにと伝えること。ただしここ数カ月の記憶が戻らないかぎり、ポーリーンが私の妻である事実は明かさないこと。実のところ私は、彼女が法律上も私の妻とは言えないのではないかと思いはじめていた。ポーリーンが望めば、婚姻の時点では自分が正気でなかったと言って、婚姻の無効を申し立てることもできるかもしれないのだ。私が旅から戻ったときには二人のあいだの障害がなくなっていたとしても——そうなるはずだといつも自分に言い聞かせていたが——私たちは初めからすべてをやり直さなければならないだろう。

熱が下がってからこれまで、ポーリーンが三年前に目撃した恐ろしい犯罪について口にすることはなかった。健康がすっかり戻ったら、最初にその件について騒ぎ立てるのではないかと私は心配だった。そうなったらどんなふうに彼女が振る舞うのか予測するのは難しかった。マカリは、私が殺人を責め立てた日の翌日にイギリスを去っていた。チェネリとは連絡が取れない。私が戻るまでポーリーンがおとなしくしていてくれることを願った。私の留守中にポーリーンが、自分の知っている人間が恐ろしい罪を犯したと言いだしたら、犯人に罪を償わせるためにあらゆる手段が講じられていると伝えるようプリシラに命じた。真実にはほど遠い説明だったが、これまでどおりの従順なポーリーンなら、そう聞けば満足しておとなしくしていてくれるのではないかと思ったのだ。

さらにプリシラに、サンクト・ペテルブルク、モスクワ、その他の往路と復路で立ち寄る地に宛てて手紙を書くよう告げ、宛て先を書いた封筒を渡して、どの手紙をいつ投函するかサンクト・ペテルブルクに着いたら手紙で指示すると言った。これで考えられる準備はすべて終えた。

いや、やり残したことが一つある。翌朝には出発しなければならない。パスポートには必要な署名がなされ、旅行用トランクの荷造りも済んだ。出発の用意はすべて整った。だが、もう一度、ほんの一瞬だけでも、寝る前にポーリーンに会っておかなければならない。今夜が最後になるかもしれないのだ。彼女はぐっすり眠っている、とプリシラは言っていた。もう一度あの美しい顔を見なければ！その確かなイメージを目に焼きつけ、私は数千マイルの旅に出る！

そっと二階に上がり、ポーリーンの部屋に入った。ベッドのそばに立ち、目に涙を浮かべ、妻を、妻とは言い切れない女性をじっと見つめた。罪を犯しているような、神聖なものを汚しているような気持ちだった。自分にはその部屋に入る資格がないと感じていた。彼女の清純な色白の顔が枕の上にあった。私にとっては世界中でもっとも清らかな顔だ。規則正しい静かな寝息とともに胸が上下している。汚れのない白い天使のようだ。その姿を見つめながら、誰かの言葉に惑わされて、彼女の純潔を疑うようなことはあってはならない、と私は心に誓った。それでもシベリアに行く！

ああ、彼女の唇に自分の唇を重ねることが許されるなら！　その口づけで彼女が目覚め、長い黒い睫毛を上げ、瞳に私への愛が輝くのを見ることができたなら！　そうならないことはわかっていたが、彼女のこめかみに、豊かな柔らかい髪の生え際に、優しく口づけをせずにはいられなかった。ポーリーンが眠ったまま身じろぎし、まぶたが震えた。私は罪を犯そうとしたところを見つかった男のように、急いで部屋を出た。

翌日、家から数百マイル離れた私は、現実をさらに厳しく見つめるようになった。チェネリを見つけられたとして、彼と話し、マカリが嘘をついていないことがわかったら、チェネリにだまされ利用されたとわかったら、チェネリに会いに行ったのは復讐だったと自分を慰め、残忍な満足感を味わうことにしよう。少なくとも、私をあざむき、利己的な目的のために利用した男の惨めな境遇をあざ笑うことはできる。鎖につながれて悲惨な人生を送る落ちぶれた姿を、殴られ、虐待され、奴隷のように扱われている姿を、この目で見ることはできる。手にするものがそれだけだったとしても、長旅をした代償を得たことになる。それまでに起こったこと、私がいだいた不安と憂慮、これらすべてを考え合わせれば、アダムの末裔の凡庸な私が、こうしたキリスト教徒らしくない心境に至ったのも致し方ないだろう。

ついにサンクト・ペテルブルクに着いた。たずさえていた手紙と事前に送っておいた手紙のおかげで、私はロシア帝国の首都に駐在する大英帝国女王陛下の代理人から歓待された。大使閣下は、私の要望を馬鹿げていると退けることなく、親身に耳を傾けてくれた。前例はないが、許可されないこともないと言われた。話を進めるには障害が――かなり大きな障害が――あることは確かだが、私の用件は純粋に個人的なものであって、政治的な性質を帯びたものではないし、手紙には大使閣下が喜んで尽くしたいと思う人物の魔法のような署名があり、障害は克服できないものではなさそうだった。数日、あるいは数週間は辛抱強く待たなければならないだろうが、できるかぎりのことはすると告げられた。現在、新聞で報じられているとおり、イギリス政府とロシア政府のあいだには若干の摩擦がある。そのため、ときには本件より簡単な案件でも却下されることがあるが、最善を尽くして――

ところで、その囚人の名前と居場所は？

残念ながら私にはわからない、と私は答えた。わかっているのは、その男がチェネリと名乗る医者で、イタリア人で、自由主義者で、愛国者で、策謀家ということだけだ。彼がチェネリという名前で裁判にかけられ、判決を受けたなどとは私も思っていない。チェネリというのはおそらく偽名だろう。

大使の＊＊卿は、この数カ月間に判決を受けた者の中にチェネリという名の者はいないと言った。しかしそれは大した問題ではなかった。許可が下りれば、私から提供された情報をもとに、ただちに警察によってその人物を特定できるだろう。可能なかぎり早急に大使館から連絡させる、ということで大使閣下との面談は終わった。

＊＊卿は最後にこう付け加えた。「用心してほしいことが一つあります、ミスター・ヴォーン。ここはイギリスではありません。軽率な言葉は慎み、視線を向ける先にも注意してください。食事のときに隣に座った見知らぬ人間に気軽に話しかけたりすると、貴殿の目的がはばまれる怖れがあります。こちらの政府は我が国とは異なる仕組みで動いていますので」

私は忠告に感謝したが、言われるまでもなかった。実際のところ、ロシアにいるイギリス人は、スパイの嫌疑をかけられたり、軽はずみな発言が重大な結果になったりするのを必要以上に怖れていて、饒舌であるよりも寡黙であることが多く、そのためにかえってあやしまれるくらいなのだ。口が災いして私が失敗することなどありそうもなかった。

ホテルに戻り、それからの数日は、できるだけ滞在を楽しみたいと思った。通常の状況だったら、そうするのも難しくはなかっただろう。サンクト・ペテルブルクはいつか訪れたいと思っていた地だったからだ。その一風変わった景観は、私には目新しく映り、風俗習慣もじっくり観察したら面白いだろうと思っていたのだが、目にするものにほとんど関心を持てなかった。一刻も早くチェネリを探しに行きたかったからだ。

大使に催促して迷惑がられるような愚かな真似はしなかった。最善を尽くしてくれていると信じ、黙って辛抱強く待った。やがて大使館に来るようにという手紙が届いた。＊＊卿は愛想よく私を迎えてくれた。

「手筈（てはず）はすべて整いました」大使は言った。「貴殿は皇帝（ツァーリ）の権威に守られてシベリアに出かけることになります。どんなに物わかりの悪い看守でも兵士でも、これに逆らうことはできません。当然のことながら、貴殿が囚人の脱走を企てることはない、貴殿の用件は純粋に個人的なものだ、と小生は名誉にかけて誓いました」

　私は感謝の言葉を述べ、これからどうすればよいか尋ねた。

「まず最初に――」大使は言った。「貴殿を宮殿にお連れします。皇帝（ツァーリ）が、酔狂なイギリス人に会いたいと仰せなのです。囚人に質問するためにわざわざシベリアまで長旅をしようというのはどんな男かとおっしゃられて」

　こんな畏れ多い申し出は謹んで辞退したかったが、逃れられる見込みはなさそうだったので、精一杯勇気を奮い立たせて専制君主に拝謁することにした。大使館の玄関で大使の馬車に乗り、数分で宮殿に到着した。

　そのときの記憶は混乱している。巨体の衛兵、華麗な将校、しかつめらしい先導役や宮廷官吏、荘厳な階段と広間、絵画、彫像、タペストリー、金の装飾。先導役のあとについて大広間に入ると、いちばん奥に軍服を着た高貴な顔立ちの背の高い男性が立っていた。皇帝（ツァーリ）だった。うなずくだけで数多（あまた）の人間の運命を左右することのできる人物、ロシア帝国を支配する皇帝――〝白い皇帝〟ことアレクサンドル二世だ。まさにそのときの私は、ヨーロッパのもっとも高度な文明の地からアジアのもっとも未開の地までを統治する専制君主に拝謁していたのだ。

　この手記を書いている時点の二年前、アレクサンドル二世が非業の死（アレクサンドル二世は一八八一年三月にテロリストに暗殺された）を遂げたという知らせがイギリスに届いた。私は、拝謁したアレクサンドル二世の姿を、人生の盛りにある優雅な長身の姿を、支配者らしい威風堂々たる姿を思い浮かべた。農夫の血が流れていようが、どこかの王の血が流れていようが――皇帝（ツァーリ）の偉大な曽祖母、エカテリーナ二世の過ちについての真実が明らかにならないかぎり謎のままだが（エカテリーナ二世には複数の愛人がおり、アレクサンドル二世の祖父パーヴェル一世が愛人の子ではないかという疑惑があった）――どこから見ても皇帝然とした専制君主だった。

皇帝（ツァーリ）は親しみを込め、気さくな態度で私に接してくれた。高貴な人物に拝謁している者の緊張をできるだけ和らげようと気づかっている様子がうかがえた。＊＊卿が皇帝（ツァーリ）に私の名前を告げた。その場にふさわしく、私はかしこまって皇帝（ツァーリ）の言葉を待った。

見上げるような長身の皇帝（ツァーリ）は、私を一瞥し、それからほとんど訛りのない流暢なフランス語で話しかけた。

「シベリアに行きたいそうだが？」

「陛下のお許しがいただけましたら」

「政治犯の囚人に会いたいとのことだが、そのとおりか？」

私は肯定の返事をした。

「それだけの目的にしてはずいぶんの長旅をすることになるではないか」

「非常に重要な用件なのです、陛下」

「＊＊卿からは個人的な用件だと聞いている」

皇帝（ツァーリ）は、ごまかしはいっさい許さないとでもいうように、きっぱりと早口でそう言った。即座に私は、囚人との面会を望むのはまったく個人的な用件だと答えた。

「その囚人はそなたの友人か？」

「むしろ敵と言ってもよいかと存じます、陛下。いずれにしても、私と妻が幸福になれるかどうかはこの男次第なのです」

皇帝（ツァーリ）は私の説明を聞いて微笑んだ。「あなた方イギリス人は、実に奥方を大事になさる。よかろう、ミスター・ヴォーン、望みどおりにするがよい。内務大臣に、どこへ行っても通用する通行証を発行させよう。よい旅を（ボン・ヴォヤージュ）」

こうして皇帝（ツァーリ）への拝謁は終わり、約束された書類がお役所仕事のせいで遅れないことを心の中で祈りながら、最敬礼して退出した。

三日後に書類を受け取った。この通行証のおかげで、必要とあらば皇帝（ツァーリ）が統治するアジアの最果ての地まで行くことが認められ、そこに添えられた文言によって、皇帝（ツァーリ）の支配が及ぶ他国を通過する場合でも、新たな通行証の取得は不要となった。自分がどれだけの便宜を図ってもらえたかを正しく理解したのは、この魔法の紙片によって、どれほど多くの面倒、苦難、遅滞を免れたかを知ったときだった。私には読めない文字で書かれたその数行の文言は、誰も逆らえない魔法の呪文だったのだ。

皇帝（ツァーリ）の権威に守られて旅をすることになった今、問題となるのはどこを目指すべきかだった。これを確かめるために警察に連れていかれた。管轄の管理官に事情を説明した。チェネリの容貌、罪を犯したと思われる時期、裁判があったと思われる時期を伝え、流刑地にいる彼を見つける最善の方法を教えてほしいと頼んだ。

警察は私を丁重に扱ってくれた。慇懃（いんぎん）さといえばロシアの役人にまさる者はいない。もっとも、こちらがしかるべき強力な信任状をたずさえている場合の話だが。すぐにチェネリが何者か特定され、本名と秘められた過去を知らされた。彼は私でもよく知っている有名な人物だった。
チェネリの本名をここで明かす必要はないだろう。この不運な罪人の私利私欲のない性格と高潔な目的を信じる人々、彼を殉教者として悼んでいる人々がヨーロッパに大勢いる。自由という大義に対しては、一途で気高い精神の持ち主だったのだろう。今ここで、私生活の暗い秘密を暴き、信奉する人々を落胆させる必要はあるまい。この手記では最後までドクター・チェネリとしておこう。

人当たりがよく親切な警察の管理官からは次のように説明された。ジェノヴァで私に会ってから数週間後に、チェネリはサンクト・ペテルブルクで逮捕された。皇帝と政府高官数人の暗殺を企てる綿密な計画が、共謀者の一人の裏切りにより明るみに出た。全容を把握した警察は、機が熟すのを待って暗殺計画の共謀者たちを一網打尽にした。首謀者のうち逃れられたのは一人だけで、もっとも深く関与していたチェネリには厳しい判決が下された。情状酌量を申し立てる余地はなかった。彼は専制君主の圧制に苦しむロシア人ではない。イタリア人と称しているが、実際は無国籍者のような人物だった。共和制を信奉し、それ以外のどんな政治体制も認めず、それを転覆しなければ気が済まない男の一人だったのだ。イタリアの自由のために計画や策謀をめぐらせ、勇敢に前線で戦うことも厭わなかった。チェネリは、ジュゼッペ・ガリバルディがもっとも信頼を寄せていた活動家だったが、イタリアが君主国になるとわかると、ガリバルディと激しく対立した。チェネリは、イタリアが共和国になるという理想をいだいていたのだ。やがて彼はロシアに関心を向けるようになった。だが、関与した計画が仲間の裏切りによって明るみに出て、活動家としてのチェネリの生命は事実上終わった。ペテロ・パウロ要塞の監獄に何カ月も収監されたあと、裁判にかけられ、シベリアでの二十年の強制労働を宣告された。数カ月前に流刑地に送られ、今ではきわめて寛大な処遇を受けているはずだ、と言われた。

今どこにいるか？　それについては確実なことは言えない。カラで砂金を採取しているかもしれないし、ウスチクーツクの製塩所にいるかもしれないし、トロイツクかネルチンスクにいるかもしれない。すべての囚人はまずトボリスクに送られる。そこはいわば集合基地のような所で、知事の差配によって、そこからシベリア各地に送られ、さまざまな労働に従事することになる。

望みとあらば、トボリスクの知事に電報か手紙を出してもよいが、どのみちトボリスクに行くのだから直にその人物について尋ねたほうがいいだろうと言われた。私はそうすると答えた。ロシアの郵便や新たに開設された電信システムのスピードを信用していなかったからだ。どうやら翌日には出発できそうだ。

取得できるかぎりの情報や助言を得た私は、親切に対応してくれた管理官に礼を述べ、大切な書類をポケットに入れ、旅の準備の仕上げに取りかかった。どれほど長い旅になるかは、トボリスクの知事が哀れなチェネリをどの流刑地に送ったかによって、千マイルか二千マイルは違ってくるだろう。

出発前にプリシラから手紙が届いた。彼女のような身分の人々にありがちな、苦労の跡がうかがえるまとまりのない手紙だった。ポーリーンは元気で、プリシラの助言に従い、見知らぬ親族か友人が戻ってくるまでプリシラと一緒にいるつもりでいると記してあった。「ですけど、ギルバート坊ちゃま」手紙は続けた。「残念ですけど、ときどきあの方はまともじゃないと思えることがあります。恐ろしい犯罪の話を夢中ですることがあるんです。でも、正義の裁きがなされるはずなので心配はしていない、病気だったときに夢に出てきた人が頑張ってくれているから、とも言っています。誰かはわからないけど、その人は何もかも承知していると言って」

これを知って私は多少気が楽になった。私が戻るまでポーリーンがおとなしく待っていてくれるとわかっただけでなく、少し前の記憶が甦りかけているように思えたからだ。手紙の最後にある次の数行を読んで、私は希望で胸がときめいた。

「今日の午後のことです、ギルバート坊ちゃま。あの方は初めてご自分の指に結婚指輪がはまっていることに気づかれたようでした。どうして指輪があるのか、お尋ねになりました。それは申し上げられない、と私は答えました。それからあの方は、何時間も指輪をいじりながら考え込んでいました。とうとう私は何を考えているのかお尋ねしました。『夢のことを思い出そうとしているの』あの方はいつものかわいらしい穏やかな微笑を浮かべておっしゃいました。あなたは私が仕えている方の正式の奥さまなのです、と申し上げたくてたまりませんでした。あの方が指輪をはずしてしまうのではないかと心配しましたが、そうはされませんでした。ホッとしました！」

私もホッとした。ポーリーンは指輪をはずさなかったのだ！　プリシラの手紙を読むうちに、すぐにでもイギリスに帰って妻のもとに駆けつけたくなった。私は誘惑に負けまいとぐっとこらえた。チェネリと面会すれば自分は幸せになれると信じる気持ちがしだいに強くなっていった。きっと私は彼女のもとに戻り、必要ならもう一度あの指輪を彼女の指にはめ、この女性(ひと)は私の妻だと宣言することになるだろう。そのときの私は、彼女がまばゆく光る金の指輪よりも純粋であることを知っているのだ。

ポーリーン！　美しい私のポーリーン！　愛しい妻のポーリーン！　私たちは必ず幸せになれる！

翌日、私はシベリアへ向かった。

第十一章　生き地獄

サンクト・ペテルブルクを発ったのは夏の盛りだった。その日はうだるような暑さで、ロシアの気候に対する先入観がくつがえされた。鉄道でモスクワに向かった。鉄路は二つの大都市を一直線で結んでいる。皇帝(ツァーリ)の命により、カーブも迂回もなく一直線になるように敷かれたという。技師が、人口の多い地域をどのように経由したらよいか尋ねたところ、先の皇帝(ツァーリ)ニコライ一世が定規を地図に当て、サンクト・ペテルブルクからモスクワまで直線を引き、「こうせよ」と命じた。専制君主らしく他人の便宜など頓着しない容赦のない命令だった。そうやって出来たこの鉄道は、四百マイルほどの距離を一つの目的地を目指してひた走りに走る。どんな誘惑に駆られようと直線からはずれて独裁者の命令にそむいてはならぬといわんばかりだ。

大都市モスクワに二日ほど滞在した。そこでガイド兼通訳を雇うことにしていた。英語のほかに二、三の外国語を話せる私は、数人の候補者の中から選りすぐって、最終的には感じがよく頭の回転が速そうな若者を採用した。彼は、東に向かう駅逓(えきてい)街道のことなら隅から隅まで知っていると請けあった。それから私は、壮大なクレムリン宮殿に別れを告げ、その聖堂、望楼、銃眼つき胸壁をあとに、新しい連れとともにニジニ・ノヴゴロドに向けて出発した。そこから先は鉄道にも別れを告げなければならない。

絵のように美しいがさびれつつあるウラジーミルの古い街並みを通り過ぎ、見事な五つのドームを戴く大聖堂を目にしたあとは、ニジニ・ノヴゴロドに着くまで注目すべきものは何もなかった。ガイドの若者は、ニジニ・ノヴゴロドに一日か二日は滞在したほうがいいとしきりに勧めた。大きな市が開かれていて、これを見逃す手はないというのだ。しかし私は、市や祭りを見るためにロシアにやってきたわけではない。私は若者に、ただちに支度をして旅程を進めるよう命じた。

そこからは船に乗った。夏だったので川が開放され、船の運航が可能だったのだ。蒸気船に乗り、広いヴォルガ川を下り、カザンを過ぎてカマ川に入った。カマ川の急流を上って、駅逓街道の起点のペルミという大きな町に着いた。

水上にいたのは五日間だった。あれほど長い五日間は今に至るまで経験したことがない。曲がりくねった川、遅々として進まない蒸気船。一刻も早く陸地に上がりたかった。陸上なら進んでいる実感がある。陸の道路ならまっすぐだし、百回も曲がりくねったりはしない。

やがてヨーロッパが終わる所に近づいた。さらに百マイル進んでウラル山脈を越えれば、その先はアジアロシアだ。

ペルミで私たちは最後の準備を整えた。ここから先は駅逓馬車に頼ることになる。ガイドのイヴァンがお決まりの値切り交渉をしたあと、イギリスの二頭四輪馬車に似たタランタースという旅客四輪馬車を購入した。私たちは荷物を積み込み、座席に腰を下した。最初の区間を走る三頭の馬にロシア特有の方式で引き具がつながれた。御者が励ますように優しく馬に声をかけて出発した。ロシアではそのほうが鞭よりも効果的だと考えられているのだ。こうして長い長い馬車の旅が始まった。

ウラル山脈を越えた。想像していたほど高い山ではなかった。石造りの方尖塔を通り過ぎた。イヴアンは、これはイェルマークというコサックの首領を称えて建立された記念碑だと説明した。方尖塔（オベリスク）のこちら側には〝ヨーロッパ〟と記してあり、背後にまわると〝アジア〟と記してある。アジアに入ってからの最初の夜はエカテリンブルクに泊まった。ベッドに入ってもほとんど眠れなかった。ポーリーンと自分とのあいだにどれほどの距離があるのだろうと思いをめぐらしていた。サンクト・ペテルブルクを発ってから何日も経っていた。できるかぎり先を急いだにもかかわらず、旅はまだほとんど始まっていないかのようだった。トボリスクに着くまでの距離すら実感できなかった。

エカテリンブルクからほんの四百マイルほど行けばチュメニに着き、チュメニからほんの二百マイルでトボリスクだ。そこに着いたら、知事のその時々の裁量で与えられる情報を待つことになる。

私たちは馬車とともに船に乗り込み、黄褐色に濁った広いエルティシ川を渡った。ロシアの将官がその川を越えると、シベリアに配属される恩賞として、ただちに一つ上の階級に昇進するという。まさにエルティシ川の東岸からシベリアが始まるのだ。

ついにトボリスクに到着した。私の通行証を見ると、知事の態度は慇懃そのものになった。食事に誘われた。ここは応じておいたほうが無難だろうと思った。知事は私を手厚くもてなし、記録簿をもとにチェネリについて知りたい情報を残らず教えてくれた。チェネリは、特に厳罰に処すべき罪状のため、皇帝（ツァーリ）が統治する領土の最果ての流刑地に送られることになっていた。最終的な流刑地はまだ決まっていなかったが、私にとってはどこであろうと違いはなかった。チェネリがトボリスクを発ったのが数カ月前だったとはいえ、移送中の囚人は大半の道のりを徒歩で移動することになっているし、道は一本しかないのだから、いずれ追いつけるだろう。チェネリを含む囚人の集団を護送している部隊の指揮官はヴァーラモフ大尉だった。大尉宛に一筆したためるので持参するようにと知事は言った。

そればかりか知事自らが署名した追加の通行証も発行してくれた。

「どのあたりで一行に追いつけるでしょうか？」私は尋ねた。

知事は距離を見積もって、イルクーツクのあたりではないかと答えた。

トボリスクからイルクーツクまでは優に二千マイルはある。

私は知事に感謝の気持ちを込めて別れを告げた。それから猛スピードで馬車を急がせたので、気のいいイヴァンもさすがにぶつぶつ言いはじめた。ロシア人だって人間なんだから不死身ではないし、政府の駅逓馬は、一マイルあたり二ペンス程度で貸し出されるのだから、快足のアラブ馬など期待できないというのだ。私は御者（ヤムシーク）にもイヴァンにもゆっくり休憩する暇を与えなかった。茶が熱過ぎて喉を通らないときでも、すぐ出発すると言って二人を急き立てた。夜だってそんなに長く休んではいられない。


とにかく茶だ！　この旅を通じて、人間の胃にどれだけの量の茶が入るのか初めて知った。ここでは誰もが呆れるほど大量の茶を飲む。茶葉を煉瓦のように固めて持ち運ぶのだ。羊などの動物の血で固めるのだと聞いて鳥肌が立った。それを朝も昼も夜も飲む。馬車が停まり、熱湯が手に入れば、必ずバケツ一杯分の茶を淹（い）れて喉に流し込むのだ。

長い旅程の中で今でも印象に残っているのは表面的なことだけだった。ロシアを横断したのは、旅行記を書くためでも、人々の生活や習慣を観察するためでもない。旅の目的はできるだけ早くチェネリに追いつくことであって、私は駅逓所と駅逓所とのあいだを速やかに移動することに全精力を注いだ。広大な草原や荒涼とした湿地を大急ぎで通過し、カバ、オーク、トネリコ、背の高いマツなどの樹木が生い茂る森を抜け、広い川を船で渡った。駅逓街道を目的地に向かってまっしぐらに進んだ。

天候のせいで休まざるを得ないときは、寝泊りできればどんな粗末な宿泊所でも我慢した。馬車を停めた所がよほど繁華な町でないかぎり、駅逓街道には小さな宿屋すらなかった。しだいに慣れてくると、旅客四輪馬車（タランタース）で揺られながら、充分とまではいかなかったが、それなりの睡眠をとることができるようになった。

単調な旅だった。旅行者たちが話題にするような名所には立ち寄らなかった。朝から夕方まで、たいていは夜遅くまで、馬車の車輪は駅逓街道を転がり続けた。駅逓所に停まるたびに、その前に立つ木の柱を見て、サンクト・ペテルブルクからの距離を確かめた。何日も何週間も過ぎていくうちに、これまで進んできた距離を――これから戻らなければならない距離を――考え、ただ呆然とするばかりだった。もう一度ポーリーンに会えるのだろうか？　イギリスに戻るまでに何が起こるかは誰にもわからない。ときには虚無感に襲われることもあった。

経過した日数や進んだ距離にもまして旅の長さを実感させられたのは、先に進むにつれて、それぞれの地で暮らす人々の服装や言葉の響きが少しずつ変化していったことだ。馬車の御者（ヤムシーク）が替わると、これまでの御者（ヤムシーク）とは顔立ちも民族も異なり、馬の品種まで変わっていった。しかし御者（ヤムシーク）や馬が替わっても、馬車が巧みに私たちを運んでくれることに変わりはなかった。

天気は実に良かった。良すぎるほどだ。通り過ぎた畑はどこも豊かに実り、収穫も多そうだった。シベリアは、その名前から誰もが連想するようなイメージとは大きく異なっていた。暑すぎることもなく、空気はとてもすがすがしかった。あれほど気持ちのいい爽やかな空気は味わったことがない。そよ風が体中の血管に日々、新しい生命（いのち）を吹き込んでくれるように感じた。

人々はいたって善良に見えた。必要だと思ったときに通行証を見せれば、必ず〝丁重〟という言葉では言い尽くせないほど手厚く処遇された。この強力な守り札がなかったらどのような対応だったのかはわからないが。

大半の農村は干し草作りで忙しそうだった。農村共同体の一大仕事だ。囚人も仕事を割り当てられ、六週間ほど貯蔵の作業を手伝うという。美しい野生の花々が気ままに咲き乱れていた。人々は元気そうで満ち足りているように見えた。夏のシベリアで受けた印象は総じて快いものだった。

それでも私は、この旅が真冬だったらと思わずにはいられなかった。寒さはともかく、真冬であればより楽に進むことができる。イヴァンによると――二十四時間に何マイル進むと言ったかは正確に覚えていないが――凍った雪で覆われた駅逓街道を旅客四輪馬車（タランタース）の代わりに橇（そり）で行けば、一日で驚くほどの距離を進めるのだそうだ。

当然のことながら、さまざまな小さな事故に見舞われ、予定したとおりに進まないこともあった。旅客四輪馬車（タランタース）がいかに頑丈に作られていようと、馬車も不死身ではない。車輪が壊れたり、車軸がはずれたり、舵棒が折れたりして、二度ほど馬車が横転したこともあったが、多少遅れただけで実害はなかった。そうした事故について詳しく記す必要はあるまい。

通り過ぎた町や村の名前をいちいち挙げるまでもないだろう。この手記を地理の教科書にしようと思っているわけではない。タラ、カインスク、コルイヴァニ、トムスク、アチンスク、クラスノヤルスク、ニジネ・ウジンスクといった地名は、この地方の地理を勉強した読者であれば馴染みがあるかもしれないが、ほとんどの読者にとっては、そのスペルを示されても単なる音の連なりでしかないはずだ。ロシア軍がイギリス領インド帝国を侵略しようとした軌跡をたどったほうが、皇帝（ツァーリ）のアジア領土について知識を深められるかもしれない。

それはともかく、今では名前を忘れてしまった小さな町や村の入口にさしかかると、設備の整った駅逓所が見えてきた。そこには必ず、陰気な四角い建物があった。大きさはまちまちだが、どこも高い柵で囲まれている。門には横木が渡され、かんぬきがかかっていて、歩哨も立っている。この建物がオストローグと呼ばれる監獄だ。

ここに、長い護送の途中で駅逓所にたどり着いた惨めな囚人が収容されるのだ。囚人は監獄（オストローグ）に箱詰めのイワシのように押し込められる。監獄（オストローグ）は二百人が収容できるように建てられているが、その二倍の囚人を収容することも珍しくないそうだ。川の氷が解けて氾濫し、囚人の護送がやむを得ず滞ったときなど、こうした監獄（オストローグ）の内部は筆舌に尽くしがたいものになるという。囚人の男たちは、ときには女扱いされなくなった女ともども、汚物が悪臭を放つ監房に閉じ込められ、有害なガスが充満する床に放り出される。それほど多くない人数の囚人にぎりぎりのスペースが与えられるように作られたそれぞれの監房は、窒息しそうなほどぎゅうぎゅう詰めにされる。ときにはおびただしい数の死者が出るという。囚人にとって、長い徒歩移動の苦痛など、こうした〝休息〟という名の恐怖に比べればいかほどのものでもない。こうした監獄（オストローグ）にチェネリはいるはずなのだ。

旅の途中、このような運命に向かってとぼとぼと歩みを進める囚人の集団を何度も追い越した。囚人のほとんどは鎖につながれているとイヴァンは言っていたが、私はそれに気づかなかった。鎖は足にだけはめられていて、ズボンに隠れているからだろう。痛ましい囚人の姿を目にして胸が締めつけられる思いだった。重罪犯なのだろうが、同情の念をいだかずにはいられなかった。私の見たかぎりでは、囚人たちは兵士や将校からそれほどひどい扱いを受けているようではなかった。だが監獄（オストローグ）の冷酷な看守や監獄長によって過酷な扱いを受けているという噂も耳にした。ごく些細な規則違反に対しても、鞭打ちや真っ暗な独房への収監など、さまざまな懲罰が科されるという。

途中で追い越した囚人集団の姿が見えなくなるといつもホッとした。同じ人間だというのに、私自身の境遇と、これほど多くの人間が置かれている境遇とのあいだには、考えるに忍びないほどの落差があった。とはいえ、もしもチェネリが、私の心からあらゆる疑念の影を追い払ってくれなければ、私は長旅で足を痛めた囚人の誰よりも哀れむべき惨めな人間として、来た道を引き返すことになるかもしれない。

トボリスクを発って一週間か十日ほど経った頃から、駅逓所にある監獄（オストローグ）で、ヴァーラモフ大尉の部隊が護送する囚人集団がいつそこを通ったか、いつ追いつけそうか尋ねるようにした。後者の質問に対する答えは、知事の予測と同じだった。どこで訊いても、イルクーツクか、その少し先あたりではないかと言われた。日々急速に、私たちがその集団との距離を縮めていることがわかった。ようやく、整然としたたたずまいの大きな町、イルクーツクに到着した。そのとき私は、この地か、もう少し先が旅の終着点になるだろうと思ったが、その予想は正しかった。

ヴァーラモフ大尉の護送部隊はまだ到着していないと言われた。一つ前の駅逓所で訊いたときには、前日にそこを通過したということだったから、気づかずに追い越してしまったらしい。それならイルクーツクで到着を待つのがいいだろう。

ひどく疲れていたので二、三日休息を取れるのはむしろありがたかった。それなりに発展した街で久しぶりに文明の恩恵に浴して過ごすのも悪くない。ほぼ一時間ごとに使いをやって、囚人が到着したかどうかを尋ねさせることにした。それまではイルクーツクへ到着することだけをひたすら願っていたのだが、今では馬車の向きを西に変え、一刻も早く引き返すことを切実に願うようになった。

サンクト・ペテルブルクを発って以来、プリシラからの便りは一通も届いていなかった。ニジニ・ノヴゴロドを離れてからは間違いなく郵便馬車よりも速いスピードで進んでいたのだから、手紙が届くのを期待すること自体に無理があった。きっと帰りの道中で受け取れるだろう。

イルクーツクでゆっくり過ごしていると、二日後にうれしいニュースが飛び込んできた。ヴァーラモフ大尉の護送部隊が到着し、午後四時に囚人を監獄（オストローグ）に収容したというのだ。私は夕食の席を立って、大急ぎで監獄（オストローグ）に駆けつけた。

私服の民間人がロシア軍の大尉に面会を申し込むというのは、歩哨の常識からすると、ふざけているとしか思えないのだろう。しかもヴァーラモフ大尉は長い護送の途中でここへ到着したばかりなのだ。いかめしい歩哨の顔があざ笑うような表情になり、イヴァンにこの〝おっちゃん（パーパチカ）〟、頭がいかれてるんじゃないかと言った。そこからは毅然とした態度と粘り強い説得が必要になった。それなりの心づけも求められた。心づけといっても、単純な兵士の頭にあるのは、ウォッカを好きなだけ飲めればいいだけのことだ。そんなわけで、歩哨たちがさんざんウォッカを酌み交わしたあと、ようやく私たちは高く張りめぐらされた柵の門を通過することを許され、連れのイヴァンがひどく心配する中、大尉のもとへ案内された。

端正な顔立ちの若い軍人が険しい表情で、煩わしそうに鋭く私を一瞥した。私は助言に従ってロシア風の服を身につけていたのだが、長旅で汚れ、今ではよれよれになっていた。どこから見ても、若い軍人がその気になったらすぐさま叩き出してもいい民間人に過ぎなかった。

トボリスクの知事の手紙を読んだヴァーラモフ大尉の表情がゆるんだので私は安堵した。大尉は立ち上がり、丁寧に椅子を勧め、フランス語を話すかとフランス語で訊いてきた。

私は話すと答えた。通訳の必要がないことがわかったので、イヴァンには部屋の外に出て待つよう命じた。

ヴァーラモフ大尉は、ワインと煙草が出てくるまでは用件を聞こうとしなかった。それらが用意されると、どんなことでも聞こうという態度になった。

私は要望を伝えた。

「囚人の一人と二人きりで話したいのですね。承知しました。この書状に従い、ご指示のとおりにします。で、どの囚人でしょう?」

私はチェネリの本名を言った。大尉は首を振った。

「そのような名前の囚人はいません。ほとんどの政治犯は偽名を使っています。我々の手を離れたあとは番号で管理されますから、それでもかまわないのです」

チェネリという名前も言ってみた。大尉はまた首を振った。

「私が探している男が大尉の囚人であることは確かです。どうしたら見つかるでしょう?」

「その男の顔はご存じなのですね?」

「ええ、知っています」

「それなら、今から本官と一緒に監房を探してみましょう。新しい煙草を点けておいてください、いずれ必要になりますから」大尉は意味ありげに言った。

大尉の案内で監房に向かい、まもなく重い扉の前に立った。大尉の命令で、大きな鍵をいくつも持った看守が現われた。重い錠がはずれて扉が開いた。

「こちらです」ヴァーラモフ大尉はそう言うと、深々と煙草を吸い込んだ。彼について扉の中に一歩足を踏み入れた。失神しないようにするのがひと苦労だった。

開いた扉から悪臭が押し寄せてきた。まるでその扉は疫病の発生源となる洞窟の入口で、洞窟の底にはこの世のあらゆる不浄なものが腐敗して溜まっているかのようだった。中からあふれ出てくる空気は、病と死をもたらす毒気に満ちているように感じられた。

どうにか平静を取り戻し、大尉のあとについて、身の毛のよだつような監房に入っていった。背後で扉が閉まった。

暗さに慣れた目で見た情景を描写する力が私にあったとしても、誰にも信じてもらえないだろう。監房の中はかなりの広さがあったが、収容されている囚人の数を考えれば、その三倍は必要だった。部屋の中は惨めな囚人でひしめきあっていた。立っている者もいれば、座っている者も、横になっている者もいる。年齢も民族もさまざまのように見えた。皆、底辺の人間らしい顔つきをしている。いくつかのグループに分かれてかたまり、多くが言い争ったり、毒づいたり、罵(ののし)ったりしていた。好奇心に駆られたのか、ぎりぎりまで私たちに近づき、野卑な話しぶりで何やら言っては笑い声をあげる者もいた。ここは地獄だ。忌まわしい不浄の地獄だ。同じ人間を相手に、人間自らが作り出した地獄だ。

まるで肥溜めだった。足元も、壁も、垂木も、梁も、どこも汚物にまみれている。毒気を含んだ息の詰まるようなよどんだ空気にも細かな汚物がただよっている。そこにいる人間も、動く汚物のかたまりのように見えた。ゾラ（一九世紀のフランスの小説家エミール・ゾラ。社会の害悪をテーマに人間の醜さを容赦なく描いた）ならこの場のおぞましさを嬉々としてこと細かに描くかもしれない。私の表現力では読者の想像に任せるしかないが、どれほどの想像力をもってしてもこの現実に近づくことはできないだろう。

一つの疑問が頭に浮かんだ。なぜこの囚人たちは、悪臭を放つこの監房から飛び出し、看守を殴り倒して脱走しないのだろう？　この疑問を大尉にぶつけてみた。

「囚人は護送中は決して逃げようとはしません」大尉は答えた。「一人が脱走すれば、残された者たちがそれまで以上に厳しく処遇されることになりますから、彼らにとっては良心にかかわる問題なのです」

「これまで脱走した者はいないのですか？」

「いえ、流刑地に送られたあとに脱走する者はかなりいます。しかし成功することはありません。逃げ出しても、飢え死にしてしまいますので、否応なく町に入ることになります。町に入れば必ず捕えられ、送り返されます」

私はまわりの囚人たちの顔を一人ひとりのぞき込み、探している相手を見つけようとした。不機嫌な顔で応じる者もいれば、疑うような視線を返す者、挑戦的な態度を取る者、無関心を装う者もいる。小声で何やらつぶやく声も聞こえたが、ヴァーラモフ大尉を怖れてか、私を侮辱するような言葉を吐く者はなかった。その部屋のグループをいくつも見てまわったが、目指す相手が見つからなかったので、監房全体を見てまわることにした。

壁の全面に、傾斜のついた板がそなえつけられていて、その上に男たちがさまざまな姿勢で横たわっていた。監房の中でいちばん快適な場所であるらしく、板の端から端まで、横になった囚人で埋め尽くされていた。壁と壁が交わる角に、一人の男が、すっかり疲れ果てた様子でもたれかかっていた。頭を胸にうずめて目を閉じている。その姿にはどことなく見覚えがあった。男に歩み寄り、肩に手を置いた。男は疲れた目を開け、悲しげな顔を上げた。マヌエル・チェネリだ！

第十二章　その男の名は

　チェネリは私を見た。その目に浮かぶものが瞬時に絶望から困惑へと変わった。亡霊を見ているのか、生きた人間を見ているのか、判然としないという表情だ。呆然自失の体で立ち上がり、私と向かいあった。同室の囚人が好奇心に駆られてまわりに集まってきた。

「ミスター・ヴォーンじゃないか！　まさかこんなところで！　シベリアで！」チェネリは自分が正気とは信じられないようだった。

「あなたに会うためにイギリスからやってきました」それから私は、そばに立っているヴァーラモフ大尉のほうを向いて言った。「探していたのはこの人です」大尉はしきりに煙草をふかし、有害な空気を吸い込むのを少しでも減らそうとしていた。

「見つかったとうかがって安心しました」大尉は丁寧に言った。「ここの空気は体によくないですから、できるだけ早く外に出たほうがいいでしょう」

　体によくないどころか、我慢できないほどの悪臭がしているではないか！　自分の目の前にいるこの軍人は、フランス語を話すこの人当たりのいい大尉は、いったいどういう人間なのだろう。どのような心境になれば、人間とは思えない扱いを受けている囚人を平然と眺め、無関心でいられるのか？　どうしたら自分の職務を遂行しているだけだと割り切ることができるのか？　おそらく大尉は職責を果たしているだけなのだろう。重罪犯だから同情を持てないのかもしれない。それにしても、獣同然の扱いをされている哀れな囚人を眉一つ動かさずに見ていられるとは！　うがち過ぎた見方かもしれないが、看守のほうが重罪の囚人よりも冷酷な心の持ち主に思えてならなかった。

「二人きりで彼と話すことはできますか？」私は訊いた。

「もちろんです。許可は下りています。兵士というのは上官の命令に従うものです。この件に関しては、貴殿が本官の上官です」

「宿泊所に連れていくことはできますか？」

「それはできません。部屋を用意しますのでご案内しましょう。ありがたい、やっと外に出られる！」

私たちは監房の外に出て、ふたたび新鮮な空気を吸った。それから事務室のような所に案内された。テーブルと椅子だけの薄汚れた部屋だったが、あの肥溜めと比べたら楽園だ。

「ここでお待ちください。あの者を連れてこさせます」

大尉は部屋を出ていきかけた。私は落ちぶれたチェネリの惨めな姿を思い返した。仮に世界一の極悪人だったとしても、何かささやかなことでもしてやれないかと思わずにはいられなかった。

「彼に食べ物や飲み物をやってもいいでしょうか？」

大尉は肩をすくめ、穏やかに笑った。

「政府から充分な食事が与えられているはずですので、腹は空いていないと思います。しかし貴殿が空腹で喉が乾いておられるのでしたら、ワインや食べ物を持ち込むのを止めることはできません。もちろん貴殿の食事としてですが」

大尉に礼を言い、すぐイヴァンに、手に入るいちばんいいワインと肉を買ってくるよう言いつけた。〝ワイン〟と紳士が注文すれば、ロシアで意味するのはただ一つ、シャンパンのことだ。どんな安宿でもシャンパンか、あるいは少なくともその代わりとなるドン川流域の発泡ワインが手に入る。まもなくイヴァンは本家フランスのシャンパン一瓶と申し分ない量の冷肉と白パンを買って戻ってきた。粗末なテーブルにそれらを並べ終えるとすぐに、背の高い兵士が先ほどの囚人を連れてきた。

私はチェネリに椅子を勧めた。彼はぐったりした様子で椅子に腰を下した。足にはめられた鉄の鎖がガチャガチャいうのが聞こえた。私はイヴァンに席をはずすように言った。事前に命令されていたらしく、兵士もしかつめらしく挨拶し、扉を閉めて退出した。チェネリと私は二人きりになった。

チェネリは呆然自失の状態からはいくぶん脱したようだ。私に目を向けたその顔は、一心に何かにすがるような表情をしていた。溺れかけているときに藁をつかんだ思いがしたのだろう。思いがけなく私が現われたことで、自由の身になれるかもしれないと期待したのかもしれない。不意に射し込んだかすかな希望の光にわずかな時間でも浸っていたいとでもいうように、彼はしばらく何も言いださなかった。

「あなたに会うために長い長い旅をしてここまでやってきました、ドクター・チェネリ」私は口火を切った。

「長旅だったとしても、私の旅とは比べようもありません。少なくともあなたは、いつでも好きなときに、自由と幸福が待っている世界へ帰ることができるのですから」

チェネリは絶望に陥った人間特有の穏やかな口調で話した。私は自分の言葉が冷ややかになり、声が厳しくなるのを抑えられなかった。私が来たことで彼の心にかすかな希望が芽生えていたとしても、私の態度がそれを打ち消した。彼のためにやってきたのではないことをチェネリは理解したようだ。

「私の帰るところに幸福があるかどうかは、あなたからうかがう話次第です。ほんの束の間あなたに会うためにこんなに遠くまでやってきたのですから、ただごとでないことはご想像いただけるでしょう」

彼はいぶかしそうに私を見つめたが、警戒している様子ではなかった。彼に危害を加えるようなことを、私がするわけはなかった。彼にとって外の世界はすでに終わったのだ。仮に私がチェネリを五十件の殺人罪で告発し、それぞれについて刑罰が科されたとしても、彼の運命はこれ以上悪くなりようがない。社会から抹殺された存在なのだ。肉体的な苦痛を別にすれば、彼が懸念するようなことは何もなかった。チェネリに科された刑罰の意味を悟って私は背筋が凍る思いがした。不本意ながらも憐憫の情が心に忍び込んできた。

「きわめて大事な話があるのですが、まずはワインと食べ物を召し上がってください」

「ありがとうございます」チェネリは恐縮したように言った。「信じられないでしょう、ミスター・ヴォーン。まともなワインと肉を目にすると自分を抑えられなくなるほど、人間が堕落してしまうということが」

監房の中を見たあとでは、どんなことでも信じられる。私はワインの栓を抜いてチェネリの前に置き、彼が飲み食いしているあいだ、じっくりその姿を観察した。

苦難のせいか容貌が大きく変わっていた。目鼻立ちが険しくなり、手足が細くなっている。十歳は老けたように見える。ロシアの農夫の普段着を着ていたが、ボロをまとっているようだった。毛織物のような布切れで覆われている足がブーツにあいた穴からのぞいている。ここまで歩かされてきた長く苦しい道のりが体全体に爪痕を残していた。もともと頑健な体つきではなかったが、今の姿を見ると、どのような労働を科したとしても、ロシア政府がチェネリのために負担しているわずかばかりの金も元は取れないだろうと思われた。もっとも政府はそれほど長く彼を養う必要はないのかもしれないが。

チェネリの食欲は、貪るようにとは言わないまでも、実に旺盛だった。ワインを惜しむように少しずつ飲んでいる。食事が済むと、何かを探すようにあたりを見まわした。何を求めているか察した私は、葉巻入れを手渡し、葉巻に火を点けてやった。彼は礼を述べ、うまそうに吸いはじめた。

しばらくは気の毒な男の楽しみを邪魔するつもりはない。この部屋を出れば、また囚人がひしめきあうあの地獄に戻ることになる。時間はあっという間に過ぎてしまうだろう。扉の外から歩哨の単調な足音が聞こえた。あの礼儀正しい大尉が囚人にどのくらい時間の猶予を与えるつもりなのかはわからなかった。

チェネリは夢を見ているような顔で椅子の背にもたれ、満足そうにゆっくりと葉巻を吸った。上等の葉巻という贅沢を心ゆくまで満喫している。私はワインをもっと飲むかと訊いた。彼は首を振った。それからこちらに体を向けて私を見つめた。

「ミスター・ヴォーン」チェネリは言った。「そう、あなたは確かにミスター・ヴォーンだ。だが、私は何者なのだろう？　私たちはどこにいるのだろう？　ロンドン？　ジェノヴァ？　それとも他のどこか？　今から私は目を覚まし、これまでの苦しみは夢だったと気づくのだろうか？」

「残念ながら夢ではありません。ここはシベリアです」

「良い知らせを伝えにきてくれたのではないのですね？　あなたは同志ではない。我が身を危険にさらしてまで私を自由にしてくれる友人ではないのでしょう？」

私は首を振った。「あなたの境遇が少しでもよくなるようできるかぎりのことはするつもりですが、私がここに来たのはあくまでも私自身のためです。あなただけが答えられる質問をいくつかするためです」

「どうぞ訊いてください。しばしのあいだ私を惨めな世界から解放してくれ、ひとときの安らぎを与えてくれたことに感謝します」

「本当のことを答えてくれますね？」

「もちろんです。私には恐れるものもなく、得られるものもなく、望むものもありません。嘘というのは必要に迫られてつくものです。私のような状況にある者は嘘をつく必要がありません」

「まず訊かなければならないのは、あのマカリという男は何者なのかということです」

チェネリは勢いよく立ち上がった。マカリという名前によって現実の世界に連れ戻されたようだ。もはや身も心もくたびれ果てた男ではなかった。怒りのこもった口調で憎々しげに言った。

「裏切り者！　あの裏切り者め！」彼は叫んだ。「あいつさえいなければ計画は成功して、逃げおおせていたのだ。今、あなたの代わりにあいつがそこにいたら！　私は弱っているかもしれないが、あらんかぎりの力を振り絞って喉を締めつけ、あの忌まわしい体から卑しい息を吐けないようにしてやる！」

彼は両の拳を何度も握りしめながら、部屋の中を行ったり来たりした。

「落ち着いてください、ドクター・チェネリ」私は言った。「私が知りたいのは、あの男の陰謀や裏切りとは関係のないことです。マカリはいったい何者なのですか？　どういう出自の男なのですか？

マカリというのは本名なのですか?」

「私はその名前しか知りません。あいつの父親は祖国を裏切ったイタリア人でした。祖国解放のために大事な息子の血が流れることを怖れ、息子をイギリスへやったのです。あいつがまだ若かった頃に知り合い、仲間に引き入れました。英語を流暢に話せるのでたいへん助かりました。戦闘にも加わりました。そう、あいつもかつては男らしく戦ったのです。今になって裏切るなんて信じられない思いです。ところで、なぜそんなことを訊くのですか?」

「マカリが私のところに来て、自分はポーリーンの兄だと言ったからです」

この言葉を聞いたチェネリの顔を見ただけで、マカリの第一の嘘を頭から追い払うことができた。第二の嘘も同じようにあっさり片づくに違いない。胸が高鳴った。しかしそれについて尋ねようとすると、どうしてもあの忌まわしい話を持ち出さなければならない。

「ポーリーンの兄だって!」チェネリは口ごもりながら言った。「まさか、兄だなんて!」

そう言ったチェネリの顔に暗い影が差した。私はその意味を読み取ることができなかった。

「マカリは、自分がポーリーンの兄のアンソニー・マーチだと言っています」

「アンソニー・マーチ!」チェネリは息を呑んだ。「馬鹿馬鹿しい! あいつは何を考えているんだ? 何が目的なんだ?」彼は怒りをあらわにして言った。

「一緒にイタリア政府の記念式典に参加して、一部でもいいからあなたが提供した資金の返還を求めようと言っていました」

チェネリは苦々しく笑った。「それですべてが氷解した。うまく行けば政府を転覆できたかもしれないのに、あの計画を密告したのは、私を追い払うためだったのか! 卑怯者め! それなら、私を、私一人を殺せばいい話ではないか！　どうして仲間を巻き添えにしたんだ？　アンソニー・マーチだなんて！　ふざけるな、あの悪党めが！」

「マカリが裏切ったというのは確かなのですか？」

「確かです。隣の監房の男が壁を叩いて教えてくれました。その男はそれを知る手段を持っていたのです」

「よく理解できないのですが？」

「ときどき囚人たちは、監房を仕切る壁を叩いて互いに情報を伝えあうのです。隣の男は私たちの仲間でした。何カ月も独房に閉じ込められて正気を失いましたが、そうなるだいぶ前に『マカリに裏切られた』と何度も壁を叩いて知らせてきたのです。本当だと思います。根拠もなくそんなことを言うようないい加減な男ではありません。しかし今まで、裏切りの目的がわからなかった」

　私の目的の簡単なほうは達成された。マカリがポーリーンの兄だというのは嘘だった。チェネリが話してくれるかどうかわからないが、次は、数年前のあの犯罪の被害者が誰なのか、あの卑劣なしわざの理由は何だったのかを知らなければならない。マカリの説明が悪意による真っ赤な嘘であると知らなければならない。それができなければ、私はこの旅で何も得られなかったことになる。この話題を切り出すのに、唇が震えたのも致し方ないだろう。

「ところで、ドクター・チェネリ」私は言った。「もっと大事な質問があります。私と結婚する前に、ポーリーンに愛人はいませんでしたか？」

　チェネリは眉をひそめた。「まさかそんな質問をするために、嫉妬の発作を抑えるために、ここに来たのではないでしょうね？」

「違います」私は言った。「この質問をする理由はあとで話します。まずは質問に答えてください」

「ポーリーンを愛した男はいました。マカリがポーリーンを愛していると公言し、いつか必ず妻にすると言っていました。しかしポーリーンがマカリをまったく相手にしなかったことは断言できます」

「他の誰かを愛したこともなかったのですね？」

「私の知るかぎりありません。それにしても、あなたの態度も言葉もまともではありませんね。なぜそんなことを訊くのですか？　あなたをだましたかもしれませんが、ミスター・ヴォーン、精神状態のことを別にすれば、ポーリーンはあなたの妻にふさわしい娘ですよ」

「私をだましたことは自覚しているのですね。いったいどういうつもりで、精神が混乱した女性を私と結婚させたのですか？　彼女にとっても、私にとっても、実に残酷です」

私は容赦なく厳しい言葉を浴びせかけた。チェネリは居心地悪そうに身じろぎした。私が復讐を望んでいるのだとしたら、これが復讐だった。みすぼらしい身なりの衰弱しきった惨めなチェネリを見れば、このあと何がこの男を待ち受けているのかを知れば、どんな激しい復讐心に燃えた人間でも満足しただろう。

しかし私は、この男に復讐したいのではなかった。ポーリーンが誰かを愛したことはないと答えたときの態度を見れば、真実を語っているのは明らかだ。最後に彼女の美しい顔を見たときにきっとそうなると思ったとおりになった。マカリの悪意ある嘘は暴かれた。やはりポーリーンは天使のように清純だったのだ。だが私は、あの死んだ男が誰だったのかを――彼女から理性を奪った殺人事件の被害者が誰だったのかを――知らなければならない。

チェネリは落ち着かない様子でちらりちらりと私を見ている。次の質問を察したのだろうか？

「教えてください」私は言った。「あの若い男の名前を教えてください。ロンドンで、マカリがポーリーンの目の前で殺した男のことです。なぜ彼は殺されたのですか?」

チェネリの顔から血の気が失せた。それからくずおれそうになりながら椅子に沈み込み、無力な物体と化した。話す力も、動く力も、私の顔から目をそらす力もないようだった。

「教えてください」私は繰り返した。「いいですか、今からその場面をお話ししますから、思い出してください。私がすべてを承知していることがわかるでしょう。ここにテーブルがある。ここにマカリがいて、自分が刺した相手を見下ろして立っている。ここにあなたがいる。あなたの後ろに、頬に傷跡のある男がいる。奥の部屋で、ポーリーンがピアノの前に座って歌っている。刺された男が倒れると、彼女の歌声はやむ。これで間違いないですか?」

気持ちが昂り、身ぶり手ぶりも交えて夢中で話した。チェネリは私の言葉をひと言も聞き漏らさないよう耳をそば立て、私の仕草を一つ残らず目で追った。ポーリーンがいたはずの場所を指差すと、ハッとした様子ですばやくその方向に目を向けた。まるで今にも扉が開いてポーリーンが入ってくると思ったかのようだ。チェネリは私の説明が正しいことを否定しなかった。

私はチェネリが落ち着くのを待った。死人のように真っ青な顔で、息も絶え絶えにあえいでいる。一瞬、このまま力尽きるのではないかと思った。ワインを一杯グラスに注いでやった。彼は震える手でグラスを取り、ごくりと飲んだ。

「殺された男の名前を教えてください」私はもう一度訊いた。「その男とポーリーンはどんな関係だったのですか?」

ようやくチェネリは口を開いた。「それを訊くために、わざわざここまでやってきたのですか?

ポーリーンに訊けばいいでしょう。ポーリーンは快復したのですね。でなければ、あなたがあのことを知っているはずがない」

「ポーリーンからは何も聞いていません」

「それはあり得ない。あの子があなたに話したに違いありません。他には誰も、あの事件を――あの殺人を――見た者はいないのですから。ええ、紛れもなくあれは殺人でした」

「あの場には、先ほど述べた人物のほかに、もう一人いたはずです」

　チェネリはぎくりとした様子で私の顔を見つめた。

「確かに、偶然そこに居合わせた人物がいました。耳は聞こえるが、目は見えない男です。私はその男の命を助けるよう、まるで自分の命乞いでもするように他の者たちを説得しました」

「救ってもらったことを感謝しています」

「感謝しているだって！　なぜあなたが感謝するのですか？」

「命を救ったとおっしゃったが、救われたのは私です。私があのときの男なのです」

「あなたがあのときの？」彼は私の顔をまじまじと見つめた。「ああ、そうだったのか。今、顔を思い出しました。ずっと、あなたの顔には見覚えがあるような気がしていたのです。私は医者ですので、これでわかりました。目の手術を受けたのですね？」

「そうです。手術は成功しました」

「今はよく見える。だが、あのときは？　見誤るはずはない。あなたは目が見えなかった。だから何も見なかったはずです」

「何も見ませんでした。しかし音はすべて聞きました」

「そしてポーリーンが状況を話したのですね？」

「ポーリーンからは何も聞いていません」

チェネリは立ち上がり、ひどく興奮した様子で部屋を行ったり来たりした。動くたびに鎖がガチャガチャ音を立てた。「わかっていたんだ」彼はイタリア語でつぶやいた。「あの犯罪を隠し通せるはずはないと」

それからチェネリは私のほうを向いた。「どうやってあのことを知ったのですか？　テレーザは死ぬまで話すはずがない。ペトロフは、さっき言ったとおり、わけのわからないことを口走りながら死にました」

なるほど、ペトロフというのがあの三人目の男で、マカリが密告者だとチェネリに伝えた囚人仲間なのだろう。

「マカリが、あの札つきの裏切り者が話したのですか？　それはないな。あいつが殺したんだから、それを認めたら身の破滅だ。どうやって知ったのですか？」

「話してもいいのですが、きっと信じてもらえないでしょう」

「信じないだって？」チェネリは興奮して声を張り上げた。「あの夜に関することなら何でも信じます。あのことはずっと頭から離れなかった。こうして囚われの身になって、ようやく真実を悟りました。私は政治的な罪のために罰せられているのではない。あの犯罪に対して神が暗黙のうちに私を裁いたのです」

チェネリがマカリほど冷酷な人間ではないのは確かだ。少なくとも彼には良心がある。神秘的な現象を信じているようだから、どうやって事件現場の様子を正確に知ったかを話しても、信じてもらえるかもしれない。

「お話ししましょう」私は言った。「ただし条件があります。あなたの名誉に賭けて、あの恐ろしい犯罪の詳細を話してくれますね。私の質問に対して真実を余すところなく答えると誓ってくれますね。そう約束してもらえるならお話しします」

チェネリは苦笑した。「私の立場をお忘れですよ、ミスター・ヴォーン。もはや賭けるような名誉などありません。ですが、どんな質問にでも答えると約束します」

そこで私は、できるだけ簡潔にあのとき起こったこと、あのとき見たことのすべてを話した。幻影で見た恐ろしい場面を話しだすと、彼は身を震わせた。

「そこはやめてください」チェネリは言った。「知っていることばかりですから。何千回もあの場面を夢で見ました。この先もあの場面が心から消えることはないでしょう。しかし、なぜここに来たのですか？　ポーリーンが理性を取り戻しているなら、あの子に訊けば何もかも話すでしょう」

「あなたに会うまでは、ポーリーンには何も訊かないことにしたのです。妻は理性を取り戻しましたが、私のことは他人だと思っています。もしもあなたの答えが私の望むものでなかったら、彼女とは二度と会わないと決めたのです」

「罪滅ぼしに何かできることがあるなら――――」チェネリは力を込めて言いかけた。

「真実を話してくれるだけでいいのです。私はあの人殺しに、あなたの共犯者に、あの犯罪について問いただしました。あなたと同じように、彼も殺人については否定しようがありませんでした。しかし正当な理由があると言い張ったのです」

「どんな理由があると？」彼はあえぐように言った。

私はしばらく何も答えなかった。彼をじっと見すえ、どんな表情の変化も見逃すまいとした。言葉よりも心の中を読み取ろうとしたのだ。

「マカリは、あの若い男をあなたの命令で殺したと言ったのです。殺された男は――口にするのも不快ですが――ポーリーンの愛人だった、あの男は彼女の名誉を汚(けが)したうえに、過ちの責任を取ろうとしなかった、と言ったのです。どうか真実を、真実を教えてください！」

最後はほとんど叫び声になっていた。あのならず者が、嘲笑を浮かべながらポーリーンの名を辱(はずかし)めたのだと思うと冷静ではいられなかった。

反対にチェネリのほうは、私の質問の意図がわかるにつれて落ち着きを取り戻していった。この男は、悪人かもしれないし、罪のない人の血で自らの手を汚(けが)したかもしれないが、私はチェネリを抱きしめたい衝動に駆られた。怪訝そうな彼の目を見て、悪意に満ちたマカリの嘘がまったく根拠のないものだとわかったからだ。

「あの若い男は、マカリに短剣で刺し殺されたあの青年は、ポーリーンの兄、私の妹の息子――アンソニー・マーチです！」

第十三章　告白

チェネリはこの驚くべき事実を告げると、やせ細った両腕を粗末なテーブルの上に投げ出し、絶望したように突っ伏した。私は呆然として、「ポーリーンの兄！　アンソニー・マーチ！」と繰り返すばかりだった。悪意に満ちた嘘の痕跡は頭からすっかり消えた。だが、チェネリがかかわった犯罪のおぞましさはさらに増したように感じられた。私が思っていたよりも忌むべき殺人だったのだ。被害者が近親者だったとは！　自分の妹の息子だったとは！　どんなに弁解しても、この犯罪が正当化されることはない。自分が計画していなくても、命令していなくても、チェネリはあの場にいたのだ。しかも殺害の痕跡を消し去るのを助け、甥を刺し殺した男とつい最近まで親しくつきあっていた。私は目の前にいる見下げ果てた卑劣漢に対する嫌悪と侮蔑の情を抑えられなかった。込み上げてくる怒りのあまり、なぜこのような冷酷な殺人を犯したのか、順序立てて訊くことはできそうになかった。だが、今回は何がなんでも、すべてを明らかにしてもらわなければならない。

なんとか質問の口火を切ろうとしたが、その必要はなかった。囚人は顔を上げ、惨めったらしい目つきで私を見つめて言った。

「呆れ果てていますね。無理もありません。ですが私は、あなたが思っているほどひどい罪を犯したわけではないのです」

「とにかく洗いざらい話してください。弁解はそれからでいい。正当化できる言い訳があるならですが」

感情に任せ、軽蔑をにじませた容赦のない口調になっていた。

「手を下した人間には、弁解の余地はありません。しかし神に誓って言いますが、私はあの快活な青年を殺すつもりなどありませんでした。甥は祖国を見捨てて顧みることもなかったのですが、それを咎(とが)めることはしませんでした」

「祖国ですって！　彼の父親はイギリスが祖国ですよ！」

「母親の祖国はイタリアです」チェネリは声を高めてきっぱりと言った。「あの子には私たちイタリア人の血が流れています。母親は真のイタリア人でした。妹はイタリアのためなら、財産も、命も、名誉でさえも投げ出していたでしょう」

「そんなことはどうでもいい。その忌まわしいいきさつを残らず話してください」

チェネリは話しだした。悔悛の情が顕著な男に対する配慮から、ここで内容を再現するにあたっては、彼自身の語り口では記さないことにする。そのほうが冷静に淡々と話したように感じられるだろう。彼は犯罪者ではあったが、私が想像したほどの悪人ではなかった。彼の最大の過ちは、共和制を実現するという大義のもとでは、どんな武器を使おうと、どんな罪を犯そうと、すべて許されると考えたことだ。私たちイギリス人は、専制や圧政というのは市民権の行使が禁じられた状態だと考えているので、チェネリのような考えの人間に理解を示すことも、共感することもない。私たちは各々がホイッグ党かトーリー党を支持し、支持する政党が与党であればそのときの政権を擁護し、野党であれば糾弾する。我が国は、君主制を維持しながらも、国民の中から選挙で選ばれた政治家によって統治されている。長いあいだ外国に支配されれば、チェネリが唱える愛国心がどんなものなのか理解できるようになるのかもしれないが。

チェネリと妹は、恵まれた中産階級の家で生まれ育った。マカリが言ったような貴族ではなかった。チェネリは申し分のない教育を受け、医師を職業として選んだ。妹は非常に美しい女性で、その美貌はポーリーンに受け継がれたが、ごく普通のイタリア人女性らしい生き方をしていた。といっても、多くのイタリア人女性よりかなり地味な生活を送っていたかもしれない。兄にならって、白い軍服の敵国人がイタリアを支配しているうちは、浮ついた楽しみに加わろうとしなかったからだ。もし彼女の前に愛する男性が出現しなかったら、ずっと祖国の状況を憂える生活をしていたに違いない。そこに、マーチというイギリス人男性が現われた。彼は美しいイタリア娘を見初め、彼女の愛を勝ち取って妻にし、意気揚々と生まれ故郷へ連れて帰った。チェネリは妹が祖国を捨ててイタリアから出ていったことを決して心からは許さなかった。しかし、結婚によって彼女の前に大きな展望が開けたので、あえて反対はしなかった。マーチはとても裕福な男だった。彼は一人息子で父親も一人息子だったので、チェネリが知るかぎり、ポーリーンには父方の近い親族はいなかった。何年かのあいだ若い夫と黒い瞳の美しい妻は、このうえなく幸せな結婚生活を送った。二人の子供――息子と娘が生まれた。息子が十二歳で娘が十歳のときに父親がこの世を去った。寡婦となった母親はイギリスには親しい友人がいなかったし、夫の祖国ということでイギリスを愛していたに過ぎなかったので、すぐにイタリアへ帰ってきた。彼女の帰国は旧知の人々からを大いに歓迎された。彼女は信じられないほど裕福だった。亡夫は結婚後すぐに、愛情のおもむくまま、全財産を無条件で妻に相続させるという遺言書を作っていたのだ。子供が生まれても、妻に全幅の信頼を置いていたので、遺言書を書き換えることはなかった。莫大な財産を自由にできるマーチ夫人は、どこに行ってもうやうやしく対応され、誰もが彼女と親しくなろうとした。

彼女は、夫となる男性と出会うまでは、この世の誰よりも兄を愛していた。兄にならって愛国主義を唱え、計略をめぐらす兄に共感し、常に企てられている大胆な策謀に耳を傾けていた。妹がイタリアに戻ったとき、数歳年上の兄は、物静かで勤勉な稼ぎの少ない医師にしか見えなかった。一途に夢を追い続ける野心に満ちた若者だった兄の変わりように、妹は戸惑った。やがてチェネリは、妹が祖国を見捨てていないと確信が持てると、初めて自分の真の姿を妹に見せた。平凡な医師を装っていたが、イタリアの解放を目指す人々とともに、もっとも先鋭的な活動家として辣腕をふるっていたのだ。チェネリは昔の活気あふれる姿を妹の前にさらけだした。妹は兄を尊敬していた。崇拝していたと言ってもいい。彼女もまた、いざというときにはどんな犠牲でも払う覚悟だった。

妹が兄たちから助けを求められたら、どこまで支援したかは定かでないが、間違いなく言えることは、自分の財産も子供たちの財産も惜しみなく大義のために使っただろうということだ。しかし機が熟す前に妹はこの世を去った。彼女は死を迎えるにあたって、あとのことは信頼する兄の手に委ね、兄一人が子供たちの財産管理者となった。彼女は死の間際に、亡き夫が根っからのイギリス人気質だったことを思い起こし、息子も娘もイギリスの教育を受けさせるよう兄に約束させた。妹は永遠の眠りにつき、両親を亡くした二人の子供は財産管理者である伯父の手に託された。

チェネリは妹の遺言をそのとおりに実行した。アンソニーとポーリーンはイギリスの学校で学んだ。だが、父の故国には親しい友人がほとんどいなかったし、数少ない友人も母が寡婦になってからは疎遠になっていたので、子供たちは休暇をイタリアで過ごした。その結果、二人はイギリス人としても育ったが、イタリア人としても育った。チェネリは二人の財産が減らないよう投資にまわし、細心の注意を払って堅実に運用した。彼が申し分なく誠実に対応したことは疑う余地がない。

やがて待ちに待った機会が訪れた。支配者に強烈な一撃を与える時が来たのだ。これまでの小さな計画は失敗に終わったが、そうした計画にチェネリはかかわっていなかった。だが今こそ、祖国のためにやれることは何でもやるべきだと思い立ち、同志を喜んで迎え入れた。チェネリは、ガリバルディが抑圧された祖国の救世主になると確信していた。すでに最初の計画が時機を逸することなく実行され、成功を収めていた。来たるべき時は間近に迫り、ガリバルディも準備を整えていた。戦闘に加わろうと数千人の志願兵が戦場に集結したが、今必要なのは「金、金、金だ！」と誰もが叫んでいた。兵器や弾薬のための金——軍需物資、糧食、戦闘服のための金——賄賂のための金——あらゆることに金が求められた。軍資金を出した者こそが、真の祖国解放者なのだ！

何も躊躇することはない。妹は祖国のために命を捧げるつもりだったのだから、生きていたら全財産を惜しげもなく提供していたはずだ。子供たちだって半分はイタリア人だ。自由を勝ち取るためなら、子供たちの信頼を裏切ることなど些細なことだ。

数千ポンドは別にしておいたが、彼は子供たちが相続する財産のすべてをためらうことなく現金に換え、求められるままに際限なくガリバルディの部隊に注ぎ込んだ。いちばん必要とされる状況で、莫大な軍資金をまとめて提供したのだ。私の時宜を得た支援によってイタリアは解放された、とチェネリは胸を張った。きっとそうなのだろう。そうではないと誰が言えるだろうか？

しばらく経って、チェネリが水面下で多大の貢献をしたことに対し、イタリア政府から称号と勲章を与えたいという申し出があった。チェネリがすべての報奨を辞退したと聞いて、私はこの男を見直した。彼の良心が、軍資金は自分の金ではなかった、と己に言い聞かせたのかもしれない。いずれにしても彼は、そのあとも市井の医師ドクター・チェネリとして過ごしていたが、イタリアが共和国ではなく君主国になると知った時点でガリバルディのもとを去り、同志とも決別した。

先に述べたように、彼は遺産の数千ポンドは使わずにおいた。甥と姪はまだ成人になっていなかったので、いくら愛国者だといっても、甥と姪に教育を受けさせ、自立した生活を始めるだけの資金は残しておくべきだと思ったからだ。ポーリーンは美しい女性に成長しそうだったので、将来のことはあまり心配しなかった。いずれ裕福な夫が暮らしを支えてくれるだろう。だが、向こう気が強く血気盛んな青年になりつつあるアンソニーは心配の種だった。

チェネリは、アンソニーが成人したら、ただちに財産の使い込みのことを、金がどのように使われたかを、洗いざらい話して許しを請うつもりだった。必要なら不正流用の罰を受ける覚悟もしていた。それでも財産が残っているあいだは、それを先延ばしにしていた。甥は、伯父が唱える社会変革の計画にも自由を求める活動にも共感することはなかったが、伯父の誠実さには信頼を寄せていた。貯蓄によって利子が利子を生み、莫大な額に膨れ上っているはずの財産を、成人になったら自分が相続すると信じきっていた。アンソニーは金をありとあらゆることに浪費していた。やがてチェネリは、子供たちの貯蓄が底を尽きかけていることに気づいた。

だが彼は、アンソニーの求めに応じて支払える金が手元にあるうちは、苦渋の告白をする運命の日を先延ばしにしていた。のちにマカリが私に提案したように、チェネリも提供した資金の一部を返還してもらうようイタリア政府に訴え出ようと考えた。だがそうするためには、アンソニーに事情を話さなければならない。政府には彼の名前で申し出る必要があったからだ。

甥に打ち明けなければならない日が近づくにつれ、チェネリはしだいに恐怖に襲われるようになった。アンソニーの性格を考えると、真実を知ったとたん、不正をした財産管理人を告発するだろう。そうなれば自分は犯した罪に見合った懲役刑を言い渡される。チェネリにはそうとしか考えられなかった。イギリスの法律が彼を裁くことができなければ、イタリアの法律によって裁かれるだろう。これまでチェネリは、愛国心という大義によって許される罪のほかには、どんな罪も犯していなかった。だがこのとき彼は、刑罰から逃れたいという思いが強くなり、自分が行なった不正行為の結果から逃れようと決意をかためた。

チェネリは、甥と姪にそれほど強く愛情を感じていたわけではなかった。いずれ二人は、無辜（むこ）の被害者として自分に返済を求めてくるに違いないと思っていた。彼らは父親によく似た性格だったので、チェネリは二人にあまり親しみを覚えていなかった。アンソニーの浮ついた享楽的な暮らしぶり、志もなく大望もいだいていない生き方を自分の生き方と比べて軽蔑していた。チェネリは心の底から、自分が世のためになることをしていると信じていた。自分の計画や策謀は、世界が自由になる歩みを早めるものであると信じて疑わなかった。チェネリが属する秘密結社で、彼はかなりの重要人物と目されていた。もし自分の身が破滅し、牢につながれれば、仲間は途方に暮れてしまう。自分の高邁な目的と甥の軽薄な生き方を天秤にかける権利が自分にはあるのではないか？

そう考えてチェネリは自分自身を納得させた。自由を求める世界中の人々のために自分の身を守るのなら、何をしても許されるはずだ！

アンソニー・マーチは二十二歳になっていた。伯父を信頼し、気ままに暮らしていた。求めたものが手に入るかぎりは、財産相続の手続きを先延ばしする言い訳を聞かされても黙って受け入れていた。

ところが、伯父を疑うようになる出来事があったかどうかは定かでないが、最近になって態度を変え、今すぐ財産を渡すよう要求してきた。チェネリは、そのときかかわっていた計画のためにしばらくイギリスで過ごさなければならなかったので、ロンドンにいるあいだに詳しく説明すると言って甥をなだめた。

実際は、すぐにでも説明しなければならない状況だった。アンソニーが切った直近の小切手によって、父親の残した財産はほとんど底をついていたからだ。

ところでマカリは、この件にどうかかわっていたのだろうか？　マカリは何年ものあいだ、チェネリにとって役に立つ信頼できる活動家だった。しかしチェネリのように高邁で無私無欲の理想をいだいていたわけではなさそうだった。金になるかもしれないという理由で策謀家という仕事を選んだのかもしれない。とはいえ、マカリが戦場で勇敢に戦って名を上げたことは紛れもない事実のようだ。だがそれも、彼の凶暴性によるものと考えられていた。マカリの生来の性格が、どんな戦闘にでも彼を駆り立てたのだろう。

チェネリはその頃、拠点となる家を頻繁に変えていたが、チェネリの計画すべてにかかわっていたマカリは、どの家であろうと足繁く訪ねてきて、何度もポーリーンと顔を合わせていた。ポーリーンがまだ少女だった頃にマカリは彼女に恋心をいだき、あらゆる手を尽くして彼女の心を射止めようとした。ポーリーンに対する態度は穏やかで優しかった。ポーリーンは、マカリを信頼しない理由はなかったが、愛に応えることはきっぱり拒んだ。求愛は時間を置きながら何年も続いた。一途な愛であったことは、彼の名誉のためにも認めざるを得ないだろう。ポーリーンはその都度、彼の望みはかなわないと伝えたが、マカリは何度断られてもまた挑んでくるのだった。

チェネリはマカリの求愛を後押しはしなかった。しかしマカリの気分を害したくはなかったので、ポーリーンがかたくなに拒んでいるのを見て、成り行きに任せることにした。いずれマカリも拒否されることにうんざりするだろうと思ったのだ。マカリが、ポーリーンの相続する遺産目当てにプロポーズしているとは思えなかった。チェネリが愛国的な活動に莫大な資金を注ぎ込んでいることを知っていたし、その金がどこから出ているのか察していたはずだ。

ポーリーンは十八歳近くまでイギリスの学校に通い、そのあとの二年間は伯父と一緒にイタリアで暮らした。ポーリーンにとっては退屈な暮らしだったらしく、ため息をつきながら、イギリスに戻りたいと口に出して言うこともあった。兄とは滅多に会わなかったが、兄を心の底から慕っていた。あるときチェネリが、仕事でしばらくロンドンに滞在するので一緒に来ないかと言うと、ポーリーンはとても喜んだ。マカリのしつこい求愛に辟易(へきえき)していたし、それ以上に兄と会いたかったからだ。

チェネリは、活動を共にするたくさんの仲間が、昼夜を問わずいつでも訪ねてこられるように家具つきの家を短期で借りた。最初に訪ねてきた仲間の中にマカリがいたので、ポーリーンは眉をひそめた。だが、チェネリにとってマカリはどうしても必要な人物だったため、しばらくのあいだマカリはチェネリたちとホレス通りの家で暮らすことになった。チェネリの家政婦のテレーザも一緒に住むことになり、ポーリーンの生活が大きく変わることはなかった。

マカリは相変わらずポーリーンにしつこく言い寄ったが、願いはかなわなかった。とうとうマカリは我慢の限界に達し、アンソニーを味方に引き込もうという的はずれな計画を立てた。ポーリーンは兄を心から慕っているから、兄が望めば彼女もその気になるのではないかと考えたのだ。マカリはアンソニーとは特に親しくなかったが、以前貸しをつくっておいたので、協力を求めてもいいのではないかと思いついたのだろう。兄と妹に金がないことも知っていて、なおさらそうすることに迷いはなかった。

マカリはアンソニーを訪ね、自分の願いを話した。アンソニーはプライドが高く尊大で、決して感じのいい青年とは言えなかった。マカリの呆れた頼みごとを笑い飛ばし、さっさと帰れと言った。その笑いがどんなに高くつくことになるか、そのときのアンソニーは知る由もなかった。

マカリが怒り狂って立ち去るとき、腹いせにアンソニーの財産が危ういことを本人に知らせたのかもしれない。いずれにしてもアンソニーは伯父に手紙を書き、すぐに財産相続の手続きをするよう求めた。手続きが少しでも遅れれば弁護士に相談し、必要なら財産管理者を刑事告発すると伝えた。

チェネリが長いあいだ恐れ、ずっと先延ばしにしてきた瞬間が訪れたのだ。チェネリは罪の告白を自ら進んでしようと思っていたのだが、今となっては否応なく白状しなければならなくなった。

イタリアとイギリスのどちらの法律に従うのかはわからなかったが、アンソニーがただちに、チェネリの逮捕と勾留を求める手立てを講じるのは明らかだった。勾留されれば、たとえ短いあいだであっても、自分が今かかわっている計画は立ち行かなくなってしまう。どんな犠牲を払ってでもアンソニー・マーチをしばらく黙らせなければならない。

アンソニーをあんな残忍な手段で黙らせるつもりはなかった、とチェネリは、死の床にある人間のように厳粛な面持ちで言った。彼はさまざまな計画を思いめぐらせた末に、実行するのはきわめて難しく、かなりの危険が伴うものの、成功すれば目的を果たせる確率が高いと思える案を採用することにした。その計画とは、仲間や部下に手伝わせてアンソニーを外国に連れ出し、何カ月か精神科の療養所に入院させるというものだった。一時的に閉じ込めるだけのつもりだった、とチェネリは言った。私に告白したのはそこまでだが、本当のところは、財産の不正流用を許すと約束すれば自由にする、とアンソニーに持ちかけるつもりだったと考えても見当違いではないだろう。

いよいよこの差し迫った計画を実行する時がきた。マカリは侮辱されたことに対し、いつか仕返しすると心に決めていたので、どんな計画にでも協力する気でいた。頬に傷跡のあるペトロフはチェネリの指示には何でも従う男だし、家政婦のテレーザは主人の命令であればどんな犯罪に手を染めることも厭わなかった。必要な書類は入手するか、偽造すればいい。アンソニーをホレス通りの家におびき寄せ、医師と看護人に付き添われた精神科の患者として、ホレス通りの家から送り出す手筈になっていた。卑劣な裏切り行為だった。アンソニーをイタリアに連れ出さなければならない計画だったため、成功するかどうかはかなり疑わしかった。チェネリはどうやるつもりだったか具体的には説明しなかった。細かなところまでは詰めていなかったのかもしれない。薬を飲ませるつもりだったのかもしれない。アンソニーが自分の財産がどうなっているかを知れば、半狂乱になり、狂人のように見えるだろうと踏んでいたのかもしれない。

まずやるべきことは、計画の実行に適した時間にアンソニーをホレス通りの家におびき寄せることだ。チェネリは準備を整え、仲間たちに指示を与えてから、甥に手紙を書き、その夜ホレス通りの家に来て財産の説明を聞くよう伝えた。

思っていたよりもアンソニーは、伯父とその仲間を信用していなかったようだ。彼は断りの返事を寄こし、伯父のほうが自分の家に来るようにと言ってきた。そこでマカリの提案で、何も知らないポーリーンにホレス通りの家へ兄を呼び出させることにした。チェネリは会う場所はどこでもよいというふうを装い、今は忙しいから一日か二日、会うのを遅らせてほしいとアンソニーに伝えた。ポーリーンには明日の夜は仕事で帰りが遅くなると告げ、いい機会だから兄と一緒に過ごしてはどうか、自分のいないあいだ兄をここに呼んではどうかと勧めた。さらに、自分もアンソニーに会いたいから、帰宅するまで引き留めておくよう言い添えた。

ポーリーンは何も疑わず、兄に手紙を書き、夜遅くまで自分一人で過ごしているから家に訪ねてきてほしい、よければどこかに遊びに連れていってほしいと頼んだ。二人は一緒に芝居を見に行き、アンソニーがポーリーンをホレス通りの家に連れ帰ったのは十二時頃だった。ポーリーンはもうしばらく一緒にいてくれるよう兄に頼んだ。おそらくアンソニーはそうはしたくなかったはずだ。そのあとの展開はポーリーンに強い衝撃を与えた。さらには、自分が引き留めたためにアンソニーを死に至らしめたと知り、彼女の衝撃は測りしれないものになった。

兄と妹はしばらく二人で家にいた。やがてチェネリと二人の仲間が現われた。アンソニーは快く思わない様子だったが、それでも愛想よく伯父に挨拶した。マカリには挨拶もしなかった。

ポーリーンの目の前でアンソニーに暴力を振るったり、体を縛り上げたりするようなことは、チェネリの計画には入っていなかった。何をするにしても、アンソニーが帰る直前に実行するつもりだった。玄関口で取り押さえ、地下室に連れ込む。必要なら口をふさぐ。ポーリーンは何も気づかないだろう。翌日にはポーリーンをチェネリの友人の家に行かせる手筈を整えてある。ポーリーンはその家でしばらく過ごし、伯父と仲間の者たちが急に立ち去った理由も知ることはない。

「ポーリーン」チェネリは言った。「もう休んだほうがいい。アンソニーと私は少し話があるんだ」

「兄さんが帰るまで起きてます」ポーリーンは言った。「でも、二人でお話しするのでしたら、私は奥の部屋に行ってます」

そう言って、ポーリーンは折戸の奥の部屋に行き、ピアノの前に座ってピアノを弾きながら、気晴らしに歌を口ずさみはじめた。

「今夜はもうこんな時間ですから、難しい話はやめましょう」妹が部屋を出ていくと、アンソニーはそう言った。

「いや、いい機会だから話しておきたいんだ。明日にはイギリスを発たなければならないのでね」

アンソニーは、何の説明もないまま伯父に逃げられてはたまらないと思ったらしく、椅子に座り直した。

「わかりました」アンソニーは言った。「でも、部外者が同席する必要はありません」

「部外者ではない。私の仲間だ。今から話すことが事実だと裏づけてくれるだろう」

「個人的な問題をこんな男がいる所で話し合うつもりはありません」アンソニーはマカリを小馬鹿にするような身ぶりをした。

チェネリとアンソニーは低い声で話していた。ポーリーンがさほど遠くないところにいるので心配させたくなかったのだ。少しでも声を荒らげれば、言い争いになりそうな印象を与えてしまう。だがマカリは、アンソニーの言葉と身ぶりに気づき、怒りに燃えた目でアンソニーのほうに身を乗り出した。

「何日かしたら――」マカリは言った。「このあいだ差し出すのを拒んだ贈り物を、喜んで進呈する気になるかもしれないぞ」

チェネリは、マカリがそう言いながら右手を上着の胸元に入れているのに気づいた。だが、マカリはそういう仕草をよくしていたので、別に気にも留めなかった。

アンソニーはマカリに返事をしなかった。軽蔑しきった態度でマカリから顔をそむけた。その態度がマカリを激昂させ我を忘れさせたに違いない。

「話し合う前に言っておきますが――」アンソニーは伯父に言った。「今後は、私がポーリーンの保護者になります。妹も妹の財産も、品性下劣なイタリア人の山師の――あなたの仲間のこんな男の――餌食にさせたくありませんので」

それが不運な青年の最期の言葉となった。マカリはアンソニーのほうに一歩踏み出した。怒りの唸り声を立てることもなかったし、罵(ののし)りの言葉を吐くこともなかった。そうしていれば、被害者も危険を察知できたかもしれない。隠し持った細長い鋼(はがね)がマカリの右手に握られ、きらりと光った。それを見たアンソニーは椅子に身を預けて攻撃をかわそうとした。マカリの頑丈な腕が渾身の力でそれを振り下ろした。短剣の刃先は鎖骨の下に突き刺さり、心臓を貫き、アンソニー・マーチを永遠に黙らせた。

アンソニーが倒れかかった瞬間、ポーリーンの歌声がやみ、恐怖の叫びが部屋中に響いた。ピアノの前に座っていた彼女はその瞬間を見ていたのだ。その情景が、彼女から理性を奪ったのも不思議ではない。

マカリは被害者を見下ろして立っていた。チェネリは呆然としていた。目の前で殺人が行われ、一瞬にして彼の無謀とも思える計画をないものにした。冷静だったのはペトロフ一人だけだった。なんとしてもポーリーンを黙らせなければならない。彼女の叫び声が近所に聞こえたら大騒ぎになるだろう。ペトロフは駆け寄って彼女の頭に大きなウールのソファカバーをかぶせ、ソファに座らせて押さえつけた。

そのとき、私が無我夢中で部屋に飛び込んできた――盲目で無力だったが、今にして思えば、私は天罰を下す使者だったのだ。

冷酷なマカリでさえ私の出現にはたじろいだ。チェネリは自己保身の本能に従い、拳銃を取り出して撃鉄を起こした。慈悲を乞う私の必死の訴えに耳を傾けたのも、私の命を救ったのも自分だ、とチェネリは得意そうに言った。

マカリは自分を取り戻すとすぐに、この男もアンソニー・マーチと同じ運命をたどるべきだと言い張り、私の命を奪おうとふたたび短剣を振りかざした。この新たな展開のせいで、ペトロフはポーリーンから離れ、転倒した私に覆いかぶさった。チェネリは短剣を振り払って私の命を救った。彼は私の目を入念に調べ、私の言っていることに間違いはないと請けあった。言い争いをしている暇はなかった。これ以上の殺人を犯すべきでないとチェネリは主張した。

ペトロフもチェネリに賛成した。マカリも最後はしぶしぶチェネリに従ったが、すでに述べたような方法で私を追い払うことを条件にした。もしあのとき麻酔薬が手元にあったら、すぐにでも眠らされていたはずだ。実際には、何も知らずに眠っていた老家政婦が起こされ、必要な薬を探しに行かされた。共犯者たちは私から目を離さず、その場に私を座らせておいた。そこで私はすべての動きを耳にしたのだった。

なぜチェネリは殺人を警察に訴え出なかったのだろう？　なぜ事後従犯になってしまう道を選んだのだろう？　推測するしかないが、本当はもっと性質（たち）の悪い人間なのかもしれない。あるいはこの件にかかわることになった経緯を知られるのを怖れたのかもしれない。なんといっても悪質な犯罪を実行しようとしていたのだ。それに加えて、財産流用の事実が明るみに出れば、どんな陪審員も無罪の評決は下さないだろう。あるいはチェネリもペトロフも人の命を軽く見ていたのかもしれない。二人の手はすでに政治的な暗殺によって汚れていた。裁判になったら勝てる見込みはないと思い、マカリと運命を共にすることにしたのかもしれない。いずれにせよ、調べられても何も出ないように、ただちに犯罪の痕跡を消す作業に取りかかった。それからの三人は、罪の重さに大差のない共犯者となった。

同じ船に乗り合わせることになった三人は、成功をほとんど疑わなかった。テレーザのことは信用するしかなかったが、心配はしていなかった。チェネリに忠実な彼女は、彼の命令とあらば、一ダースの殺人事件にだって協力しただろう。まずは闖入者を追い出さなければならない。チェネリは、私をマカリの手に任せるのは危ないと思い、ペトロフに命じ、外に出て遅い時間に流している辻馬車をつかまえさせた。ペトロフは御者に報酬をはずみ、一時間半の約束で馬車を借り、まだ暗かったので、意識を失っている私を誰にも見られずに馬車に運び込んだ。

それからペトロフは馬車を走らせ、ホレス通りの家から遠く離れた道路に私を横たえ、馬車を御者に返して仲間のもとに戻った。

ポーリーンはどうなったのだろう？　うめき声はしだいに小さくなり、気を失って、死んだようにソファに横たわっていた。共犯者たちにとっていちばん危険な存在はポーリーンだった。しかし彼女が意識を取り戻すまでは手の打ちようがなく、部屋に運んでテレーザに世話をさせるしかなかった。目覚めたら、彼女をどうするか決めなければならない。

差し迫った問題は、殺された男の死体をどうやって始末するかだ。あらゆる方法が話し合われ、最終的に一つに絞られた。もはや何も怖れることはなかった。一か八かやってみるしかない。大胆な方法だったが、だからこそ成功したのだろう。

　朝早く、一通の手紙をアンソニーの下宿に届けさせた。前夜、ミスター・マーチは重い病気にかかり、しばらく伯父の家で療養するという内容だった。こうしておけば下宿先からアンソニーの消息を尋ねられることはない。その間に、できるだけ慎重に哀れな青年の遺体を埋葬する準備を整え、自然死を装うようにした。医師の死亡証明書を偽造した。どうやって証明書の用紙を入手したのか、チェネリは私に言わなかった。彼に用紙を渡した人物は使用目的をいっさい知らされなかった。翌日の夜、葬儀屋に棺とそれを収めるモミ材の搬送箱を届けさせた。チェネリの立ち会いのもとに、遺体は身一つで棺に納められた。通常なら一緒に棺に納めるはずの身のまわりの品はなかった。埋葬のため外国に移送するまでの一時的な措置だと説明された。葬儀屋は驚いたようだったが、法外な料金を受け取っていたので何も言わなかった。偽造した証明書のおかげでしかるべき手続きも済み、二日後には喪服に身を包んだ三人の男が、被害者の遺体とともにイタリアに向かった。行く手をはばむものは何もない。彼らの様子にも箱の状態にも疑わしいところはなかった。棺はアンソニーの母親が亡くなった町に運ばれ、母親の隣に埋葬された。墓石にはアンソニーの名と死亡の日付が刻まれた。彼らはこれでひと安心と胸をなで下ろした。残るはポーリーンだけだ。

　しかしポーリーンも脅威にならなかった。ようやくポーリーンは意識を取り戻したが、その様子はテレーザでさえおかしいと感じるほどだった。ポーリーンは目撃した情景について何も話さなかった。質問もしなかった。頭から過去が消えたのだ。テレーザは命じられたとおり、大急ぎでポーリーンをイタリアにいるチェネリのところに連れていった。チェネリは、マカリの犯行が兄の命を奪い、妹の理性を奪ったことを知った。

アンソニー・マーチの行方は捜索されることもなく、捜査の対象となることもなかった。大胆な計画を最後までやり抜くために、チェネリは、アンソニーの下宿にあったいくつかの所持品を仲間に取りに行かせ、下宿の人たちに、アンソニーは伯父の家で亡くなり、イタリアの母親の隣に埋葬されたと伝えさせた。しばらくは数少ない友人がアンソニーの死を悼んだが、それがすべてだった。盲目の男が騒ぎだしたという噂もなかった。言われたとおり口外しないようにしているのだろう。

何カ月か過ぎたが、ポーリーンの状態に変化はなかった。テレーザに世話されながらトリノで暮らしていた。そのとき私がサン・ジョヴァンニで二人を見かけたのだ。チェネリは住居を転々としていたので、ポーリーンと会うことは滅多になかった。チェネリの姿を見てポーリーンの心に辛い記憶が呼び戻されることはなかったが、チェネリのほうは姪の姿を見ると、忘れようとしている犯罪が思い出されて耐えられなかった。ポーリーンはイタリアでは幸せそうではなかった。頭に靄がかかった様子ながらもイギリスに帰りたがっているように見えた。チェネリのほうもポーリーンと顔を合わせたくなかったので、テレーザにポーリーンをロンドンに連れていかせることにした。そしてあの運命の日、二人は出発の準備をするためにトリノの街に出てきていた。マカリは、アンソニーの血で自分の手を汚したにもかかわらず、いまだにポーリーンを自分のものだと思っていて、チェネリから離れようとしなかった。ポーリーンの状態を知りながら、相変わらず結婚させてくれとチェネリに迫っていた。力づくで連れ去ると脅したこともあり、必ずポーリーンを自分のものにしてみせると公言してはばからなかった。彼女は何も覚えていないのだから、結婚してもなんの問題もないと言うのだ。

チェネリは卑劣な男かもしれないが、さすがにこれには尻込みした。できることならマカリとの関係をすっぱり断ちたいくらいだったが、二人は互いの秘密を知り過ぎていた。いかに残忍な殺人を犯したとしても、それを理由に別れることはできなかった。そこでチェネリは、ポーリーンをイギリスに送り出した。イギリスにいれば、マカリも手を出せないだろう。しばらくして私からポーリーンに結婚の申し込みがあった。これを認めれば、私が金銭的にもポーリーンの面倒をみることになり、姪は自分の手を完全に離れることになるし、マカリからも逃れられる。

そんないきさつで私たちの奇妙な結婚は成立した。チェネリはこの期に及んでも結婚に問題はなかったと主張した。ポーリーンが誰かを慕うようになったら——靄（もや）に包まれた心であっても思慕と呼べるような感情が芽生えたら——その感情はしだいに確固としたものになっていくはずだと言うのだ。

以上が、チェネリの言葉どおりではないが、彼が語った内容だ。私は知りたかったことをすべて知った。チェネリは自分をよく見せようといくぶん話を脚色したかもしれないが、暗い過去を何もかも率直に話してくれたのは間違いないだろう。チェネリに対して嫌悪と侮蔑を感じずにはいられなかったとはいえ、彼が真実を語ったと私は信じている。

第十四章　思い出したのか？

そろそろ面会を終える頃合いだった。あまりに長いので、丁寧な対応の大尉も一度ならず意味ありげな顔で部屋をのぞき込んだ。どれほど強力な後ろ盾があっても、限度があると言わんばかりだ。私としても面会をこれ以上長引かせるつもりはなかった。長旅の目的は果たされた。知るべきことはすべて知った。ポーリーンの過去も知った。あの犯罪についても余すことなく聞いた。目の前にいるのは、私に温情を求める立場の男ではない。たとえ助けたいと思っても、私には助ける手段がない。これ以上長引かせても何の意味もない。

それでも私はしばらくそこにとどまっていた。私が立ち上がり、用件が終わったと合図すれば、すぐさまこの囚人はあの反吐が出そうな監房に連れ戻される。そう思うと、言いようもなく胸が締めつけられた。二度と友人や知人の顔を見ることのないこの男にとって、私が引き留めているこの一瞬一瞬がかけがえのない時間なのだ。

チェネリは話し終えた。うなだれて座り、足元を見つめている。ボロをまとい、やつれ果て、絶望の淵にある惨めな男――この打ちひしがれた姿を目にして、咎める気にはなれなかった。私は黙って彼を見ていた。

やがて彼は口を開いた。「弁解の余地はないとお思いでしょうね、ミスター・ヴォーン？」

「当然です」私は言った。「私にとっては、あなたもあなたの仲間も同罪です」

チェネリは気だるそうに立ち上がった。「ポーリーンは快復すると思いますか?」

「思います。私が戻ったときにはほとんど快復しているでしょう」

「私の状況をポーリーンに話してもらえませんか? アンソニーの死がめぐりめぐって私をこんな状況に追いやったと知れば、少しは慰めになるかもしれません」

私はうなずいてそのせつない求めを受け入れた。

「もう戻らなければなりません」チェネリは身を震わせるようにしてそう言うと、疲れきった足を引きずりながらのろのろとドアへ向かった。

罪を犯した男ではあるが、何も声をかけずにこのまま行かせるのは忍びなかった。

「待ってください」私は言った。「あなたの待遇を少しでもよくするために、私にできることはありますか?」

彼はかすかに微笑んだ。「お金をいただけませんか。少しでいいのです。手元におけば、囚人なりにいくらかは贅沢なものが買えるかもしれません」

私は紙幣を数枚手渡した。彼はそれを身につけている服に隠した。

「もっと必要ですか?」私は訊いた。チェネリは首を振った。

「おそらく使う前に盗まれてしまうでしょう」

「誰かに預けておいて、あなたのために使うという方法はないのですか?」

「大尉に預ける手はあるかもしれません。もし大尉が心の温かい誠実な人なら、そのうちのいくらかは私の手元に届くかもしれません。いや、そうだとしても、必ずしも届くとはかぎりませんが」

私はそうすると約束した。彼の手に渡るかどうかはともかく、そうすることで少しは自分の気持ちが軽くなるだろうと思った。

「あなたはこれからどうなるのですか？　どこに連れていかれ、どのような暮らしをすることになるのですか？」

「シベリアの最果て、ネルチンスクまで連れていかれます。そこで他の者たちと一緒に鉱山に送られて働くことになるでしょう。そこまで、足に鎖をつけられて歩いていかなければなりません」

「なんともひどい話だ！」

チェネリは微笑んだ。「これまで受けた仕打ちに比べれば、私の前に開けている運命は楽園のようなものです。ロシアの法律に違反した者が望むことは、すぐにでもシベリアに送られることです。地獄から天国に行くようなものですから」

「どういうことでしょうか？」

「私のように、何カ月も裁判にかけられず、判決を下されないで勾留されれば、あなたにもわかると思います。光もなく、外気も入らず、動きまわる空間もない独房に閉じ込められるのです。隣の監房から、正気を失った囚人の叫ぶ声が聞こえてきます。独房への収監と過酷な処遇のせいで狂ってしまうのです。毎朝目覚めるたびに、〝私も日が落ちる前に気が変になってしまうだろう〟と思う。凍え、殴られ、飢え、仲間を裏切るように仕向けられる。死刑判決を待ち望むような精神状態に追い込まれる。そうしたことを経験すれば、ミスター・ヴォーン、シベリアの優しい厳しさが待ち遠しくなります」彼は生気を取り戻したように熱を帯びた調子で続けた。「これだけは断言できます。ヨーロッパの文明国の人々が、ロシアの監獄の恐ろしい実態の十分の一でも知れば、『有罪だろうと無罪だろうと、どんな人間にもそんなひどい苦痛を味わわせてはならない』と言うでしょう。そして全人類のために、そんな忌まわしい政府を地球上から抹殺しようとするはずです！」

「それにしても鉱山で二十年とは！　脱走できる見込みはないのですか？」

「脱走してどこへ行くのですか？　地図でネルチンスクがどこにあるか確かめてごらんなさい。脱走しても、山の中をさまよったあげく、野垂れ死にするか、現地の人間に殺されるのがおちです。シベリアで脱走するなどというのは小説の中だけのことですよ、ミスター・ヴォーン」

「では、死ぬまで奴隷のように働かなければならないのですか？」

「そうならないことを願っています。だいぶ前にシベリアの流刑囚について情報を集めたことがあったのですが、正直、そのときは社会の認識とあまりに違っていて、嘘ではないかと思いました。今となっては、私の調査が正しかったことを願うばかりです」

「では、扱いはそれほど悪くないのですね？」

「悪いことは悪いです。いつも横暴な小役人のなすがままなのですから。一年か二年は鉱山でこき使われるのは間違いありません。過酷な労働に耐えられるとは思えませんが、もし生き延びたら、監督している役人の目に留まり、重労働から解放されるかもしれません。どこかの町に住むことが許され、生活の糧（かて）を得られる可能性もあります。アジアロシアは医者が非常に不足していますから、私の専門スキルが役立つのではないかと期待しています」

同情するほどの価値もない男だが、私はチェネリの望みがかなうことを心から願った。しかしチェネリの姿を見るかぎり、鉱山での重労働に一年も耐えられまいと思った。

ドアが開き、ふたたび大尉が顔をのぞかせた。かなり苛立ちが募ってきているようだ。面会をこれ以上長引かせる理由はなかったので、もうすぐ終わると大尉に告げた。大尉はうなずいて顔を引っ込めた。

「他に私にできることがありますか？」私はチェネリに向き直って言った。

「ありません。いや、ちょっと待ってください、一つあります。マカリのことです。あの悪党も遅かれ早かれ報いを受けるでしょう。私は報いを受けました。マカリもいずれ同じように報いを受けるはずです。そのときが来たら、ひと言知らせてもらえませんか？　難しいお願いかもしれません。あなたに頼めるような立場でもありません。ですが、あなたにも関心のあることでしょう。私に知らせが届くようにしてもらえませんか。そのときまで生き延びていれば、少しは気持ちが晴れると思います」

返事を待たずにチェネリは足早にドアまで歩いていった。部屋を出ると、哨兵に付き添われながら監房に向かって歩を進めた。

監房の重い錠が開けられると、彼は立ち止まった。「さようなら、ミスター・ヴォーン、あなたをだましたのなら、ひと言私を許すと言ってもらえませんか。もう二度と会うことはないでしょうから」

「私に関するかぎり、あなたを許します」

チェネリは一瞬ためらってから、手を差し出した。扉が開き、いかにも悪人面（あくにんづら）の顔がいくつも目に飛び込んできた。囚人仲間が好奇と驚きの言葉なのか、何やら言っているのが聞こえてきた。不潔な人間のひしめきあう監房からよどんだ空気があふれ出てきて、悪臭が鼻をついた。立派な教育を受け、高い教養と洗練された嗜好を身につけた男が、こんな場所でこんな仲間と一緒に人生最期の日々を過ごす運命になろうとは！　なんと苛酷な罰なのだろう。

とはいっても、それも当然の報いだ。扉の前で手を差し出された瞬間、私は心の中でそうつぶやいた。この男は人殺しも同然なのだ。チェネリの運命に心から同情はしたものの手を握る気にはなれなかった。薄情かもしれないが、どうしてもできなかった。

彼は私が握手に応じないのを見て取った。恥辱を感じたせいか顔を赤らめた。軽く頭を下げ、私に背を向けた。兵士がチェネリの腕をつかんで手荒に扉の中に押し込んだ。チェネリが振り向き、視線が合った。そのときの彼の目の表情を私は何日も忘れることができなかった。見つめあっているうちに重い扉が閉ざされ、チェネリの姿は永遠に私の視界から消えた。

私は胸が張り裂けるような思いで顔をそむけた。恥辱と罰を改めて彼に思い知らせたことを悔やんでいたのかもしれない。愛想のよいヴァーラモフ大尉をつかまえ、かなりの額の金を手渡した。彼は必ずチェネリのために使われるようにすると請けあった。預けた金のいくらかでも本来の受取人の手に渡ったことを願うばかりだ。

それからイヴァンを見つけ、すぐに馬を借り出し、旅客四輪馬車(タランタース)の準備をするよう命じた。一刻も早くイギリスへ旅立つのだ！　ポーリーンのもとへ！

三十分ほどですべてが整った。イヴァンと私は馬車に乗り込んだ。御者(ヤムシーク)が勢いよく馬に鞭を当て、馬車は走りだした。楽しげにベルを鳴らして暗闇の中を進んでいく。数千マイルに及ぶ復路の旅が始まった。早く家に帰りたいという熱い想いに駆られた私は、このとき初めて、愛する妻とのあいだにある気が遠くなるほどの距離を実感した。

道を曲がるとすぐに陰鬱な監獄(オストローグ)は視界から消えた。だが、そこに到着する前の平静な心を取り戻すには、さらに何マイルも遠ざかる必要があった。監獄(オストローグ)を思い出さなくなるには、何日も時を経なければならなかった。それまでは、チェネリを見つけ出したあの醜悪な監房のことが、面会を終えたチェネリがふたたび収監された監房のことが、片時も頭から離れなかった。

この手記は旅行記ではないので、復路の様子を詳しく記すつもりはない。天気が崩れることは滅多になく、道路も良好な状態が続いた。早く帰りたい一心で、昼も夜もほとんど休みなく馬車を走らせた。金は惜しまなかった。特別な通行証を持っていたおかげで、他の旅人ならかなり待たなければならないときでも容易に馬を借り出せ、心づけを弾んだおかげで全速力で走らせることができた。三十五日後に私たちはニジニ・ノヴゴロドのホテル・ロシアに到着した。旅客四輪馬車（タランタース）はあと一区間でも走らせたら使い物にならなくなるほど傷みが激しかったので、イヴァンに無償で譲り渡した。彼はすぐに売り払って三ルーブルは手に入れただろう。

ニジニ・ノヴゴロドからモスクワへ、モスクワからサンクト・ペテルブルクへと鉄道で移動した。首都のサンクト・ペテルブルクに滞在するのは、＊＊卿への挨拶に必要な日数だけにとどめた。＊＊卿に改めて助力への礼を述べ、ホテルに預けておいた荷物を引き取ってイギリスへ向かった。

イルクーツクからの復路にあるトムスク、トボリスク、ペルミで、プリシラからの手紙を受け取った。さらに最近書かれた手紙が何通かサンクト・ペテルブルクに届いていた。最後の日付の手紙までは、順調に過ごしていると記してあった。プリシラはポーリーンとデヴォンシャーに住むことにしたようだ。デヴォンシャーで育ったプリシラは、そこがすばらしい所だとかたく信じていた。二人は、北の海岸沿いにある、わびしいながらも景色の美しい小さな保養地で暮らしていた。プリシラの手紙によると、ポーリーンは「バラの花のようにあでやかで、ギルバート坊ちゃまに負けず劣らずまともに見えます」ということだった。

このうれしい手紙を読んだ私は、当然のことながら、すぐにでも家に飛んで帰りたくなった。ふたたび妻に会いたいというばかりでなく、これまで見たことのない理性の戻った妻の姿を見たいと思った。妻は私を思い出すだろうか？　どのような再会になるのだろうか？　私のことを愛してくれるだろうか？　私の悩みは消えるのだろうか？　それとも始まったばかりなのだろうか？　これらの問いに対する答えは、イギリスに着いて初めて得られるだろう。

ついに故国に着いた。同邦の人々に囲まれ、まともな英語を耳にするのは実に心地がいい。風雨にさらされた顔は日焼けし、髭も伸び放題だったので、ロンドンに着いて出会った知人は私が誰かわからなかった。こんな顔ではポーリーンの心に何かを呼び戻させることなど期待できそうもない。

顔に剃刀を当て、新しい衣服を身にまとった。おかげですぐに、ほぼ以前の自分の姿を取り戻した。それから、プリシラにも帰国したことを知らせず、デヴォンシャー目指して西へ向かった。そこで待ち受ける運命に立ち向かうために！

終えたばかりの長旅のあとで、イギリスを横断するのはどうということもない。それでも私には、その孤独な百五十マイルの旅が、ひと月前に経験した千マイルの旅と同じように長く感じられた。最後の数マイルは駅馬車で行かなければならなかった。四頭の駿馬（しゅんめ）に引かれて進みながらも、一マイル一マイルがシベリアの駅逓所のあいだと同じくらいの長さに感じられた。そんな旅もやがて終わりを告げた。駅馬車の事務所に荷物を預け、心臓の高鳴りを覚えながら、はやる気持ちを抑えてポーリーンのもとへと向かった。

プリシラの手紙で知らされた住所に着いた。静かなたたずまいのこじんまりした家が、川のほとりの木立に包まれるように建っていた。家の前の斜面には庭があり、夏の終わりの花々が咲いていた。

スイカズラがポーチに蔦を絡ませ、花壇の大輪のヒマワリがまっすぐ太陽に顔を向け、カーネーションが甘い香りを放っている。保養の場としてこの家を選んだプリシラに感心しながら、ドアが開くのを待った。

ドリュー夫人はいるかと尋ねた。今は留守にしている、少し前にポーリーンと一緒に出かけた、夕方には帰るだろうということだった。私は踵(きびす)を返して二人を探しに出かけた。

初秋と言える季節になっていたが、木の葉が色づく気配はなかった。どの樹木も鮮やかな美しい緑で覆われていた。空には雲一つなく、快いそよ風が頬をなでた。私は立ち止まって周囲を見まわし、どちらの方向に行こうかと考えた。足元のはるか向こうに小さな漁村が見えた。集落のそばに河口があり、谷間を下ってきた急流がごうごうと喜び勇んで海に流れ込んでいる。左手も右手も先の尖った大きな岩山で、背後の内陸には樹木に覆われた丘が連なっている。目の前には穏やかな紺碧の海がどこまでも果てしなく広がっている。申し分なく美しい風景だ。しかし私はそれに背を向けた。私が求めているのはポーリーンだけだ！

こんな日には木陰や小川のせせらぎがたまらなく心地よく感じられるだろう。そう思った私は、急な丘を下る小道を見つけ、川沿いに歩きはじめた。さざめく小川が飛び跳ねるように脇を流れ、泥炭で濁った茶色の水が、行く手をはばむ大きな岩にぶつかって砕け、泡を立てながら無数の小さな滝となって流れ落ちている。

川に沿って一マイルほど進んだ。苔むした岩の上をこわごわ歩き、シダを踏み分け、よくしなうハシバミの大枝を掻き分け、開けた場所に出た。向こう岸で、若い女性がスケッチをしているのが見えた。背を向けて座っていたが、その優雅な姿のあらゆる仕草はよく見知ったものだった。私の妻だ！

さらによく確かめたければ、連れの姿を見ればいい。隣に座り、本を開いてうたた寝をしている。一マイル離れたところからでもプリシラのショールだと見て取れる。この世に二つとない代物だからだ。

はやる気持ちを抑えて、ここにいることを知られないようにしようと心に決めた。ポーリーンに会う前にプリシラと話をしたかった。プリシラの報告を聞いてから今後の進め方を決めようと思ったのだ。しかしそう決心したにもかかわらず、近くに寄りたいという気持ちに抗えなかった。私が立っているところからはポーリーンの顔が見えなかったので、少しずつ忍び寄っていった。スケッチをしている女性の真向かい近くまで進み、草むらに半ば隠れてその姿を心ゆくまで眺めた。

頬の色つやはよさそうだ。体の動きの一つひとつも元気そうに見える。連れに二言三言話しかけている表情や微笑みを見て、胸がときめいた。私を迎える妻は、結婚したときとは違う女性になっている！

彼女は正面を向いて小川の対岸に目を向けた。喜びのあまり、私は自分の姿をさらけ出していた。小川をはさんで視線が合った。

ポーリーンはどうやら私のことを思い出したようだ。夢の中だけだったとしても、私の顔に見覚えがあったのだろう。鉛筆とスケッチブックを足元に落とし、弾かれたように立ち上がった。さらにプリシラの驚きと喜びの声が聞こえた。ポーリーンは立ったまま私をじっと見ている。私が話しかけるか近寄るのを待っているようだ。プリシラが小川の音に負けじと大きな声でお帰りなさいと言った。

後戻りしようにも手遅れだった。小川の渡れそうな所を見つけ、すぐに向こう岸まで歩いて渡った。ポーリーンは動かなかったが、プリシラは駆け寄ってきて私の両手を握り、ちぎれそうなほど強く振った。

「あの人はぼくのことを思い出したのかい？　ぼくが誰かわかっているのかい？」私はプリシラに声をひそめて訊き、彼女の手をほどいて妻のほうに踏み出した。

「まだです。でも、そのうち思い出されるでしょう。きっと思い出されますとも、ギルバート坊ちゃま」

　プリシラの予言が当たることを祈りながら、ポーリーンのそばに行って手を差し出した。ポーリーンはためらうことなくその手を取り、目を上げ、その黒い瞳で私の目を見つめた。私は彼女を抱きしめたくなる気持ちをなんとか抑えた。

「ポーリーン、私が誰かわかりますか？」

　彼女は視線を落とした。「プリシラがあなたのことを話してくれました。お友だちだと聞いています。お帰りになるまでは、それ以上のことは訊かないようにと言われました」

「一瞬、私が誰かわかっているという気がしたのですが、私のことは思い出していないのですね？」

　彼女はため息をついた。「あなたのことは夢で何度も見ました。不思議な夢でした」そう言って彼女は頬を赤らめた。

「どんな夢だったか話してください」私は言った。

「それができないんです。長いあいだずっと体の具合が悪くて――とても悪くて――過去にあったことはほとんど忘れてしまったものですから」

「私から話しましょうか？」

「今は、今はまだ、やめてください」彼女は声を高めて懇願するように言った。「待ってください、そのうち何もかも思い出すかもしれません」

彼女は真相にたどり着いているのだろうか？　何度も夢を見たのは、戻りつつある記憶が心の中で外に出ようともがいているからなのだろうか？　今も彼女の指に輝く指輪を見て、真相に気づいたのだろうか？　望みを失わずに待つことにしよう。

私たちは一緒に歩いて家に戻った。プリシラは適度な距離を置いて後ろからついてきた。ポーリーンは私がここにいることをごく自然に受け入れているようだ。傾斜がきつい道やでこぼこ道に差しかかると、まるで支えてもらうのが当然というふうに手を差し出したが、そのあいだも自分から話すことはなかった。

「どこにいらしていたのですか？」ポーリーンはようやく口を開いた。

「何千マイルも離れたところまで、長い長い旅に出ていました」

「夢の中ではいつも旅をしていらっしゃいましたから、きっとそうだろうと思っていました。探していたものは見つかったのですか？」彼女は心から知りたそうに訊いた。

「ええ、真実を見つけました。何もかもわかりました」

「あの人はどこにいるのですか？」

「あの人というのは？」

「アンソニーのことです。あの人たちが殺した私の兄です。兄のお墓はどこにあるのでしょう？」

「お兄さんはお母さまのそばに眠っています」

「よかった！　それなら兄のために祈りを捧げられるのですね」

気持ちが昂っているようではあったが、話しぶりはきわめて理性的だった。彼女は殺人犯に司法の裁きが下されるべきだと思っていないのだろうか？

「お兄さんを殺した犯人が法の裁きを受けるのを望んでいないのですか？」

「法の裁きですって！　それが何になるでしょう。兄が生き返るわけではありません。もう昔のことです。それがいつのことだったかよくわかりませんが、何年も前のような気がします。もう神様が犯人に罰を下しているかもしれません」

「もう罰は下っています。一人は監獄で狂い死にしました。もう一人は鎖につながれ、奴隷のように働く運命です。三人目はまだ罰せられていませんが」

「三人目にもいつかは罰が下ると思います。それは誰ですか？」

「マカリです」

彼女はその名前を聞いて身震いしたが、それ以上は何も言わなかった。もうすぐ家に着くというところで、静かな声で懇願するように言った。「イタリアに――兄のお墓に――連れていってくださいますか？」

私はそうすると約束した。ポーリーンが何のためらいもなく私を頼ってくれたので、喜びが込み上げてくるのを抑えられなかった。彼女は、本当はもっと多くのことを思い出しているのかもしれない。

「イタリアに行ってお墓を訪れたあとは、過去のことはもう口にしないことにしましょう」

庭の門まで来た。私は彼女の手を取った。

「ポーリーン」私は言った。「お願いだから、私のことを思い出してもらえませんか」

かつて見せていた困惑の表情がかすかに彼女の瞳に現われた。妻は私が離した手を額に当て、ひと言も発せずに目をそむけ、家の中に消えていった。

第十五章　悲しみから喜びへ

私の話も終わりに近づいてきた。その気になれば、自分の楽しみのために何章でも書き続けられる。翌月に起こったことを詳しく書き記し、ポーリーンとのあいだで交わされたあらゆる表情とあらゆる言葉を描写することもできる。しかし、仮にそうしたとしても、誰かに読んでもらうためのものにはならないだろう。妻と私だけのものになるはずだ。

私が置かれた状況が尋常でないものであったとしても、少なくともそこには確かな喜びがあった。改めてポーリーンに愛を求めることになるが、たとえ法的にはすでに自分の妻だったとしても、楽しく甘い体験になることに変わりはない。地主が自分の地所を歩きまわり、あちこちで思いがけず美しい景観や未知の豊かな鉱脈を見つけ出すようなものだ。日々、私は愛する女性の新鮮な魅力を目にしていた。

彼女の微笑みは、思い描いていたどんな喜びよりも大きな喜びであり、彼女の笑い声は、思い描いていたどんな驚きよりもうれしい驚きだった。靄(もや)の晴れた輝く瞳をのぞき込み、そこにひそむ秘密を知ろうとすることは、それまで味わった苦しみに対する慰めになった。戻ってきた彼女の知性は、誰にも負けないものだった。いずれ私は、どんな女性よりも美しい妻を持つとともに、気心の知れた優しい友人も持つことになる。この喜びはとても言葉に表わせるものではない。

とはいっても、この喜びに疑いや危うさを感じないわけではなかった。私には、自信と呼ばれる、ときにはうぬぼれと呼ばれる、男の助けになる気質が欠けているのかもしれない。ポーリーンに愛すべきところや称賛すべきところを見いだせば見いだすほど、これほどのたぐい稀な女性が、私の捧げる愛と人生を受け入れると期待していいのだろうか、と自分に問いかけずにはいられなかった。これほどの女性を射止めようとしている私はどれほどの人間なのか？　金は持っている。それは間違いない。だが、金で彼女の愛を買えないことも確かだ。それに彼女は、まだ自分の財産がなくなったことを知らず、私と同じくらいの財産があると思い込んでいる。若くて美しく、自分は自由で裕福だと信じている。無理だ！　私はポーリーンが受け入れるに値するものを何一つ持ちあわせていない！

遅かれ早かれ訪れる、その瞬間を待つのは恐ろしかった。過去はなかったことにして、私の妻になってほしいと言わなければならないときがもう一度来るはずだ。彼女の答えに、これからの人生のすべてがかかっている。自分にとって好ましい結果になると確信が持てるまで、私がその試練を先延ばしにしたのも不思議ではないだろう。ポーリーンと一緒にいて、自分が得ようとしているものの価値を実感したとき、何の取り柄があるのかと自分を卑下したのも不思議ではないだろう。少なからぬ男が身につけている、相手に好感を持たれる自信——時間と機会が与えられれば、女性の愛を勝ち取るのに大いに役立つ自信——が自分にもあったら、と折に触れて願ったのも無理からぬことだろう。

少なくとも私には、時間と機会は不足していなかった。

私はポーリーンの家の近くに家を借り、朝から晩まで彼女とともに過ごした。両側にシダが生い茂るデヴォンシャーの細い小道を散策し、ごつごつした岩山にも登った。急流に釣り糸を垂れ、魚が釣れるときもあれば、釣れないときもあった。馬車で一緒に出かけた。本を読み、スケッチをした。しかしいまだに愛について語ることはなかった。そうしているあいだも、彼女の指には私からの結婚指輪がはまっていた。

主人の命令だと言って、ポーリーンに真実を告げないようプリシラにきつく申し渡した。この点について、私の意志は固かった。妻が自然に記憶を取り戻すのであればそれでいい。もしそうならないなら、私を愛しているという彼女の言葉を聞くまで、私の口から二人が夫婦であることを告げないようにしようと思っていた。ときどき私は、彼女が本当はもっと多くのことを思い出しているのではないかと感じることがあった。そのせいもあって、ますます私はこの決心にこだわった。

不思議だったのは、ポーリーンがすぐに、私に対して親しげな態度で接し、のびのびと振る舞ったことだ。二人でいるときの彼女の態度は、互いに子供の頃から知っているかのようにごく自然で、恥ずかしがるようなところもなかった。彼女が私をギルバートと呼ぶことも、私が彼女をポーリーンと呼ぶことも受け入れてくれた。もし断られたら、どう呼んでよいかわからなかっただろう。プリシラにはポーリーンを〝ミス・マーチ〟と呼ぶよう命じておいたが、ばあやはそれをあっさり無視した。妥協したつもりなのか、プリシラがポーリーンに話しかけたり、彼女の話題をしたりするときは〝ミス・ポーリーン〟と呼んでいた。

一日一日が過ぎていった。これまでの人生で味わったことのないような幸せな日々だった。朝となく昼となく夜となく、私たちは一日中一緒に過ごした。おそらく近隣の人々の好奇の的になっていただろう。あの男の人とあの若いきれいな女の人はいつも一緒にいるが、いったいどういう間柄なのだろうと不思議に思っていたに違いない。

まもなくわかったのは、もともとのポーリーンは明るく快活な性格だということだ。本来の彼女に戻ることを期待するのは早すぎるだろうが、希望を失うまいと私は思った。彼女の顔にしばしば悲しい記憶を物語る影が差すことはあったが、そう遠くないうちにそれもすっかりなくなるに違いないと期待した。ときには、うれしそうに笑みを浮かべ、楽しげな言葉を漏らすこともあった。最初に記憶が戻ったとき、彼女は兄の死が昨日起こったことのように思ったらしかったが、しばらくすると、あの運命の夜から何年も経っていることに気づいたようだ。その間の年月は靄に包まれていた。夢の中の出来事のように感じていたのかもしれない。彼女は〝初めから始めて〟（『不思議の国のアリス』の王様の台詞「初めから始めよ（Begin at the beginning）」より）、その間のことを思い出そうとしていた。私がどれほど甲斐甲斐しくそれを手助けしたかは言うまでもないだろう。

暗黙の了解のうちに、私たちは将来の話は避けるようにしていた。しかし過去のことは、私がかかわっていない過去のことは、何でも自由に話し合った。ポーリーンはあの日より前の記憶は完全に取り戻していた。兄が刺された時点までのことはすべて説明できた。そのあとのことは濃い靄に包まれていた。靄がなくなるのは、知らない部屋で病に伏し、見知らぬ老女に看護されていると気づいたところからだった。

何日か経ったある日、ポーリーンは、自分の頭の中に靄がかかっていたあいだに私が彼女の人生にどのようにかかわることになったのか尋ねてきた。夕方、二人で樹木に覆われた丘の頂に立っているときのことだった。木々のあいだから見事な夕日に赤く染まった海が見えた。私たちはしばらくのあいだ黙っていた。今思うと、奇妙で不安定な結婚生活を続けていたあの頃、私たちは互いに交わした言葉以上に気持ちが通じあっていたのかもしれない。そうでなかったとは誰にも言えないはずだ。西の空を眺めていた私は、やがて夕焼けが消えかかると、ポーリーンに顔を向けた。彼女の黒い瞳が痛ましいほど真剣に私を見つめていた。

「教えてください」彼女は言った。「失われた記憶が甦ったら、私は何を知るのでしょう?」

話しているあいだ、彼女は結婚指輪をもてあそんでいた。ポーリーンは今でも結婚指輪と、それと対になったダイアモンドの指輪をはめていた。だが、いまだになぜそれが自分の手にあるのか私に尋ねることはなかった。

「甦ると思いますか?」私は訊いた。

「そう願っています。それとも願わないほうがいいのでしょうか? 教えてください。記憶が甦ったとき、それは私に喜びをもたらすのでしょうか? それとも悲しみなのでしょうか?」

「誰にも答えられません。喜びと悲しみは常に混じりあっていますから」

ポーリーンはため息をつき、地面に視線を落とした。しばらくして目を上げ、私の目を見つめた。

「教えてください」彼女は言った。「あなたはいつ、どんなふうに、私の人生にかかわってきたのでしょう? どうして私はあなたの夢を見たのでしょう?」

「病気だったときに、たびたび私の夢を見たのですね?」

「意識が戻ったときに、どうしてあなたのばあやが私の面倒をみてくれていたのでしょう?」

「あなたの伯父さんが、あなたを私に預けたのです。伯父さんがいないあいだ、あなたのお世話をすると約束しました」

「伯父は二度と戻らないのですね? 犯した罪の罰を――気の毒な若者が殺されるのを黙って見ていた罰を――受けているのでしょう?」

彼女は目に浮かんだ情景を遮るかのように両手で目をふさいだ。

「ポーリーン」私は彼女の思考の流れを変えようとした。「夢で私がどんなふうに見えたか話してもらえませんか？　夢の中の私はどうだったのですか？」

彼女は身を震わせた。「夢の中で、あなたは私のそばに立っていました。あの部屋で、あのことが起こったあの部屋で、あの情景を見ていました。でも、そんなことはあり得ないとわかっていました」

「それから？」

「あなたの顔を何度も見ました。あなたはいつも旅の途中で、靄のあいだを通り抜けていました。あなたの口が動くのが見え、『真実を知るために旅をしている』と言ったようでした。それで私は、あなたが帰るのをじっと待っていたのです」

「その前に私の夢を見たことはなかったのですか？」

夕闇が迫ってきた。彼女の頬の色が濃くなったように見えたが、木の影が濃くなったせいかもしれない。それとも頬を赤らめたのだろうか？　心臓が激しく鼓動した。

「それが――よくわからないのです。どうか訊かないでください」彼女は困惑した声でそう言って体の向きを変えた。「暗くなって肌寒くなってきました。家に帰りましょう」

私は彼女に従った。夕方は彼女と過ごすのがすっかり習慣になっていたので、誘いを待つまでもなかった。いつも一、二時間は一緒にピアノを弾いたり歌ったりして過ごしていたからだ。ポーリーンが快復してから最初にほしがったのはピアノだった。多額の財産を相続したと信じている彼女は、ほしいものは何でも遠慮なくほしいと言った。ポーリーンが心地よく過ごせるためなら金を惜しんではならないとプリシラに命じておいたので、最寄りの町からピアノが届けられた。

ポーリーンはピアノの腕をすっかり取り戻していた。声も戻り、むしろ前よりもいっそう張りと深みのある声になっていた。あのときと同じように、私は何度も彼女のピアノと歌に魅了された。あのときの私は、まもなくその歌が恐ろしい終わり方をすることも、彼女と私の運命がこれほど密接に絡みあうことも、まったく予期していなかった。

私は家に寄るつもりでいたので、ポーリーンの次の言葉に驚いた。玄関で振り向き、こう言ったのだ。「今日はここでお別れしましょう。今夜は一人にさせてください」

私は反対しなかった。彼女の手を取り、ではまた明日と言って外に出た。今夜は星明りの中を歩きまわってポーリーンのことを考えて過ごすことにしよう。

別れ際に彼女は、いつになく改まった様子で私の顔を見つめて訊いてきた。

「ギルバート、過去が甦ることを祈るべきなのでしょうか？」開いた玄関のドアの近くにプリシラが立っていたせいか、イタリア語だった。「それとも何も思い出さないほうがいいのでしょうか？　私にとって、どちらが幸せなのでしょう？　あなたにとっても？」

私の答えを待たずに、彼女はプリシラの脇を通って家の中に消えた。プリシラは、私もポーリーンについていくのだろうと思ったらしく玄関の所に立っていた。

「おやすみ、プリシラ」私は言った。「今日はここで失礼するよ」

「寄っていかれないなんて、ギルバート坊ちゃま！　ミス・ポーリーンはがっかりされますよ」

「ポーリーンは疲れていて、あまり気分がよくないんだ。世話を頼むよ。おやすみ」

プリシラは外に出てきて玄関のドアを閉めた。彼女の態度は、このまたとない機会をとらえて、私の幼い頃の厳しい躾け役としての威厳を——ブレザーの制服を着るようになっても長らく逆らえなかった威厳を――いくらかでも取り戻そうとしているかのようだった。私の襟首をつかんで、体をしたたかに揺さぶりたかったに違いない。とはいえ、さすがにそうするわけにもいかず、悲しげな声で怒りをぶつけるしかなかった。

「かわいそうな奥さま！　ご気分がすぐ悪くなられるのは、ご夫婦が別々の家にお住まいだからです。このあたりの人たちはみんな、お二人がどんな関係なんだろうって知りたがってます。根掘り葉掘り私に聞いてくるんですよ。お二人がご夫婦だと申し上げられないなんて！」

「駄目だ、まだ言わないでくれ」

「いえ、申し上げることにします、ギルバート坊ちゃま。気の毒な奥さまにご自分でおっしゃらないのでしたら、私から申し上げます。坊ちゃまがあの方を連れてこられて、お世話をするために私を呼んだことも、一日じゅう坊ちゃまがあの方を見守ってお世話していたことも、あの方のために人づきあいをやめてお友だちと顔を合わせなくなったことも。ええ、そうします、ギルバート坊ちゃま。ばあやから奥さまに何もかもお話しします。あの方のお部屋に入ってキスをされてから、行き先がどこだったにしても、とんでもない旅に出られたこともお話しします。そうすれば、奥さまもすぐに何もかも思い出すでしょう」

「何も言ってはならない。これは命令だ」

「坊ちゃまの命令には、これまで何でも従ってきました。坊ちゃまのために、今回だけは命令にそむくことをお許しください。私からお話しします。責任は取ります」

プリシラからそのことを伝えられたら、雰囲気が台なしになるばかりか、展開が急になると、私が望んでいる形に持っていくのは今よりはるかに難しくなってしまう。なんとしてもこの圧力をはねのけ、プリシラを黙らせるしかない。これまでの経験から、ごり押ししても人のいいばあやの気持ちを変えられないとわかっていた。だが、うまく誘導することはできるだろう。下手（したて）に出て情に訴えるしかなさそうだ。そこで私はお願いするように話しかけた。

「このぼくが、それだけはやめてほしいとお願いしたら、やめてもらえるよね。ぼくのことを愛してるんだから、ぼくがしてほしくないことをするわけがないよね」

プリシラはこう言われるとさすがに折れたが、できるだけ早くポーリーンに本当のことを話すよう促した。

「ギルバート坊ちゃま」プリシラは最後にこう言った。「奥さまが何を思い出し、何を思い出していないかは、決めてかからないほうがいいですよ。ときどき、坊ちゃまが思っているよりも、もっとたくさん思い出しているんじゃないかと感じることがあります」

プリシラは家に入った。私はあたりを歩きまわりながら、ポーリーンの別れ際の言葉をどう捉えればいいのだろうと考えた――「私にとって、どちらが幸せなのでしょう？　あなたにとっても？」

忘れているほうがいいのか？　思い出したほうがいいのか？　どれくらい彼女は忘れているのか？　どれくらい彼女は思い出しているのか？　自分が人妻であることは指輪を見ればわかるはずではないか？　自分が誰の妻なのか考えたことはないのだろうか？　大急ぎで執り行なった私たちの奇妙な結婚や、そのあと私たちが一緒に過ごした日々について何も覚えていないとしても、意識を取り戻したときに自分が私の庇護のもとにあることを知ったのだ。私が彼女の兄の悲劇的な最期についてすべてを承知していることも知った。きわめて重大な事実を突き止めるために数千マイルの旅に出ていたことも知った。なぜそうなったのかはわからないまでも、今では真実を察しているのかもしれない。いずれにしても、指輪をはずしていないのは結婚しているのを認めているということだ。私以外が夫ということはあり得ないではないか！

間違いない。この状況では、どう見ても彼女が正しい結論にたどり着いたと判断せざるを得ない。それがポーリーンに喜びをもたらしたのか、悲しみをもたらしたのか、私にわかる時が迫っている。

明日、ポーリーンにすべてを話そう。私たちの人生が不思議な縁で結ばれた話をしよう。どんな男にも負けないほど心を込めて彼女に愛を乞うのだ。自分が何も知らずにチェネリの策略にはまったことを説明し、彼女が拒むことができない精神状態にあったにもかかわらず結婚したことについて、私に落ち度がなかったことをわかってもらおう。こうしたことをすべて知ったうえで、彼女の口から私の運命を宣告してもらうのだ。

妻に対する法的な権利を主張するつもりはなかった。私との関係では、彼女はまったく自由だ。愛のほかに彼女を束縛するものは何もない。私に対して愛がないとわかったら、彼女とは別れよう。ポーリーンが望むなら、婚姻を無効とする手続きがとれないか調べてもいい。だが、名義上だけ私の妻でいることを選ぼうと、名実ともに私の妻になることを選ぼうと、完全に関係を断つことを選ぼうと、彼女に知らせるかどうかは別にして、今後の生活費は私が負担する。明日の今頃までに私の運命は決まっているだろう。

ここまで覚悟を決めてしまえば、あとは家に帰って休めばいいだけなのだが、とても眠れそうになかった。彼女の最後の言葉を何度も思い出し、自分を苦しめるのはわかっていながら、希望や不安を次々に数え上げずにはいられなかった。ポーリーンが真実を察しているのなら、なぜ私に訊いてこないのだろう？　私の妻であることを知りながら、いきさつを何も知らないままに、どういうつもりで何時間も私と一緒に過ごしているのだろう？　別れ際の言葉は、知らなければならない真実に対してポーリーンが恐怖心をいだいていると解釈すべきなのだろうか？　自由の身になることを望み、何も思い出さないことを願っているのだろうか？　こうしてあれこれ考えているうちに、ひどく惨めな気分に陥っていった。

多くの男たちが、自分の愛が受け入れられるか拒まれるかを知る日の前夜には、その夜の私と同じように苦悩にさいなまれるのだろう。しかし私のような男は一人もいなかったはずだ。すでに妻である女性の口から、きわめて重大な答えを聞こうとしているのだから。

孤独な散歩から戻ったのは夜遅くなってからだった。ポーリーンの部屋の前に出た。窓に近づき、立ち止まって窓を見上げながら、彼女もまた眠らずにいるのだろうかと思った。二人の将来について思いをめぐらし、決意をかためようとしているかもしれない。いずれにしても、明日になればこの宙ぶらりんの状態から、ポーリーンも私も解放されるだろう。

その夜は風もなく暖かだったので、彼女の部屋の窓は上のほうが開いていた。背を向けて立ち去る前に、不意にあることを思いついた。庭の茂みから薔薇のつぼみを一本摘み取り、開いた窓の隙間にうまく投げ入れた。翌朝それを見つけたポーリーンが、誰が投げ入れたのかを察して身につけてくるかもしれない。きっと良い前兆になるだろう。

薔薇のつぼみが当たってブラインドが揺れた。見つかることを恐れた私は、まわれ右をしてその場から逃げるように立ち去った。

夜が明けると快晴だった。私は希望で胸をふくらませて目覚め、前夜の不安を追い払った。できるだけ早くポーリーンに会おうと、彼女を訪ねた。少し前に出かけたところだった。向かった方向を確かめ、あとを追った。

ゆっくりとした足取りでうつむいて歩いているポーリーンを見つけた。彼女はいつものように小さな声で優しく挨拶してきた。それから二人で並んで歩いた。薔薇のつぼみを探したが、身につけていなかった。彼女が気づかない所に落ちたのだろうと思って自分を慰めるしかなかった。そう思ってはみたものの不安が募った。

さらに辛い現実が待ち受けていた。彼女は手袋をしないで手を体の前で組んでいた。私は彼女の左側を歩いていたので、指輪のはまっていない左手の薬指が見えた。それまで希望の灯火（ともしび）のように輝いていた金の指輪が消えていたのだ。私の心は重く沈んだ。その意味するところは火を見るより明らかだ。昨夜の言葉と考え合わせれば、誰にでもわかることだ。自分が私の妻だとわかって、夫婦の絆を断ち切りたいのだ。ポーリーンは私を愛していない。靄（もや）に包まれた過去から少しずつ忍び込んできた現実は、彼女に悲しみをもたらすものだった。すべてを思い出した今、彼女はそれを忘れたいと願っている。指輪をはずしたのは、できれば何も言わずに、私の妻になるつもりがないことをわからせるためなのだ。

こんな状況で、私はどうすればいいのだろう？　尋ねる前に答えを知らされてしまった。ポーリーンは、私が彼女の小さな白い手を見ているのに気づいたようだったが、目を伏せただけで何も言わなかった。説明するのは辛いから、それだけで察してほしいと思っているのだろう。私にそうする勇気があるなら、いちばんいいのはできるだけ速やかに彼女を一人にすることだ。一人にして、もう二度と会わないことだ。

そう悟った私は、どうにも惨めでやりきれない気持ちになった。そうしているうちに、彼女の様子がこれまでとだいぶ違っているのに気づいた。ポーリーンは以前のポーリーンではなかった。何かが私たちのあいだを隔てていた。何かが二人のあいだにあった親しみを消し去っていた。彼女の態度は、型にはまった礼儀正しさ以上のものではなくなっていた。今では言葉や仕草の一つひとつが、どことなく遠慮がちでよそよそしく見える。おそらく私もそうだったのだろう。その日もいつものように一緒に過ごしたが、二人の話し合う基盤がすっかり崩れてしまっていたので、そうしている時間も互いに気詰まりでならなかった。その夜、私は打ちひしがれて床についた。ずっと追い求めてきたものが、もうすぐ手に入るかもしれないと思えたときに、いきなり奪い去られてしまったのだ！

それから数日が過ぎた。ポーリーンには何の気配もなかった。私が期待を持てるような兆候はまったくなかった。そんな状況にそれ以上耐えられそうもなかった。目ざとく何かおかしいと察したプリシラにあれこれうるさく訊かれ、我慢の限界を超えそうになった。彼女があまりに自信ありげに自分の考えを主張するので、ポーリーンにすべてを話すという脅しをすでに実行してしまったのかと思いはじめた。こうなったのも、お節介なばあやが早まって真実を明かしたせいではないかと疑いたくなったほどだ。あと一週間か二週間の猶予が与えられていたら、妻の愛を勝ち取り、すべてがうまくいっていたかもしれないのに。私は、ポーリーンが日に日に不幸になっていると思うようになった。私の存在が彼女を悩ませている。しかし彼女は私を避けようとしているわけではなかった。実際、呼べば必ずやってきた。その態度は、最初に一緒に過ごした日々に――私が忘れようとしている日々に――いつも示していた従順さを彷彿させた。それでも、私がいないほうが幸せで心が休まるのだろう。そう考えた私はここから立ち去る決心をした。

決心したことをただちに実行することが、私に残された唯一の道だ。覚悟が決まり、翌日に行動を起こすことにした。荷物をまとめ、駅馬車に乗る用意をした。翌朝は三時間の余裕がある。プリシラに最後の指示を与え、妻に永遠の別れを告げよう。

立ち去るにあたり、ポーリーンに話しておくべきことがあった。私たちの関係をほのめかして彼女を苦しめる必要はないが、思っているほど多額の財産を相続していないことは告げておかなければならない。暮らしていくのに充分な金はあると伝え、夫である私がそれを提供することは言わないでおく。それが済んだら、永遠の別れだ！

形ばかりの朝食を終えるとすぐに、ポーリーンの家まで歩いていった。私がどうするつもりなのか、妻はまだ知らない。いつもより長く彼女の手を握りながら、私は必死の思いで声を絞り出した。

「お別れを言いに来ました。今日、ロンドンに発ちます」

ポーリーンは何も答えなかったが、握った彼女の手は震えていた。私は妻と視線を合わせることができなかった。

「ずいぶん長くここにいました」気楽に話しているふうを装いながら、私は続けた。「ロンドンでやらなければならないことが山ほどあるのです」

その朝、ポーリーンはあまり具合がよくなさそうだった。頬はいつになく青ざめ、物憂げで気持ちが沈んでいるように見えた。間違いなく、私の存在が彼女を悩ませているのだ。悩まなくていい、もうすぐ私から解放されるのだから！

ポーリーンが話しはじめるのを待った。それに気づいたポーリーンは口を開いたが、その声の調子にはどことなく張りがなかった。

「いつ発たれるのですか？」彼女が言ったのはそれだけだった。いつ戻るかまでは訊いてこなかった。

「昼の駅馬車に乗る予定です。あと数時間あります。最後になりますが、〝空き地〟まで一緒に歩きませんか？」

「そうなさりたいのですか？」

「嫌じゃなかったらそうさせてください。実は、あなた自身のことについて話しておきたいことがあるのです。ほんの事務的なことですが」彼女が不安にならないよう最後の言葉を付け加えた。

「では、参ります」そう言うと、ポーリーンは急いで部屋を出ていった。

待っていると、プリシラが現われ、キッと私を睨んだ。少なくともプリシラからそんな視線を向けられる覚えはなかった。声もとげとげしく、怒りを含んでいるように感じられる。幼い頃にちょっとした悪さをして叱られたときの慣れ親しんだ声が思い出された。

「待っていないで先に行っているようにと、ミス・ポーリーンが言っています。すぐ〝空き地〟に向かうそうです」

帽子を手に取り、言われたとおりにしようとした。プリシラの物言いは、私がもうすぐここを立ち去ることを知っているようではなかった。ところが玄関から出ると、背後からすごみの利いた声で呆れたといわんばかりにこう言った。

「ギルバート坊ちゃま、まさか坊ちゃまがこんなにお馬鹿さんだとは思いませんでした」

いくら長いつきあいのばあやとはいえ、この言葉は聞き捨てならない。抗議しようと振り向いたが、プリシラはそれだけ言うと、私の鼻先でピシャリとドアを閉めた。

私は歩きだした。他に考えなければならないことがある。今はプリシラにかまっている暇はない。彼女に私の考えを理解してもらい、私がどれだけ微妙な立場にいるかわかってもらうのは難しいだろう。だが、立ち去る前に今後のことを詳しく話す時間はとらなければならない。

〝空き地〟と私たちが呼んでいたのは、さほど遠くない丘の斜面にある場所だった。二人で散歩をしていたときに偶然見つけたものだ。森の中の滅多に人の通らない小道を進むと、木立も藪もない開けた空間があった。そこからの眺めは絶景だった。向かい側に丘陵が広がり、小さな川が谷間を曲がりくねって流れている。私のお気に入りの場所だ。そこに座って何時間もポーリーンと語りあった場所だ。夢の中の私は、この〝空き地〟で、彼女に聞かせたい愛の言葉をよどみなく口にしていた。今まさにその場所で、彼女に永遠の別れを告げることになるのだ！

〝空き地〟に着いたときには、すっかり気持ちが沈んでいた。斜面に体を投げ出し、頭の所にあった倒木を枕にして、ポーリーンが来るはずの小道のほうに目を向けた。周囲の木々がそよ風を受けてざわめいている。下を流れる小さな川の単調な水の音が心を静め、眠りを誘う。白い雲がゆっくりと空を流れていく。眠気を誘う夢のような美しい朝だ。ここ二、三日、夜はほとんど眠れなかった。ポーリーンはなかなか来ない。ひとりでに目が閉じた。体が求めていた眠りによって、しばしのあいだ悲しみも失望もすべて心から追い払われた。

私は眠ったのだろうか？　きっとそうだ。眠らなければ夢を見るはずがない。なんてすばらしい夢だったのだろう！　あの夢が現実だったら、人生は生きるに値する。そばにいる妻が私の手を取って、情熱的にその手に口づけをしている夢を見たのだ。ポーリーンの頬が今にも私の頬に触れそうになり、彼女の柔らかな甘い息づかいを感じることができた。あまりにも現実らしく感じられたので、硬い丸太に頭を載せたまま寝返りを打ち、夢の中の妻に応えようとした。とたんに夢は消えてしまった。

目を開けると目の前にポーリーンが座っていた。その上品な黒い目は伏せられていなかった。目を見開いてじっと私の目を見ていた。一瞬、私はその目に見入った。それだけで充分だった。瞳に浮かんでいる表情にハッとした。血管が激しく脈打った。私はさっと起き上がり、我を忘れて彼女を抱き寄せた。その愛らしい顔にキスを浴びせ、そのとき思い浮かんだ、ただ一つの言葉を口にした。「愛してる！　愛してる！　愛してる！」

どんな男も、ポーリーンの瞳に浮かんだ表情を女性の目に見ることはないだろう――その女性が世界中の誰よりもその男を愛しているのでなければ！

その瞬間の歓喜を――心の急変を――どんな言葉でも言い表わすことはできない。彼女は私のものだ。永遠に私のものだ。そう私は実感した。自分の唇が彼女の唇に触れるたびにそう感じることができた。頬から首まで紅潮した彼女の様子が、そのことをはっきりと示していた。私の情熱的な愛撫を拒まずに受け入れていることが、それを裏づけていた。だが私は、その愛しい唇でそれを言葉にしてほしかった。

「ポーリーン！　ポーリーン！」私は声を高めて言った。「私を愛しているかい？」

彼女は身を震わせたが、それは喜びのためだった。

「愛してます！　愛してます！」彼女はそう言って、赤らめた顔を私の肩にうずめた。その言葉だけで、その仕草だけで、私は満足だった。ややあって彼女は顔を上げ、唇を私の唇に合わせた。

「愛してます。心から愛してます。私の夫ですもの！」

「いつわかったんだ？　いつ思い出したんだ？」

彼女はすぐには答えなかった。抱擁を解き、首にかけている青いリボンを胸元から取り出した。リボンにはあの二つの指輪が通してあった。指輪はまるで喜びを表わすかのように、明るい陽光に照らされてまぶしく光っている。

ポーリーンは、リボンから指輪をはずして私に差し出した。

「ギルバート、愛する夫ギルバート、私を妻にしたいと望んでくださるのでしたら、私にそれだけの価値があると思ってくださるのでしたら、この指輪をあるべき所につけてください」

それから、また何度も口づけと誓いの言葉を交わして、私は指輪を彼女の指にはめた。私の苦悩は消え去った。

「いつわかったんだ？　いつ記憶が戻ったんだ？」

「最愛のギルバート」ポーリーンはささやいた。彼女の声は旋律を奏でるようだ。「川の向こう岸に立っているあなたの姿が見えたときです。突然、何もかも思い出しました。それまではすべてが暗闇の中でした。あなたの顔を見て、あらゆる記憶がいっぺんに戻ってきたのです」

「どうして言ってくれなかったんだ？」

彼女は目を伏せた。「私を愛してくださっているのか知りたかったのです。そうとは限らないでしょう？　もし愛がないなら、お別れすべきだと思いました。できることなら自由にしてあげたいと思ったのです。でも今は違います、ギルバート。これからは絶対に私を放さないでください」

ポーリーンも私と同じ思いだったのだ。私の愛を確かめようとしていたなどとは想像もしていなかったのだから、誤解してしまったのも無理はない。

「きみが愛してくれているとわかっていたら、何日も悲しい思いをすることはなかったのに。どうして指輪をはずしたりしたんだ、ポーリーン？」

「いつまで経っても何もおっしゃらないから、指輪をはずしたのです。それからずっと、胸元に下げておきました。いつかあなたがそうしたいと思ったときに、私の指に戻してくださるのを待っていたのです」

私は指輪が光る手に口づけをした。「愛しい妻ポーリーン、今はもう何もかもわかっているんだね？」

「全部ではないかもしれませんが、大事なことはわかっています。何が起こったかも、あなたが私を愛してくださったことも、私に尽くしてくださったことも、すべて思い出しました。私の愛でお返しできるものなら、あなたがしてくださったことに報いるつもりです」

私たちの恋の物語は、ポーリーンのこの言葉で終わりにしよう。あとは秘密にしておいたほうがいい。まわりの木立が私たちのあいだで交わされた言葉を知っているだけでいい。木立が投げかける優しい影の中に座って、私たちは何時間も愛の言葉を交わした。私たちの二回目の結婚が、真（まこと）の結婚が成立したその日は、そうして過ぎていった。ようやく私たちは立ち上がったが、まるで幸せが訪れたその場を離れがたいとでもいうように、しばらくそこにたたずんでいた。もう一度あたりを見まわし、丘陵と谷間と小さな川に別れを告げた。しばらくのあいだ互いにじっと見つめあい、ふたたび情熱的な口づけを交わした。それから私たちは、人々が待つ世界へ、私たちを待つ幸せいっぱいの新たな生活へ、一歩足を踏み出した。

私たちはまるで夢の中にいるような気分で歩いていた。家々や人々が見えてきて、ようやく現実に引き戻された。

「ポーリーン！」私は小さな声で言った。「今夜、ここを発つのはどうかな？　ロンドンへ行こう」

「そして、それからは？」ポーリーンはせつない願いをにじませた声で訊き返した。

「決まっているじゃないか。もちろんイタリアへ行くんだよ」

ポーリーンは私をじっと見つめ、握っていた手に力を込めて感謝の気持ちを表わした。彼女の家に着いた。妻は私を居間に残し、プリシラのそばを通って自分の部屋に入った。ばあやの生真面目な目が私を睨んでいた。私のことをなんてお馬鹿さんなんだろうと言ったのだ、仕返しをしなくては。「プリシラ」私は重々しく言った。「今夜の駅馬車でここを発つことにした。ロンドンに着いたら手紙を書くよ」

仕返しは充分すぎるくらいだった。人のいいばあやは、私の足元で泣き崩れた。「ああ、ギルバート坊ちゃま、どうか行かないでください！　かわいそうなミス・ポーリーン、坊ちゃまが踏んだ地面だって好きになりそうなくらい坊ちゃまを愛していらっしゃるのに、あの方はこれからどうすればいいのでしょう？」

さんざん咎(とが)められるだろうと思っていたから、こんな反応は予想していなかった。私はプリシラの肩に手を置いた。

「でもね、プリシラ。ミス・ポーリーンは——ミセス・ヴォーンは——ぼくの奥さんは、ぼくと一緒に行くんだよ」

彼女はさらにおびただしい涙を流したが、今度はうれし涙だった。

十日後、ポーリーンは兄の墓の前に立った。彼女の望みで、そこには一人で行った。私が墓地の入口で待っていると、彼女が戻ってきた。顔は青白く目元には涙を流した跡があったが、心配していた私と目が合うと、微笑を浮かべた。

「ギルバート」彼女は言った。「たくさん涙を流しましたが、これからは笑顔で暮らします。過去は過去です。過去の暗闇は現在の光明と未来の希望が追い払ってくれるでしょう。私の兄への愛は、夫へのもっと大きな愛に受け継がせてください。暗い影には背を向けて新しい人生を始めましょう」

まだ書き記すことがあるだろうか？　一つだけある。

数年後、私はパリに来ていた。大きな戦争があり、悲惨な終わり方をしていた。二つの民族のあいだで衝突があった痕跡はほとんど消えていたが、それに続く内戦の傷跡が至るところに見られた（一八七〇年に始まった普仏戦争と、一八七一年のパリ・コミューンに続く内戦のこと）。チュートン人（古代のゲルマン民族の一部族。ここではドイツ人の別称）が壊さずに残していったものを、ガリア人（古代、のちにフランスの一部となる地域に居住していたケルト人のこと。ここではフランス人の別称）が自らの手で破壊したのだ。テュイルリー宮殿が、視力を失った虚ろな目で、コンコルド広場――歴史の中に消えた美しい地域を代表する彫像がいくつも立ち並んでいた広場――を悲しげに見つめていた。ヴァンドームの円柱が倒れたままになっていた。美しいパリの街は、自分自身の息子たちのトーチによって焼き払われ、黒焦げの廃墟となっていたが、炎はしばらく前に消され、その報復は存分になされていた。そのとき私は、友人の若くて陽気な将校に軍事監獄を案内してもらっていた。建物の外で雑談しながら煙草を吸っていると、兵士の一団が現われた。三人の男を護送していた。男たちは手錠をかけられうなだれて歩いていた。

「あの男たちは？」私は訊いた。

「共産主義にかぶれた与太者どもさ」

「どこに連れていかれるんだろう？」

友人のフランス人は肩をすくめた。「あいつらみんなが連れていかれる所だよ。ごろつきどもは、そこで銃殺されるのさ」

ごろつきかどうかは別にしても、三人の男がもうすぐ銃殺されるとなれば、同情しないまでも関心の的にはなる。そばを通ったので、私は男たちに目を向けた。一人が顔を上げて私を凝視した。マカリだ！

視線が合った。思わず心が揺れた。とはいえ、何も恥じることなく言うが、動揺したのは憐憫の情からではない。チェネリに対しては、心ならずも哀れみを感じ、できることなら手助けしたいと思った。しかし嘘つきで裏切り者の人でなしが破滅の道を進むのは当然だ。たとえ私が指一本動かすだけでこの男を救える立場にあったとしてもだ。マカリは何年も前に私の人生からは姿を消していたが、この男とこの男の犯した罪のことを考えると、いまだに血の逆流する思いがする。最後に会ってからマカリがどうしていたのか知らなかったし、その後、誰を裏切り、何人の人間を裏切ったのかも知らなかった。いずれにしても、遅ればせながらも正義の女神がついに裁きを言い渡し、その剣を彼に振り下ろそうとしていた。最期の時が目前に迫っていた。

マカリは私が誰かわかったようだ。自分が罰せられるのを見届けてあざ笑うために、私がわざわざパリに来たと勘違いしたのかもしれない。激しい憎悪の表情を浮かべ、立ち止まって罵声を浴びせてきた。護送兵が彼を手荒に前に進ませた。マカリは振り向いていつまでも罵(ののし)っていたが、そのうち兵士に口を殴りつけられた。残酷な仕打ちに見えるが、当時、共産主義者の扱いに容赦はなかった。護送兵と囚人は建物の角を曲がった。

「最後まで見届けようか？」友人が葉巻の灰を落としながら言った。

「いや、やめておこう」

だが、物音は聞こえてくる。十分もするとライフルの銃声が響き、アンソニー・マーチ殺害にかかわった者の中で、もっとも罪が重く最後まで生き残った男が当然の報いを受けたことを告げた。

チェネリとの約束は覚えていた。かなり苦労したが、どうにか手紙を送り、彼のもとへ届くことを願った。六カ月後、判読できない文字の消印が無数に押された手紙が届いた。私が手紙を出した囚人は、鉱山に着いてから二年後に死亡したという知らせだった。ということは、罪が軽いほうの罪人が自分を裏切った男の運命を知って気分を晴らすことはかなわなかったのだ。

私の話はこれで終わりだ。私とポーリーンの人生は、私たちが墓地を出て過去を忘れる決心をしたときに始まった。それからの喜びと悲しみは、幾千もの人々の喜びや悲しみと変わるところはない。私は今、妻と子供たちに囲まれて幸せに暮らす田舎の我が家で、この手記を書いている。本当に自分が、あの恐ろしい音を聞き、のちにあのおぞましい情景を見ることになった盲目の男だったとは信じられないでいる。思い出しても恥ずかしくなるような疑念を晴らそうと、ヨーロッパの端から端まで駆け抜けた男は、はたして自分だったのか？　愛と知性に輝く目を取り戻したポーリーンは、本当に何カ月も、いや、何年も、知性の鐘を調子のはずれた耳ざわりな音で鳴らし続けていたのか？

きっとそうだ。そうに違いない。この手記を一行残らず読み終えたポーリーンが、腕を私の体にまわし、最後のページを一緒に推敲しながら、これから言うことを書き加えてほしいと求めているのだから。

「私のことがあまりにも多すぎます、ギルバート。あなたが私にしてくださったことを、いつもしてくださっていることを、もっとたくさん書いてください！」

私たちのあいだで意見が違っているのはこの一点だけだが、違いは違いのままにして、ペンを置くことにしよう。

訳者あとがき

一九世紀イギリスの作家ヒュー・コンウェイ（Hugh Conway）による小説『コールド・バック』（原題“Called Back”）をお届けします。同作者による『ダーク・デイズ』（論創社、二〇二一年）の原著の前年一八八三年に発表された、コンウェイの長編第一作にあたります。

本作は『ダーク・デイズ』と同様、主人公の手記という形で語られる、意中の女性の過去と殺人事件の謎が密接にからみあったミステリー要素のある男性視点のロマンス小説です。目の病気で失明していたときに迷い込んだ家で殺人現場に居合わせるという体験をし、のちに視力を回復したイギリス人青年が、旅先のイタリアで不思議な雰囲気の美しい女性に出会い、一目で恋をします。その後、求婚し受け入れられますが、彼女の様子にはどこか普通の女性と違ったところがあり、心が通いあうことがないように感じられます。そうした彼女の心の謎を解くため、イタリアに出向いて伯父とその仲間に話を聞くものの、謎は解明されず、むしろ暗い疑惑の様相を帯びてきます。やがて彼女もあの事件に関わっていたと知った彼は、疑惑の影に導かれるようにして遠路シベリアへ。ついに真相にたどり着いたのち、二人を待ち受ける未来は、そして犯人の末路は――。恋する青年の揺れ動く心、恋愛の行方をめぐるサスペンスと大団円、音を効果的に使った場面づくりといったあたりがエンターテインメント小説としての読みどころになるでしょうか。

ヒュー・コンウェイ（本名フレデリック・ジョン・ファーガス）は、一八四七年ブリストルに生まれ、詩や短編を発表したのち一八八三年に本作で長編デビューし、本作と翌年の『ダーク・デイズ』でベストセラー作家となりました。ウィルキー・コリンズの後継作家として将来を嘱望されるものの、一八八五年に三十七歳の若さで病没。短い作家活動期間中に長編五作、中短編多数、詩集を遺しています。探偵小説作家としての評価や未邦訳作品の概略については、小森健太朗氏による『ダーク・デイズ』の解説で詳しく書かれていますので、そちらをお読みいただくとして、ここからは主に本作の原著刊行時の時代背景との関わりについて補足したいと思います。

イギリスでは一八世紀以来、文化のさまざまな面で〝見ること〟が重視されてきましたが、科学全般が飛躍的な発展を遂げた一九世紀には、眼科医療も大きく進歩し、視覚の器官・しくみに対する人々の関心も高まっていました。本作に、盲目の悲劇を謳い上げる感傷的な語りの一方で、視神経についての言及や手術法の説明といった科学志向の記述が多く見られるのは、一八世紀以来の視覚へのこだわりに、そうした一九世紀らしい関心のあり方が加わったものといえるでしょう。なお、本作で具体的に説明されている白内障の手術法は、古代から用いられていた「墜下法」とも、一九世紀以降主流になった「摘出法」とも異なるもので、当時期待されていた最新の手法だったのかもしれませんが、作者が創作した可能性もあり、そうだとすれば本作はＳＦ的要素もある作品と呼ぶこともできそうです。

他方、物語の展開上大きな役割を果たす要素として、主人公とヒロインの間で起こった超自然的な現象を描いた場面がありますが、その現象の謎が完全には解明されないことで怪奇風味の印象が残る作品になっており、当時の読者にとってもっともインパクトが大きかったのはこの点だったのではないかと思います。原著におけるこのエピソードの力の入った書きぶりからも、作者の主眼はこの点にあったのだろうと感じられます。怪奇といっても幽霊譚というより超常現象である可能性が示唆されているところが特徴的で、コナン・ドイルの短編「体外遊離実験」(一八八五年)に登場するアイデアと通じるところもあり、科学者も含めた知識人が心霊現象に強い関心を持ち、超常現象も〝科学〟によって説明できると期待された時代の精神を反映したものといえそうです。この点を考慮すれば、この不可思議な現象もSFの要素といえるかもしれません。

社会的なテーマに関係する背景としては、シベリアへの関心があります。一八八三年頃のイギリスでは、現地に赴いたイギリス人牧師の報告、シベリア流刑を経験したドストエフスキーの自伝的小説『死の家の記録』英語訳などから、シベリアの監獄の様子が知られるようになり、流刑制度の人道性について新聞で論争が交わされていたといいます。『死の家の記録』の監獄の描写や、流刑囚が監獄の壁を叩いてメッセージを伝えあうというエピソードなどから、コンウェイが同書を参考にした可能性も考えられます。劣悪な環境に置かれた流刑囚に同情する主人公に読者は共感を寄せたことでしょう。

一八八一年に暗殺されたアレクサンドル二世に対しては、一八六〇年代からたびたび暗殺の計画が企てられていました。本作に登場する印象深いイタリア人活動家は架空の人物でしょうが、現実に専制君主国家の打倒を目指す急進派が国際的にさかんに活動しており、ガリバルディとの交流もあったようで、当時の読者はこのような人物が本当にいてもおかしくないと感じたかもしれません。

同時代のイギリスでも、共和制移行を唱える論調が勢いを増した時期がありました。ヴィクトリア女王は生涯で八度の暗殺未遂に遭いましたが、本作の刊行の前年、一八八二年に最後となる暗殺未遂事件があったばかりでした。大衆読者層に向けて、改めて共和制賛美を過去のものとし、君主制堅持という共通認識を確認する物語を提示することが求められる時代の空気があったのかもしれません。

原著は累計二十五万部以上を売り上げるベストセラーとなりましたが、このように一八八三年当時の人々にとっての最新の関心事が巧みに取り入れられており、一般人の手記という体裁とそれらしい文章に一定のリアリティが感じられ、感情に訴えかける文章に感傷をそそられ、怪奇風味の怖さがあったところが人気の理由ではないかと思います。

本作はイギリスだけでなくアメリカでも、原著刊行後まもなく舞台化され、その後二〇世紀に入ってサイレント映画にもなりました。一九世紀当時のアメリカでの話題のほどがうかがえるエピソードとして、詩人エミリー・ディキンスンが一八八五年に従妹への手紙で小説"Called Back"を話題にしていることが知られています。ディキンスンはその翌年、死期が迫ったときに同じ従妹に、そのタイトルにかけてか"Called back"（召されていきます）と記した手紙を送り、ディキンスンの死後に姪が墓石に"Called Back"と刻ませたといいます。

我が国でも明治期に本作を原作とした翻案小説が書かれました。一八八八年（明治二十一年）に『郵便報知新聞』に連載された笠峯居士作『幻影』です。近畿大学の桒原丈和教授による論文「『嘉坡通信　報知叢談』論――メディアとしての小説――」によると、同紙に掲載された翻案小説にはロシアにまつわるものが複数あり、当時の日本におけるロシアへの関心の表われと考えられます。笠峯居士は（断定はできないものの）森田思軒の筆名の一つと考えられているようです。

舞台や映画、翻案のそのときどきの作り手と受け手が作品の中のどの点に関心を寄せ魅力を感じるのかは国や時代によって異なるでしょう。現代の日本の読者にはどのように受け止められるでしょうか。現代であればロマンティックサスペンス、ホラー、SF、社会派ミステリーと呼ばれそうな複数の要素が混在する本書が、ジャンル小説の発展と受容の歴史を知る資料としても読者の興味に応えるものとなれば幸いです。

本書は、明治・大正期の翻案小説の復刊と原作の翻訳を手がける「早稲田文庫」(代表:高木直二)の活動の一環として翻訳刊行されるものです。

本書の出版にあたっては、編集を担当してくださった論創社の黒田明さん、訳文を丁寧に校正してくださった福島啓子さん、柳辰哉さんに、大変お世話になりました。心より感謝申し上げます。

門脇智子

二〇二四年四月

〔著者〕

ヒュー・コンウェイ

本名フレデリック・ジョン・ファーガス。1847年、英国ブリストル生まれ。1881年に“The Daughter of the Stars”で作家デビュー。1883年に初の長編作品「コールド・バック」を発表して以降、全五作の長編を執筆した。1885年死去。

〔訳者〕

高木直二（たかぎ・なおじ）

1947年、福島県生まれ。早稲田大学第二文学部卒業。翻訳家。現在、明治・大正期の翻案小説を復刊し、原作を翻訳する「早稲田文庫」の活動をしている。訳書に『裁くのは誰か？』（東京創元社）、『二輪馬車の秘密【完訳版】』（扶桑社）、『ダーク・デイズ』（論創社）など。編書に『不思議の探偵／稀代の探偵』（作品社）、『法庭の美人』（扶桑社）など。

門脇智子（かどわき・ともこ）

1974年生まれ。宮城教育大学（英語専攻）卒業。企業勤務を経て、2005年よりフリーランス翻訳者。共訳書に『そして私たちの物語は世界の物語の一部となる』（国書刊行会）がある。

コールド・バック
——論創海外ミステリ　317

2024年5月20日　初版第1刷印刷
2024年5月30日　初版第1刷発行

著　者　ヒュー・コンウェイ
訳　者　高木直二、門脇智子
装　丁　奥定泰之
発行人　森下紀夫
発行所　論 創 社

〒101-0051 東京都千代田区神田神保町2-23 北井ビル
TEL:03-3264-5254　FAX:03-3264-5232　振替口座 00160-1-155266
WEB:https://www.ronso.co.jp

組版　加藤靖司
印刷・製本　中央精版印刷

ISBN978-4-8460-2381-2
落丁・乱丁本はお取り替えいたします

論　創　社

ブランディングズ城の救世主◉P・G・ウッドハウス

論創海外ミステリ310　都会の喧騒を嫌い“地上の楽園”に帰ってきたエムズワース伯爵を待ち受ける災難を円満解決するため、友人のフレデリック伯爵が奮闘する。〈ブランディングズ城〉シリーズ長編第八弾。　**本体 2800 円**

奇妙な捕虜◉マイケル・ホーム

論創海外ミステリ311　ドイツ人捕虜を翻弄する数奇な運命。徐々に明かされていく“奇妙な捕虜”の過去とは……。名作「100% アリバイ」の作者C・ブッシュが別名義で書いた異色のミステリを初紹介！　**本体 3400 円**

レザー・デュークの秘密◉フランク・グルーバー

論創海外ミステリ312　就職先の革工場で殺人事件に遭遇したジョニーとサム。しぶしぶ事件解決に乗り出す二人に忍び寄る怪しい影は何者だ？〈ジョニー＆サム〉シリーズの長編第十二作。　**本体 2400 円**

母親探し◉レックス・スタウト

論創海外ミステリ313　捨て子問題に悩む美しい未亡人を救うため、名探偵ネロ・ウルフと助手のアーチー・グッドウィンは捜査に乗り出す。家族問題に切り込んだシリーズ後期の傑作を初邦訳！　**本体 2500 円**

ロニョン刑事とネズミ◉ジョルジュ・シムノン

論創海外ミステリ314　遺失物扱いされた財布を巡って錯綜する人々の思惑。煌びやかな花の都パリが併せ持つ仄暗い世界を描いた〈メグレ警視〉シリーズ番外編！　**本体 2000 円**

善人は二度、牙を剥く◉ベルトン・コッブ

論創海外ミステリ315　闇夜に襲撃されるアーミテージ。凶弾に倒れるチェンバーズ。警官殺しも厭わない恐るべき“善人”が研ぎ澄まされた牙を剥く。警察小説の傑作、原書刊行から59年ぶりの初邦訳！　**本体 2200 円**

一本足のガチョウの秘密◉フランク・グルーバー

論創海外ミステリ316　謎を秘めた“ガチョウの貯金箱”に群がるアブナイ奴ら。相棒サムを拉致されて孤立無援となったジョニーは難局を切り抜けられるか？〈ジョニー＆サム〉シリーズ長編第13作。　**本体 2400 円**

好評発売中